U0731787

"精彩康复"医院文化系列丛书编委会

主　编：朱　夫　吴家平

编　委：蔡永祥　潘金陵　解　敏

　　　　方文雅　陆渭南　柳筱苹

GUARDIANS OF LIFE

朱夫 吴家平 主编

生命之渡

江苏大学出版社
JIANGSU UNIVERSITY PRESS

图书在版编目(CIP)数据

生命之渡/朱夫,吴家平主编. —镇江:江苏大
学出版社,2017.11
ISBN 978-7-5684-0707-6

Ⅰ.①生… Ⅱ.①朱… ②吴… Ⅲ.①新闻报道—作
品集—中国—当代 Ⅳ.①I253

中国版本图书馆 CIP 数据核字(2017)第 297691 号

生命之渡
Shengming zhi Du

主　　编/朱　夫　吴家平
责任编辑/张　平　周凯婷
出版发行/江苏大学出版社
地　　址/江苏省镇江市梦溪园巷 30 号(邮编:212003)
电　　话/0511-84446464(传真)
网　　址/http://press.ujs.edu.cn
排　　版/镇江文苑制版印刷有限责任公司
印　　刷/句容市排印厂
开　　本/718 mm×1 000 mm　1/16
印　　张/14.25
字　　数/280 千字
版　　次/2017 年 11 月第 1 版　2017 年 11 月第 1 次印刷
书　　号/ISBN 978-7-5684-0707-6
定　　价/45.00 元

如有印装质量问题请与本社营销部联系(电话:0511-84440882)

"精彩康复"医院文化系列丛书总序

镇江市第一人民医院始建于1922年,经过数代人栉风沐雨、筚路蓝缕、与时俱进、不懈追求,医院已建成集医疗、科研、教学、预防、保健为一体的三级甲等综合性医院,并通过JCI国际体系认证。

近年来,面对新形势、新情况、新任务,医院始终遵循"秉德敬业、求真维新"的院训,始终坚持"超越病人期望、一切方便病人"的服务理念,始终保持饱满的热情、严谨的态度、务实的作风,探索开创了新一轮医改"镇江模式",实施了集团化改革和分级诊疗,医疗服务质量和水平进一步提高,医务人员的创业创新热情进一步高涨,人民群众的满意度进一步提升。

再过几年,医院将迎来100周年华诞,为了向百年医院献礼和致敬,我们计划从2017年起,出版"精彩康复"医院文化系列丛书,每年选择一个主题,从不同的方位、不同的视角、不同的人物、不同的事件,全面展示医院的悠久历史和文化底蕴、医院成长进步的艰辛历程、医院改革发展的丰硕成果、医疗科技创新的最新成就、医护人员救死扶伤的精神风貌,以及"一切以病人为中心"的服务理念。

丛书真情描述了医护人员的仁心大爱、执着追求、平凡人生,真实记述了他们的曲折经历和心路轨迹,生动描绘了救死扶伤、妙手回春的典型医案,相信这是一套集思想性、知识性、艺术性、可读性为一体的文化丛书,必将具有存史资政、教化育人的强大功效,必将发挥高唱主旋律、弘扬真善美的激励作用,必将为多年来着力打造的医院文化增添浓墨重彩的篇章。

党的十九大报告提出了"要完善国民健康政策,为人民群众提供全方位全周期健康服务"的总要求,我们要充分认识到"健康中国战略"已经成为国之大计,充分认识到肩负的使命和重任,充分认识到建立健全优质高效的医疗卫生服务体系刻不容缓,以抢抓机遇的使命感,时不待我的紧迫感,一抓到底的责任感,等不起、慢不得、坐不住的危机感,秉承"追求卓越服务、成就健康人生"宗旨,真正做到"用心承诺、贴心服务",让"精彩康复"更加精彩,让人民群众更加满意!

是为序。

牟天

2017 年 11 月

目　录

第 一 部 分
咱 们 的 大 医 生

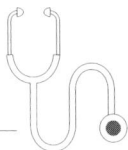

第　二　部　分
身　边　的　感　动

1

咱 们 的 大 医 生

幸与时代共潮生

———————————— 江苏康复医疗集团副院长、镇江市第一人民医院副院长钱炜的人生故事

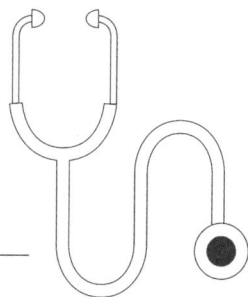

蔡永祥

钱炜,一个 16 岁就考上大学的神童,一个 25 岁就晋升了中级职称的医生,一个改革开放后出国留学的佼佼者,一个在国外打拼得功成名就的专家,一个毅然回归报效祖国的学者,一个浑身充满故事的加拿大籍中国人!

他的故事人生,总是与幸运相伴,总是合着时代的节拍,总是踩着时代的鼓点,总是伴着时代的浪潮,一路前行,一路高歌……

恢复高考:年龄最小的大学生

1978 年 9 月 10 日,南京火车站热闹非凡,来接新生的大学都拉着横幅,"占领"着一块地方。在"南京医学院欢迎你"的横幅下,接站的老师和同学们都盯着一位刚来报到的新生看。这位五官端正又显得稚嫩的男孩子,拎着一个大旅行包,汗涔涔的,像个初中生。

他们都在猜他的年龄。

有的说:"大概 18 岁。"

有的说："好像很小哎，不知道有 18 岁不？"

男孩显然听到了，他落落大方地说："老师好，我叫钱炜，今年 16 岁了。"

"才 16 岁，乖乖，大概是我们学校年龄最小的了。"

被老师们说中了，到学校后钱炜才知道，自己果真是学校年龄最小的学生之一；而同年级里年龄最大的，已经 34 岁。

这是 1977 年恢复高考后的第二年。

回望历史，1966 年 6 月，中国高等院校停止招生，研究生招生工作和选拔派遣留学生工作同时停止。1977 年 8 月，邓小平主持召开了科学与教育工作座谈会，会议决定恢复中断 10 年之久的高考。1977 年冬天，570 万考生走进了期盼多年的考场；1978 年夏天，又有 590 万考生参加考试，两季考生共有 1160 万人。冬夏两季，全国共招收录取了 40.1 万多名大学生，这只是参加考试人数的 1/29。

钱炜是这 40 多万名大学生中的一员。

说起他参加高考成了 16 岁的大学生，这里面还有故事呢。

钱炜是 1962 年 5 月出生的，因为家庭的特殊背景，他小时候生活很不稳定。

他的父母都是医生，后来被下放到苏北淮阴县最偏僻的一个乡。他出生在淮阴，小学时属于半耕半读，就没有一个安稳的学来上，父母下放劳动，又没有精力来管他，就把他放在安徽外祖父家，他又在安徽上了几年学。因而，他在江苏和安徽两省多次转学，两省学制不统一使得他在上学时多次跳级，到 1977 年，也就是他 15 岁时就高中毕业了。高中毕业时的他已经长到 1.78 米，就像一个小大人。那一年，他到淮阴县糖厂当了一名机修合同工。

如果不是恢复高考，或许，钱炜只能在这个工厂里继续当他的钳工。

然而，一年后，中国的历史在这里转弯：高考恢复了。

那些有志青年，那些曾经爱学习、成绩好的青年，全都去参加高考了。钱炜也去考了，却不料，第一次考试，就闹了笑话。

他记得考试前的一天，父亲请来一位数学老师辅导他，数学老师一摸底，才知道他连最基本的代数都不会。老师说："完了，这考哪门子学？"再考他三角几何和解析几何，他会！还成绩不错。

"都是跳级惹的祸啊！"老师感慨。感慨也没用，临时抱佛脚，短时间内能补习多少算多少吧。但是，这孩子聪明！老师下了如是的结论。

夸他聪明的老师可不止一个。

从上学的那天起，钱炜就被老师夸奖脑子好、记忆力强，古文和古诗词，他看两遍就会背了。语文老师喜欢他,他就越发喜欢读书,喜欢写作文。那时候,他家在农村,加上父母亲的成分不好,家里几乎没有什么书。但是,"文化大革命"中被用来宣扬和批判的书,倒有不少,什么《鲁迅书信选集》《红楼梦》《水浒》……管它什么书,只要是书,他都看,有的还不厌其烦地看了许多遍。

带着半生不熟的中学知识,钱炜这个"小不点"兴冲冲地去参加考试了。毕竟年龄太小,粗心大意的毛病还是犯了。

那一年,由于报考的人数太多,江苏省采取初试和复试的办法。初试是由各个地区组织的,钱炜初试成绩不错,顺利地获得复试的资格。复试是由省里统一出卷。

1977 年,由于恢复高考的决定时间比较晚,各地考试的准备工作非常仓促。加之当时物资紧张,一时无法满足试卷用纸的需求。最后在中央的统一部署下,临时调用印毛选的纸张才解决了这个难题。当时,为了节约纸张,试卷采取正反两面印刷。

就是这个"正反两面"害得钱炜第一年名落孙山。

他在考拿手的语文试卷时,一气呵成,大概用了一半时间,就做好了试题。做好后,他没有按照父亲和老师考前的提醒,再仔细检查一遍。

他兴冲冲地第一个交卷,出了考场,若无其事地玩去了。玩的时候,他听考试的其他同学议论才知道,试卷的反面还有一道作文题,题目叫《攻关》。据说是引自叶剑英写的一首诗:"攻城不怕坚,攻书莫畏难;科学有险阻,苦战能过关。"考试要求以这个题目写一篇议论文。这本来是钱炜的拿手好戏,却不料一粗心,完全没有看到反面的作文题目。30 分的作文题,分就这么丢了。200 分的录取分数线,他考了 187 分。要是加上作文分,他肯定会超过分数线!

这件事情给钱炜的打击还是很大的,也给他很大的触动,在他小小的心灵中留下了一个深深的烙印,那就是凡事要认真再认真,细致再细致。这个教训对他今后的学习和工作产生了深远的影响。幸好半年以后,1978 年的招生考试又开始了,他满怀信心地参加了考试,终于如愿以偿,考上了当时的南京医学院。

钱炜的外祖父是中国近代早期西医体系培养的医生,1927 年毕业于江苏医政学校;他的父亲和母亲都是 20 世纪 50 年代毕业的医学院大学生。这下,他们成了医生世家。父母高兴了,家里的亲朋好友高兴了,可是钱炜的内心却有着小小的遗憾,因为他的志愿是当一名工程师。但是,一方面能够上大学不容易;另一方面,作为一个孝顺的孩子,他也不愿意违背父母的意愿。就这样,他成了当年学校年龄最小的大学生。

破格晋职：25 岁的主治医师

1983 年,年仅21 岁的钱炜满怀着憧憬和希冀,被毕业分配到镇江市第一人民医院(简称"一院")工作。来到医院以后,他被分配到五官科。20 世纪80 年代,医院里主要的临床科室是内科、外科、妇产科和儿科等大的科室。五官科无论从科室规模、设备条件,还是社会信誉度等方面来看,都属于边缘性的"小科室"。

一听"五官科"这三个字,钱炜一下子懵了。

我怎么到这样的"小科室"当医生,"小科室"还有什么大出息? 想当初,在学校里,本人基本上就是学霸,就是在实习期间,成绩也相当好。自己一直就向往着成为外科"一把刀",成为一位人人都羡慕的能让人起死回生的医生。

这回好了,五官科怎么起死回生?

梦想就这样破灭了!

钱炜的情绪低落到了极点!

那几天,上班没劲,下班了也没劲,他都不知道该干什么! 整天浑浑噩噩的,只觉得自己的职业发展前景渺茫。

五官科主任周传理看在眼里,急在心上。

这个周传理,名气响得很,是当时医院里的"四大名旦"之一。可惜,钱炜当时不知道。

这个周主任不简单,他虽然心里很着急,但是并没有简单地处理。

做手术的时候,他会叫钱炜在一旁做助手;会诊的时候,他会叫钱炜讲医疗方案;没人的时候,他会有一句没一句地说说五官科的重要性;更多的时候,他是用自己取得的医疗成果来影响他。

经过一段时间的思考和观察,钱炜的思想出现了一些转变。

这个转变,实际上是一个年轻人世界观和人生观的改变,也就是对工作和生活看法的转变。此时,年轻气盛的钱炜,才觉得工作和生活不可能时时事事都能遂人愿。一个人,只有不断地适应这个世界,才能有所成就。

周主任看到了钱炜的变化,他抓住时机,趁热打铁,为他制订了一个学习计划。

这个计划很简单。时间:一年;内容:耳鼻咽喉专著;要求:中文和英文。

计划简单，做到却不容易。

钱炜看到主任父亲般的关爱，内心感动了。他开始静下心来学习。

看到钱炜心静了，周主任又结合临床中的实际案例，从基础到临床知识和技能进行全面的教授，同时注重培养他的临床思维逻辑。

从此，这一对情同父子的师徒二人，上班一起来，下班一起走，师父倾心而教，徒弟全心而学，一时间，成了医院的一道风景线。

那段时间的学习，对钱炜个人的成长起到了很大的作用，一是培养了他的学习习惯；二是培养了他敢于挑战权威的自信。

也就是在那个时候，钱炜的聪明派上了用场：他不断有新的想法冒出来，这些新想法，其实就是一种创新思维。

周主任高兴了，叮嘱他不要停留在课本上，要开展学术研究。

就这样，在周主任的引导下，钱炜结合医学实践，积极参加临床科研工作，在国内最先开展了"鼻外径路鼻中隔成形术"的研究，并付诸临床。研究结果发表在《中华耳鼻咽喉科学》杂志上，当年就获得了镇江市科技进步三等奖。

这可是镇江市医学界的第一个科技成果奖项！

周主任高兴了，他高兴的是这个年轻医生的转变和他的前景；钱炜高兴了，他高兴的是自己的付出有了回报，自己在耳鼻咽喉科学术道路上前行的动力更加强劲了。

1987年，对于钱炜来说，是一个值得记住的年份。这一年，镇江市和全国一样，第一次进行了职称改革。

在这次改革中，钱炜成了大家关注和议论的焦点！

出于对人才的爱护和培养，再加上钱炜在工作中的杰出表现，医院领导和同事们一致推荐钱炜破格晋升主治医师。经过多轮的考核评估，最后钱炜在这一年的职称改革工作中脱颖而出，成为整个镇江同年资的青年医生中唯一一个晋升职称的人。

破格晋升！这在当时人们的思想还没有完全解放的镇江来说，简直就是引爆了一颗炸弹，引起了很大的轰动。放到全省来看，也只有几个人能被破格晋升，而钱炜此时25岁，是这几个人里面年龄最小的。

25岁，就成了主治医师，前途不可限量啊！许多人都羡慕地感叹！

访问学者：出国潮中的弄潮儿

时间到了1990年，钱炜考上了原上海第一医学院附属眼耳鼻喉科医院的研究生,师从大名鼎鼎的黄鹤年教授。黄鹤年是著名的耳鼻喉科专家、"中国人工喉"的发明人,曾担任中央保健局华东片区负责人。研究生期间,钱炜勤奋好学,聪明伶俐,黄鹤年教授很喜欢他,就想把他留在上海,但他谢绝了。

钱炜没有留在上海,一是因为自己的孩子刚出生;二是因为他报考研究生时,为了感谢镇江市卫生局和医院领导在自己破格晋升主治医师时的知遇之恩,向卫生局和医院领导承诺学成后回到镇江医院工作。

既然是自己的承诺,就要一诺千金。诚信,比黄金还重要;做人,不能失信于人。这是钱炜内心真实的想法。

钱炜如期回来了,带着满腔的激情和创新的意识。这时周主任已经退到二线,在科里当顾问,钱炜又成了医院里最年轻的科主任。

他把读研期间所学到的先进理论和技术运用到临床中,在镇江市率先开展喉部显微手术、鼻腔鼻窦内窥镜手术和耳科显微手术,填补了镇江市乃至江苏省的多项临床技术空白。开展的新技术不仅在镇江市得到推广应用,还辐射到淮阴等苏北地区。

科室的工作,一下子红火起来,小科不小了……

时间到了 1996 年,时代的潮流,又一次挟裹着钱炜前行了。

这一年,国家教委深化改革,对公派留学实行"公开招聘,签约派出"。公开招聘,需要参加全国英语统一考试。这回,钱炜又是一考即中,全国考上200 人,江苏只有 9 个人。

1997 年 6 月 30 日,他来到加拿大,在多伦多大学附属西奈山医院做访问学者一年。

钱炜原想多学一点临床经验回去,谁知道,幸运又一次垂青了他。

他在加拿大的导师是柯尔教授,柯尔一见钱炜,就问他愿不愿意搞点科研。

"搞科研?当然愿意!我很喜欢科研!"

钱炜想起了他刚工作时进行的第一项科研,那项科研成果填补了镇江医疗界的科研空白,也为自己破格晋升提供了帮助。现在,到了国外,有条件搞科研,何乐而不为?

当时,柯尔正在进行人体氧化亚氮课题的研究。

于是,钱炜成了柯尔带的三个外国留学生中的一个,另外两个一个来自挪威,一个来自巴西。他们三人在柯尔的教授下,不到一年的时间,就发表了 12篇有关上呼吸道生理病理方面的论文,引起了轰动。

取得这么大成就,最高兴的还是柯尔。到了 1998 年 3 月,也就是钱炜还有 3 个月就要到期回国的时候,柯尔来找他们三人谈话了,他希望三人都留下来。但是,巴西的那位已经 50 多岁,没有办法留下来;挪威的那位要回去做博士论文,不得不回去;钱炜呢,因为和国家教委签了协议,一定要回去。

柯尔急了,研究的课题正在节骨眼上,三人一走,这项课题就要断档!

柯尔只能做钱炜的思想工作,希望他能留下来。

钱炜当时很矛盾,他不想违约,但也舍不得让做得正有起色的研究断档,他只好说出实情:"我跟我们国家签约了,违约要赔偿。"

柯尔没有说话,他沉吟了一会儿,问:"你要赔多少?"

钱炜算了算,要赔 4 万多。

柯尔说:"你先跟你们的领事馆说说看,如果能留下来,钱,我来赔!"

柯尔话是这么说,但心里还是有些怀疑:留学还要赔钱? 他不大能理解。

钱炜向领事馆分管留学生的班主任张秀琴汇报,张秀琴自然是不同意,她已经是国家留学基金委的秘书长了。当时,她说:"你都受到过江泽民、朱镕基的接见,还有和他们合影的照片。我们回去还准备宣传你,你怎么能不回国?"

钱炜说:"能不能延长半年,让我把这项科研做个了结再回国?"但是由于国家的留学管理办法刚刚实施,按照有关制度规定,最多只能延长一个月,超过一个月就要按照违约处理。

一个月,肯定是没有用的。

钱炜没有办法了,他打电话叫妻子赶到国家教委,赔了 6 万多元。他的这一举动又创了个"第一":他成为国家教委第一个主动缴纳违约金的留学生。

中国驻多伦多总领事馆按照相关规定流程,给钱炜学习的医院,也就是给柯尔所在的医院,发了一封信,说明钱炜由国家派出学习,有相应的协议约束,违规逾期的,需要退回国家资助的留学经费,并缴纳违约金等事宜。领事馆发这封信的初衷是希望医院帮助做钱炜的工作,以达到促成钱炜回国的目的。

没承想,这封信却起到了另外的效果。

柯尔看到信后,心中的疑惑消除了,之前他心里也在打小九九,是不是钱炜乘机"要挟"自己,想提高待遇?

等真的看到这封信,他才知道,钱炜说的都是真话。

那是一个阳光灿烂的下午,金灿灿的阳光从窗户里照进柯尔的办公室。

钱炜到柯尔办公室的时候,看到柯尔正拿着信,他的脸上挂满笑容,在阳光下显得更加生动:"你是一个非常诚实的人,请原谅我心中曾经对你的疑惑。"

柯尔说完,递给他一张1万加元的支票。

"这是我给你的补偿!"

钱炜接过支票,也笑了:"教授您就是一个非常诚实的人,感谢您的夸奖!"

两个诚实的人拥抱到了一起,因为阳光的照耀,让钱炜一直记得那个温暖的下午……

这个下午,其实只是铺垫,诚实和守信这个话题,将在钱炜的人生路上多次出现。

这不,柯尔的项目研究其实不久就结束了,项目研究做完后,钱炜面临着再次就业的问题。按理,项目做完了就完了,工作自己找去吧。

此时,"诚实"开始发挥威力。柯尔要亲自为"诚实的钱炜"找工作。

柯尔把他介绍给了另一位著名科学家布拉德利。他介绍钱炜的时候,特地说道:"这个人除了具备相当的医疗和科研能力以外,还是一个非常讲诚信的人。我因为科研经费的问题,只能忍痛割爱,暂时介绍给你。但是将来条件合适的时候,我还希望请他回来。"

布拉德利教授是世界著名的研究心肺功能相关睡眠呼吸障碍的鼎鼎大名的专家。钱炜从他那里接触到了世界顶级的"呼吸睡眠综合征"的研究理念和方法。这为他后来回国后开展的创新工作打下坚实基础。

当时,布拉德利教授的实验室正在开展一个世界上最大的研究终末期心脏病和睡眠呼吸暂停相关问题的项目,在全世界范围内管理十个临床研究中心。当时负责总协调的临床研究协调员因为家庭原因离开了研究中心。

只有这么一个位置。

这项工作涉及与患者、研究中心和有关设备厂商多方面协调的问题,对于语言能力和全面协调能力都有很高的要求。

钱炜能胜任吗?

布拉德利教授心存疑虑。但钱炜是柯尔教授亲自介绍来的,要给柯尔面子。怎么办?那就试用一下看看。

布拉德利教授见到钱炜的第一句话就是:"你不一定适合这么大的项目,因为柯尔的介绍,你可以先来试试,试用期三个月,三个月结束后,如果行,就留下来。但是我有一个条件,录用你以后,你要保证不会离开。"

钱炜早就领略了加拿大人的直率,他很认真地点点头。

布拉德利教授的研究项目,管理着全世界十个临床中心的几百名晚期心脏病患者,由于这些患者的病情较重,在接受睡眠呼吸相关检查和治疗时常常遇到一些困难,加之需要对患者定期复查,也增加了患者和家属交通不便的困难和经济的负担。

所以,在研究工作的前期,进展并不顺利,患者的依从性比较差,这对整个研究工作的影响很大。钱炜接手工作以后,通过与患者和家属的交流,觉得要提高参加研究工作患者的依从性,必须采取一些措施来增加与患者之间的亲近感才行。

怎样做才能增加亲近感呢?

钱炜提出在每一位患者生日的时候,由布拉德利教授亲自签送一张生日贺卡,让患者感受到来自医生的关心和关注。

对于这样的建议,开始布拉德利教授并不以为然,他说:"全世界也没有医生为患者送生日卡的,我看够呛。"他一边说,一边还嘀咕:"中国人做事怪呢"!

但是在钱炜的坚持下,他最后也同意试试看。

这一试试看,试出效果来了。

不久,原来已经失去联系的患者回来了,越来越多的患者按时回到中心接受复诊。许多患者回来见面的第一句话就是:"非常谢谢你们,非常感谢布拉德利教授,谢谢你们还记得我的生日!"

三个月的试用期没到,布拉德利教授就要定钱炜了。

在研究中心年度工作总评时,布拉德利说:"钱炜先生用简单的办法,就把患者的依从性从30%提高到70%,他发现问题和解决问题的能力确实很强,他有着东方人的聪明,有着西方人的踏实,他很优秀……"

受聘回国:报恩与造福

时间到了2004年,钱炜想到患有胃癌晚期的父亲,想到父亲多年来对自己的培养、支持和期望,他下定决心短期回国,好好陪伴父亲度过他生命最后的时光。当时布拉德利教授并不同意钱炜辞职离开,但是感动于他的这份孝心,勉强同意他暂时离开,同时承诺为他保留这个工作岗位三年。

此时的钱炜,已经加入了加拿大籍。说起加入外籍,他常常有些后悔,这绝不是矫情。

在加拿大由于工作需要,他经常到挪威、比利时、丹麦等国家去讲学,但是当时持有中国护照的签证手续很繁杂。有时,等到签证下来,已经耽误了讲学,这种不方便让他很无奈。2002年的时候,他一咬牙,加入了加拿大籍。这

钱　炜

回,到欧洲的签证容易多了。但他没有想到的是,等自己真的回到了生他养他的祖国,他才觉得外籍留给自己的却是"心在曹营身在汉",反倒有些别扭起来。

2004年年底,他回来了,被医院聘为耳鼻喉科副主任,他结合自己的工作特长,很快就在镇江率先开展了睡眠呼吸暂停的临床和研究工作,建立了当时江苏省最大的睡眠中心。

平时,他几乎推掉了所有的应酬,全心全意照顾生病的父亲。他每天早早起床,先到菜场买菜,做好早饭,中午下班,赶回家烧午饭,晚上下班,回去烧晚饭。他上班的时候,父亲就到附近的河滨公园散步,和别的老人一起谈天说地。2006年6月,他的父亲在他亲情陪护一年半后,不舍地离开了人世。

2007年钱炜又回到了加拿大,2008年他考取了加拿大的行医执照,在多伦多新宁医院做了两年临床医生。在此期间,他牵线镇江市第一人民医院与新宁医院结为友好医院和战略合作伙伴,成为中加医疗系统合作交流的桥梁。

2010年,镇江进行医院集团化改革,江苏康复医疗集团院长兼镇江市第一人民医院院长朱夫,多次诚恳邀请钱炜回国工作,希望他利用在国内外医疗和科研工作中积累的丰富经验,带动医院科研教学工作的发展。

说起聘请钱炜回国工作,一院的领导班子,特别是朱夫院长做了大量的前期工作。

为了说服钱炜放弃国外的工作和生活条件回国工作,朱夫特地赴加拿大访问。其间,朱夫专程找钱炜做工作,他非常真诚地对钱炜说:"我这次来加拿大访问,一个非常重要的目的就是当面邀请你回国工作,希望我们能够一起在现代化医院的改革工作中再创辉煌。另外,作为多年的老朋友,我也希望在我们将来退休以后,可以一起回忆我们共同创造的成绩,一起享受退休生活。"这番话给了钱炜很大的触动,也促使他下定了回国工作的决心。

这边厢院长做工作,那边厢任命一个"外国人"在医院当领导,简直就是西洋景,谁也没有办过啊!

要说清楚理由,要怎么安排工作,怎么任命?一套程序,复杂得很,让院领导们着实费了一番脑筋。

镇江不愧为开放的城市,不愧为创新型的城市。在医院领导的全力推荐下,在镇江市委市政府、市委组织部、市人力资源和社会保障局、市编制办公室及镇江市卫生和计划生育委员会(原镇江市卫生局)等部门的大力支持和帮助下,钱炜回国工作的事情顺利落实。当年8月,钱炜辞去加拿大的工作回到镇江,被聘为江苏康复医疗集团副院长、镇江市第一人民医院副院长,同时兼任江苏大学临床医学院副院长,分管教学和科研工作。

费了那么大的周折,钱炜回来了,他心存感激。他没有辜负集团和各级领导的期望,回国初期,就结合分管的教学和科研工作,针对医院科研基础薄弱的实际情况,经过深入调研,与每一位科技骨干和博士交流,帮助他们确立科研目标和方法。当年,镇江市第一人民医院即获得4项国家自然科学基金项目资助。

经过几年的努力,一院的科研工作已经初具规模。截至2017年,医院已经累计取得20余项国家级和省级自然基金资助项目,10余项省市级重大科研项目;每年医院发表的SCI论文近百篇;取得多项省市级科研奖项。钱炜本人在科研工作中也取得丰硕成果。他先后获得国家自然科学基金项目资助,获得多项省市级科研奖励。2013年他被聘为"江苏省特聘医学专家",2015年荣获"镇江市创新创业杰出人才奖"。2016年他作为领军人才,带领团队成功获得江苏省"双创团队"称号,这也实现了镇江市卫生系统零的突破。

在教学工作中,钱炜将在国外的学习经验充分应用到住院医师规范化培训工作中。在他的倡导下,一院"住院医师节"已经连续开展7届,成为一院住院医师规范化培训工作的一个亮点,在国家卫生计生委国家级住院医师规范化培训基地考核验收工作中,受到评审专家的一致高度赞扬。

钱炜在国外多年的学习和工作经历,加上他卓越的英语交流水平,使得他在医学实践和医学教育工作中具备得天独厚的优势。回国不久,钱炜投身到江苏大学的医学教育工作中。特别是在江苏大学海外医学教育(MBBS)工作中,钱炜不仅亲自承担留学生教学的课堂教学和研究生教育工作,还积极参与海外教育的各种活动,为江苏大学医学海外教育事业的发展做出了杰出贡献,深得广大留学生和学校领导的高度赞扬和好评。因为在教学工作中的出色表现,2015年钱炜获得江苏大学"本科教育先进个人"光荣称号。他主讲的"耳鼻咽喉科学英语教学"课程被评为江苏省精品教学课程。2017年钱炜又被评选为"江苏大学最受学生欢迎的十佳教师"。

医疗质量管理工作是现代化医院的一个重点工作。一院作为一家"百年老院",是镇江市的区域医学中心。2008年取得"三级甲等"资格后,医院领导层一直在思考如何适应形势的发展,将医院打造成为一家高品质的三甲医院。从2011年开始,一院便准备接受来自美国的一个医院质量评价体系——国际联合委员(Joint Commission International,JCI)的评审认证。JCI是一个受到世界卫生组织(WHO)推荐的世界医院质量管理第三方独立评审机构,在医院质量管理和患者安全方面执行世界上最高标准。通过JCI评审的医院在国际上享有很高的声誉,可以得到全世界医疗保险机构的认可。由于中国的医疗体制与国外存在很大差异,要想达到这样一个全新的国际标准,面临着从制度建设到实践的诸多困难和挑战。2011年之前,我国大陆地区只有浙江大学附属邵逸夫医院和复旦大学附属华山医院两家大型综合性公立医院通过了JCI的评审。其要求之高和难度之大可见一斑。要想攀上这座强调"患者安全和质量持续改进"的现代化医院管理理念、代表医院服务和医院管理水平的最高峰,没有坚定的信心和艰苦的努力是不可能的。

由于钱炜在国外的工作学习背景和英语交流水平,他当仁不让地承担了带领医院开展JCI评审的准备工作。历史再一次将他带到了一个新的潮头。

面对这个全新的课题和挑战,钱炜带领全院职工,从学习JCI标准入手,对照标准逐条梳理,建立相关的工作制度。经过艰苦的努力,2013年4月,一院顺利通过JCI评审,成为国内第6家、江苏省首家通过JCI评审的大型综合性三级甲等医院。此后,钱炜带领全院职工再接再厉、扎实工作,于2016年5月再次高分通过JCI的评审。5年的艰苦努力,使一院的患者安全目标和医疗质量管理工作取得了长足的进步,从过去一个普通的市级医院成长为省内乃至国内赫赫有名的质量管理先进医院。此举也全面提升了医院的核心竞争力,提高了患者安全目标,提升了患者的信任度。据了解,在国内首批通过认证的6家大型综合性医院中,后来有一家医院没有通过再次评审,另有两家终止了参加评审工作,其难度可想而知。

JCI理念的引入对一院医疗质量管理工作的开展而言具有里程碑式的意义,"金标准"帮助医院从标准和规范着手,显著提高质量管理工作水平。在等级医院评审中,评审专家对一院现代化医院质量管理工作中的制度建设、实际做法、质量管理成效和人员素质等方面都给予了高度肯定。同时,"金标准"也培养和造就了一支优秀的医院质量管理干部队伍,在国家级和省级的医院评审中,一院医务、护理、院感、后勤、财务等部门的多名管理干部被聘请为评审专家。钱炜本人被国家卫生计生委员会聘为医院质量管理评审专家和市二级医院评审组组长。

钱炜个人在评审工作中表现出的领导能力、对评审标准的理解和整体协调能力,给从JCI总部来的评审专家们留下了深刻的印象。评审组长回到美国以后,立即向JCI总部推荐钱炜作为JCI的评审专员。经过多次交流和考察,2017年4月,美国JCI总部正式聘请钱炜为JCI评审专员,这是目前中国大陆地区第一个,也是唯一一个JCI评审专员。

回望过去,钱炜创造了诸多的"最年轻"和"第一";展望未来,钱炜仍然充满激情和希望。回顾回国 7 年的历程，钱炜深情地说："我是一个幸运儿，能够不断赶上祖国改革开放的大潮，是国家平台给了我展示才能的舞台，没有国家的强大和进步，我个人的进步和成绩无从谈起。虽然我已经不再年轻，但是在新一轮医院改革浪潮中，结合不断创新的科技进步成果，希望能够尽自己最大的努力，为新时代中国特色社会主义卫生健康事业的发展，也为世界的医学发展贡献出全部力量。"

"金医生"是怎样炼成的

———————————— 记镇江市第一人民医院重症医学科主任金兆辰

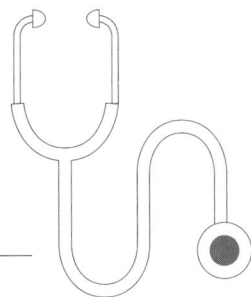

蔡永祥

　　2014 年某月的某一天,加拿大西安大略大学著名的医学教授马丁先生来到镇江市第一人民医院(简称"一院"),在参观了一院的重症医学科(Intensive Care Unit,简称 ICU)后,对侃侃而谈的金兆辰竖起了大拇指,嘴里连声说:"Golden doctor!"

　　英语里"Golden",是金色的、黄金般的、珍贵的意思,他夸奖金兆辰是一个如金子般珍贵的医生。

　　听了马丁的夸奖,性格有些内向的金兆辰,脸还不由自主地红了一下……

这个"小把戏"开窍了

　　小时候的金兆辰可不内向。

　　大家对这个"小把戏"的第一感觉,就是长得俊。他皮肤白皙、五官端正、浓眉大眼,因为长得可爱,得到的夸奖和呵护也就多了一些,这就在无形中滋长了他的自我意识、骄傲意识。

　　在家成了顽皮的孩子,顽皮归顽皮,大家觉得男孩子调皮一点,聪明,就不去计较;到了学校,成了顽皮的学生,在班上,他总会弄点什么动静出来引起大家的注意,有时搞个恶作剧,吓得女同学要哭,引得全班同学哈哈大笑,他自己还觉得神气得很。

学习不认真,成绩中不溜。

但有一点,却是大家公认的——他聪明!平时看不到他看书、学习和复习,考试前,他临时抱佛脚,捧着书,看个两三天,行了,一考,哎,怪了,成绩并不差。

转折发生在一次班主任谈话以后。那是在1971年林彪集团被粉碎,1972年邓小平负责中央工作期间,全国形势有所好转,全面开展整顿、复课等拨乱反正工作。

此时,金兆辰在当时的遵义学校上初中,班主任找到他,和他好好谈了一次话。

至今,他还记得班主任张书宝说的话:"我看你学习不吃力,说明你很聪明,但你学习不用功,还整天挖空心思调皮捣蛋。你总不能调皮捣蛋一辈子吧?你现在把学习抓好,以后,不管国家的政策怎么变,你都不怕了!你说是不是这个理?以前的事既往不咎,从今往后,我要看你的行动了。"

那一次,班主任没有批评他,反而语重心长,给了他很大的触动。

忽然间,他就像变了一个人,开始定下心来听课,定下心来学习了。他一定心,效果来了,到了考试,几乎门门课都是满分,从中不溜一跃而成班上第一、第二名。这还了得?父母和老师都惊讶:"这个'小把戏'开窍了!"

其实,金兆辰家还是很困难的。

他的父母都是普通工人,母亲常年生病,因为肺病,曾经做过多次大手术,什么肺叶切除、胸廓改型手术等。金兆辰搞不清,他只记得自己经常往医院跑,刚开始跟着爸爸和哥哥姐姐去,大了一些,就一个人去,有时,要去给妈妈送饭送菜,有时要到医院的病床边和妈妈说说话。在他幼小的心灵里,医院很神圣,医生很伟大,能救死扶伤,能解除痛苦,做个医生多好!他想:我要是医生,我的爸爸妈妈生病了,就不要找人家,我自己就可以给他们治了。

因为母亲常年生病,他们家的日子过得比附近的居民差,他们不得不在家做一些手工活贴补家用。

他记得从玻璃制品厂把机器压制出来的纽扣拿到家中来,剪毛边,再用砂轮磨。那时候,机器生产比较粗糙,一版12个纽扣是连在一起的,需要一颗颗剪下了,把四周的毛边剪掉,再用砂轮磨圆、磨光滑才行。一个月加工下来,也能挣个五六块钱。

那时候，几块钱能买不少东西呢。

等到初中毕业时，国家的政策有了一些变化。

此时，他的哥哥已经下放农村锻炼去了，姐姐安排了工作。1972 年，他初中毕业的那一年，按照规定可以分配工作。

能分配工作，还上什么学？赶紧工作吧，免得到时候还要下放。

父母这么一说，他当然听父母的。他也知道，下放了，就要吃苦，就会给家里增加负担。

他不知道的是，一个重大抉择即将摆到他的面前。

其实，1957 年以后出生的他，初中毕业后，学籍资料已经被送到了镇江市第二中学。

一天，家里来了一位陌生人。

她叫吴春华，是镇江二中的一位数学老师，不久将成为金兆辰的班主任。吴老师到金兆辰家的时候，他不在家，他的妈妈接待了她。

吴老师直接说明了来意："新学期开学接近一个月了，怎么还没有去报到？来家访一下，了解一下情况。"

金兆辰妈妈告诉吴老师，家里很困难，主要是自己身体不好，常年有病，听说今年初中毕业可以安排工作，不需要下放，就想让他早点工作，解决一点家中的困难。要是他再下放，家中的负担就更重了……

听了他妈妈的话，再看看他们家中的实际情况，吴老师理解地点点头，说："既然是这样的情况，我回去向学校汇报一下，不来就不来了吧！"

说完，吴老师就要往外走。忽然她想起什么似的停下脚步，问："你儿子的成绩单呢？"

金兆辰妈妈在抽屉里找到成绩单，递给了吴老师。

吴老师一看，惊讶道："成绩这么好，不上多可惜啊！"

说完，她把手中的拎包放下，又坐了下来，接着说："大姐啊，我觉得还是让你儿子上学去。你要知道，现在邓小平已经主持中央工作了，他正在全面整顿，说不定没有几年，就要恢复高考，那时，对于改变你儿子的命运就很重要了。你不能只看到眼前啊。至于你说的困难，我会向领导如实汇报，争取减免他的学费！"

正说着，金兆辰满头大汗地跑回来了。吴老师见他长得很帅气，心里自是很喜欢。她对金兆辰又是一番说服，最后问他："你愿不愿意上学？"金兆辰嗫嚅着嘴说："我听爸爸妈妈的。"

金兆辰妈妈说："谢谢吴老师的一番心意,等他爸爸回来,我们商量一下再定!"

最后的结果就是,第二天,金兆辰上学去了。到了学校,吴老师很高兴,她对金兆辰说:只要交书费,学费全免。不光是这一学期,整个高中都是全免的。

一到高中,金兆辰拼了命地学习,成绩名列前茅。谁知,好景不长,邓小平又不主持工作了,学校又有些乱了。金兆辰学习的劲头一下子没了,觉得没有什么奔头,就开始不听课了。不管上什么课,他都偷偷在底下看小说,什么苏联的小说,国内作家最新出版的小说,还有《水浒》和《三国演义》。他不管有什么用,只觉得好玩,有意思。

他这样看小说,别的同学有意见了,意见提到班主任吴春华那里,吴老师一句话打回来了:"你有本事考试成绩和金兆辰一样好,你就去看!"

1975 年 6 月,金兆辰高中毕业,政府不再安排工作了。他的父亲找人在蒋乔鲇鱼套小学帮金兆辰找了一个代课老师的工作。金兆辰教 1、3 年级复式班的语文和数学,每天早出晚归,忙碌而充实。学生们蛮喜欢这个帅气的老师,老师们也觉得他讲课可以。

就在他干得起劲的时候,他的人生又要发生转折了。

他父亲单位的领导把他父亲找去办学习班,目的就是要金兆辰下放。那时,每个单位都有下放指标,原则上,一个家庭只能留一个子女在城里工作,其他的都要下放。

没有办法了。

1975 年 12 月,金兆辰和他父亲单位的另外两个子女一起下放到丹徒辛丰公社南岗大队上罗生产队。

刚开始,金兆辰是有些抵触的,甚至还有些害怕。谁知道,大队的干部和村里的农民对知青们都很好,处处照顾他们。大队还派一个人给他们烧饭,他们住在大队部,劳动到生产队。大忙的时候,他们起大早赶到生产队劳动。知道他们没有吃早饭,村里人都会问:"没有吃早饭吧?来喝碗粥再走。"

村民的热情,让他改变了态度,他劳动时一直比较积极,也为生产队做了一些事情。

1978 年夏天,金兆辰参加高考,并被当时的江苏新医学院镇江分院医疗系录取,后来学校改名镇江医学院。他满怀激动又有些不舍地离开了劳动了两年半的农村。

让他感动的是,1978 年年底,生产队竟然给他家送来了年终分红的粮食、猪肉、鱼等农产品。

到大学报到的时候，看到同来报到的人群中有带着孩子的，有应届高中毕业生，有转业复员军人，还有像他一样的知青，金兆辰在心里感叹，这样的机会真是来之不易啊。而他内心特别感激的一个人，就是吴春华老师。要不是那一次家访，要不是那一次吴老师看了他的成绩单，要不是吴老师坚持对他和他的父母进行开导，他的人生将是另外一种样子了……

这个主任有点"牛"

大学生活刚开始时，金兆辰变得不会学习了。

原来，看医学书，他还像以前上中学一样囫囵吞枣，认为理解了就行。谁知道，考试时，要求一字不漏地写出来，这下坏了，他考得很差。当然，不少同学也这样。

老师看到他们这样，就专门搞了个培训，告诉他们怎么学习、怎么考试。经过半年时间，他终于适应了大学的学习和生活。

1981 年，金兆辰以优异的成绩从医学院毕业。他和另外一个毕业生被分配到镇江急救站工作，此时的急救站正在建设中，连个办公的地方都没有。

他们两人就被安排在镇江市卫生局上班。

到卫生局，对两个刚毕业大学生来说，能干什么呢？

每天去了，就是吹老牛，说闲话，喝喝茶。这样怎么行？白白浪费时间不说，还会把自己搞得很懒散。

于是，他们就提出申请，请求到镇江市第一人民医院进修去。

这个想法正合领导意图。他们两人都被安排去一院进修了。这次进修，对金兆辰来说是非常重要的。整整两年时间，内、外、妇、儿几个科他都过了一遍。实际上，是对他们从学校到临床的过渡，这个过渡不像实习医生，实习医生不管病床，而他，作为进修医生，要管几张病床，对这几张病床患者的治疗要拿出意见。对于一个刚出校门踏上工作岗位不久的医生来说，这是非常锻炼人的。

进修的这两年，金兆辰遇到了许多好老师、好主任，他一直忘不了大内科的杨兆升主任、顾忆贻主任、方家龙主任，大外科的高一峰主任、邹士林主任，妇产科的蒋荫华主任，儿科的张志清主任。这些主任，既平易近人又肯教他们。在进修快结束的时候，邹士林主任还希望金兆辰能留在一院工作。

急救站建好后，金兆辰回到新的岗位。在那里，他只工作了一年多，1984

年5月，他就从急救站调入了一院。

到医院的第一站，是影像科。

影像科来了一位大学生，主任们对他都很看好，认为他基础扎实、英语好，是影像科的重要后备力量。虽然他在影像科只工作了20个月，但这20个月，对他今后的业务水平提升帮助太大了。影像科的工作，让他在读片方面比一般的医生要强很多。特别是他后来到呼吸内科工作，看胸片驾轻就熟。

他在影像科工作了一段时间，就写出了论文，在国家级的《中华放射医学》杂志上发表，这在年轻的医生中是凤毛麟角的。

影像科的4位老主任蒋令、景成定、韦元杰、李兰贵集体找他谈话，谈话的主题就一个：将来在影像科接班。

金兆辰感谢几位领导对他的厚爱，但因为眼睛白内障严重，他已经不适合在这里工作了。

就这样，他调到了呼吸内科。

在呼吸内科，他把在急救站、影像科工作的经验都用上了，工作干得得心应手。

一天，呼吸内科来了一位谏壁船厂的工人，因为胸腔积液无法解决，病情危重，需要转院治疗。巧的是，金兆辰刚刚从急诊科轮转回到病房，听说有个患者要转走，又说不清是什么病，他觉得这么不明不白地把人转走，对医院的声誉是个影响。他仗着年轻气盛，主动上前了解情况，同时详细了解病史。最后，他判断，这个患者是胸腔漏出液而不是胸腔渗出液。于是，他大胆地使用治疗漏出液的方法治疗，结果，患者的胸腔积液减少了。

更巧的是，当时呼吸内科经常请南京医学院的呼吸科专家杨玉教授来指导，杨教授每个月来一次，上次来的时候，是他指导用治疗胸腔渗出液的办法，但没有治疗好。这回，金兆辰刚刚给患者用药两天，患者的症状就有所减轻。那天，杨教授正好又来查房，听说金兆辰认为是胸腔漏出液，就有些将信将疑，问他为什么这么治、依据是什么。

金兆辰不慌不忙地说："我是根据Light标准来判断的。"

"Light标准？"在场的人都蒙了。

"是的，Light标准有三项指标，这三项指标是区别漏出和渗出的分水岭。"

杨教授知道，美国有个呼吸病学家Richard W. Light教授，大概在1972年发表了相关研究成果。

"我看了这个患者的三项指标，就做出了判断。"金兆辰接着说。

"哦，原来是这样！"杨教授若有所思地点点头。

查房完毕,杨教授对呼吸内科的老主任说:"这个小金医生前途不可限量!"

现在,Light 标准仍然是鉴别诊断渗出液和漏出液的"金标准",其权威性不可动摇!

但是,这个世界上,许多最新的研究成果,刚开始时并没有引起人们的重视。

Light 本人曾经撰文回忆称,当初他花费两年时间收集 150 例连续入组的胸腔积液患者进行该项研究时还是一名见习医生。研究过程中所有胸腔积液标本的处理、检测、资料分析等工作都出自他本人之手。论文完成之后,他于 1971 年将摘要投到美国胸腔学会要求参加年会,却遭到拒绝,到了第二年即 1972 年,论文才被 Ann Intern Med 接收发表。

Light 标准发表之后的最初 17 年里,没有人关注到这么一回事。直到 1989 年,Light 标准才又一次被提及。此后,有不少研究者发现,用其他指标来鉴别诊断渗出液和漏出液的效率,没有一个超过 Light 标准的。Light 不失为"最佳标准",一用就是 40 多年,目前尚无可以取而代之的其他标准。

由于在呼吸医学领域医疗和研究工作中的突出成就,Light 于 2009 年被美国胸科协会(ATS)授予杰出成就奖。该奖项每年只颁给 1~2 名做出卓越贡献的呼吸科医生,可见其分量之重。

金兆辰一直在订阅外文资料,很早就看过这篇文章,并记住了相关内容,这回在临床用上了。

机遇总是留给有准备的人。

这也是金兆辰的班主任吴春华常常告诫他们的话。这位给金兆辰人生指点了迷津的吴老师,还常常跟他们说:"只要付出,总会有回报!大家不要怕苦,现在吃苦了,将来就享福了!"

这些话,金兆辰一直记得。

所以,不管走到哪里,书总要看的。看什么?看世界上最先进的原版医学书,看中国最权威的医学杂志。这些,都对他的业务提升很有裨益。

金兆辰在东南大学中大医院培训,也有个故事。

那是 2002 年的事。

2002 年,一院准备筹建重症监护室,决定派金兆辰和另外一位医生到大医院进修。

两人的进修申请是一同寄出的。他的寄往东南大学中大医院,另一位医生寄往江苏省人民医院。

很快,那位医生收到了同意进修的通知书,而金兆辰却迟迟没有收到。

金兆辰就找到医院医务科。那天,医务科的凌玲科长正好在,就帮他打电话给中大医院科教科的王科长。

那位金兆辰没有见过面的王科长,后来跟他很熟了。但当时,王科长是公事公办的样子。

她在电话里说:"我们这边的主任要求很高,看这位金医生,40多岁了,估计英语不会好,主任不想要。"

听她这么一说,金兆辰急了,他说:"我愿意接受主任的英语测试!"

凌科长把金兆辰的话传了过去。

那边的王科长有些犹豫,回话说:"你们这个主任牛呢!和我们的邱主任一样牛!我再听听邱主任的意见。"

大概是王科长听出了金兆辰的底气,并把他的话传给了那位大名鼎鼎的邱主任,很快,金兆辰就接到了进修通知。

到了中大医院,金兆辰见到了这位比自己年轻9岁的邱主任。邱主任大名邱海波,新疆喀什人,是中国第一位重症医学博士,现在已经是东南大学附属中大医院副院长、重症医学科主任、博士生导师,是卫生部有突出贡献中青年专家、江苏省优秀重点人才。

金兆辰一到中大医院,就遇到医院接受等级医院评审。那天,他到病房的时候,正听到护士长在喊:"这台才来的心脏除颤仪,全是英文,怎么弄啊?"

在场的值班医生和护士,没有一个搭腔的。

金兆辰走上去,说:"我来看看!"

护士长一看,一个刚来报到的进修医生,名字还不知道呢,她狐疑地看看金兆辰。

金兆辰不管,对着机器上的英文,直接说出了操作步骤,告诉护士长怎么操作。随后,他对护士长说:"把说明书给我,我晚上回去帮你翻译出来。"

护士长的眼神早就从狐疑变为惊讶了,现在,她更加感动了:"那太谢谢你了!"

金兆辰在进修期间无论是分内事还是分外事都认真做好,得到了大家的肯定。

原定进修时间一年,谁知道,一院工作进展神速,重症监护室建好了,病床也已经到位,急需金兆辰回去开展工作。

金兆辰又去找那位科教科的王科长了。

王科长说："有规定，不满一年，不能发结业证书，200元的住房押金也不能退！"

金兆辰说："结业证书我倒是无所谓，但200元押金，是我自己的钱啊！能不能退给我？"

"那要邱主任签字才行！"

"那我找邱主任去。"

不一会儿，金兆辰又找到王科长。

王科长一看，邱主任已签过字了。

这不大可能吧？邱主任这么爽快就签字了？在他这里进修的，没有一个提前走的啊！

王科长不相信了，莫不是他自己模仿了邱主任的笔迹？

她不放心，又亲自打电话问，听到邱主任亲口说了，这才相信。

放下电话，王科长还在感慨："提前结束，你是第一个！"说完，退给了他200元，又补了一句："你真牛！"

金兆辰不是"牛"！他是用自己的能力、水平、人品博得了大家的尊敬和喜爱。后来，金兆辰和邱海波院长结下了深厚的友情，他的科室和中大的重症医学科也成为友好科室，进行了"柔性合作"。金兆辰不断派出医护人员去中大进修学习，一院这边有患者需要会诊，邱海波院长也来过无数次！

紧盯着最前沿的医学

2003年，金兆辰从中大医院回到一院，成了镇江地区首家重症病房的第一个主任。

成立重症病房，这是从大地方和发达国家学来的经验。

当时，医院的领导高瞻远瞩，拍板成立，也是需要气魄的。当然也要有底气，这底气，就是有能撑起来的主任和医生。

当时病房只有3名医生，4张病床。但金兆辰坚信：这条路是正确的，只要往前走，一定会成功。在这样的理念支持下，他精心管理，施展才能，重症病房不断发展，成了重症医学科，医护人员近100名，病床64张。

重症病房，有着和一般病房不一样的特点。这里重患者多，昏迷的多，病情复杂的多，病死率高。对于病情，基本上都是家属介绍，和患者没法交流。来个危重患者，必须争分夺秒，必须抢时间争速度，第一时间立刻就要针对病情做出判断，拿出治疗方案，丝毫容不得走错路。

金兆辰的爱学习和肯钻研,加上他很早就开始累积精进,在这里,派上了用场。

在影像科工作的经历,为他抢救神经外科和骨科的患者提供了很大帮助;在急救站工作时,他遇到过各种各样需要急救的患者,也为重症病房的工作奠定了基础。

在中大医院进修学习时,他像个小学生,白天认认真真地学,晚上查资料,做笔记。他心里清楚,医生的成长是需要漫长过程的,必须经过积累,必须善于总结。三个月时间,他很快就取到了真经。

在那里,他学到了微创气管切开技术。这项技术当时刚刚起步,中大医院做的时候,还有些保密。但金兆辰何等聪明!他悄悄地瞄一眼,就明白是怎么回事了。回到医院,他就把这项技术掌握了。

这个手术原来要到手术室去做,对于危重患者来说,这是很麻烦的,同时,手术切口大,患者痛苦也大,恢复起来也更慢。现在,在重症病房里,金兆辰就能做,而且15分钟就解决了,既方便,也减少了患者的痛苦。

在实际工作中,金兆辰越来越感觉到学习的重要,所以决定去考研。

医院对他报考研究生很支持,为他的学习提供各种便利,之后,他又考上了江苏大学的博士。

2015年2月,他到加拿大做访问学者一个月。可以说,他在学习和研究上一直不放松。

不同岗位的临床历练,使他成了多面手,这为他后来的工作打下了坚实的基础;连续不断的学习和提高,使他能始终盯着世界上最前沿的学科知识。因此,他的医疗知识不断充实,学术水平不断提升。

CRRT(Continuous Renal Replacement Therapy)是"连续肾脏替代疗法"的英文缩写。也就是每天24小时或接近24小时,连续用体外血液净化疗法来替代受损的肾功能。这样的大动作,以前都是在肾内科做。但是,患了这类疾病的危重患者,在重症室里怎么出去呢?那只好请肾内科的医护人员来做。这就麻烦了,需要协调的事情很多,操作起来也不方便。为了方便患者,金兆辰只好把CRRT的技术掌握了,包括肾脏所有的支持模式,他和他的团队都能做了。这在镇江市重症医学系统是唯一的。

还有一项技术,叫作"颅内血肿微创引流",这个应该是神经外科的事情。同样的原因,为了方便抢救重症患者,他又学习掌握了这项技术,患者不出重症室,就可以做了。

ARDS(Acute Respiratory Distressyndrome),叫作急性呼吸窘迫综合征,全

世界的病死率高达 40% 以上,是倍受关注的重病。怎样抢救,有许多关键技术。金兆辰刻苦学习和钻研,掌握了治疗这种病的小潮气量、呼气末正压通气、肺复张、俯卧位通气、ECMO 等关键技术。

这里要特别说一说 ECMO(Extracorporeal Membrane Qxgenation),这是"体外膜肺氧合"的英文缩写。这项技术代表着一个医院、一个地区,甚至一个国家危重症的急救水平。其意义在于,患者手术期间使用这项技术可以短期完全替代心肺功能,这就为实施抢救手术提供了方便。

2012 年年底,医院花重金进口了 ECMO 相关设备。设备有了,操作是个大问题。这不是儿戏,参数的设置稍有不慎,患者就抢救不过来了。

金兆辰挑选了 4 个医生和 1 个护士长外出学习,并将中大医院的专家请来指导。刚开始,专家做,他们在旁边看,后来,他们做,专家在旁边指导,一直到能够熟练掌握为止。

现在,只要是可逆性的肺部疾病,金兆辰都能运用这一技术成功实施抢救。

2014 年的一天,本文开头说到的加拿大马丁教授来医院访问,听了情况介绍,实地察看了相关设备,马丁竖起了大拇指,夸奖他是金医生!

加拿大西安大略大学,是一所著名的医学博士类公立大学,其中医学院有超过 130 多年的学术积累,曾发明了胰岛素,在国际上享有极高的声誉和影响力。就在这一天,来自西安大略大学的马丁,向金兆辰抛出了橄榄枝:邀请金兆辰做访问学者。金兆辰得以在世界顶级的医学类大学进修深造,由此在医学的前沿跋涉前行。

金兆辰采用 CRRT 技术来治疗重症胰腺炎,将患者体内的炎症介质清除掉,达到治愈目的,被同行称赞为"有一套"。他采用血浆置换方式,抢救中毒的患者,取得成功,这一技术在江苏省也是领先的。

金坛有个 27 岁的青年,因为与家里闹矛盾,一时想不开,就喝了农药"甲胺磷",送金坛人民医院时,心跳已停。当地医院的医生,早就知道镇江的金兆辰教授抢救这样的患者"有一套",立马联系金兆辰,要转到镇江来。金兆辰了解到患者经按压抢救心脏已经复苏,就一边电话指导他们继续抢救,一边在医院做抢救准备。患者一到,金兆辰第一时间给他进行血浆置换,同时行机械通气,一系列的抢救措施都用上了。第二天,小伙子的情况就有所好转;第三天,就醒来了。全家人感激不已,后来,小伙子结婚时,特地从金坛赶来,给金兆辰和全科的医护人员送来了喜糖。

多年来,金兆辰所开展的新技术取得了丰硕成果:主持省、市、局科研 5

项,并获得省科技进步三等奖、省厅新技术引进二等奖、市科技进步二等奖等奖励。其中 Seldinger 气管切开、ARDS 新的机械通气策略的应用、应用呼吸机间断纯氧促进脑功能恢复和经皮微创胃造瘘术这 4 项新技术填补了镇江市空白,成为镇江唯一。有创—无创序贯性通气在急性呼吸窘迫综合征治疗中的应用和 ARDS 控制窗概念的提出填补了江苏省空白,成为省内唯一。到目前为止抢救各类危重病例 1000 多例,成功率高达 92%,综合 ICU 也一举成为国家临床重点专科建设项目(国家已验收通过)和省级临床重点专科。技术影响辐射全镇江市及扬州、泰州、常州地区,金兆辰本人担任镇扬泰地区 ICU 协作委员会首席主任,每年受邀会诊数十次。培养进修生,举办各种学术活动,参与重大疾病的抢救,金兆辰为提高镇江市危重病的救治水平做出了重要贡献。

医者仁心与感恩之心

重症室和普通病房有一个最大的不同,就是重症室的患者,家属不能陪护,而且不少患者都处于昏迷状态。

这样的患者,家属看不到,患者不知道。如何对待患者?完全靠重症室医护人员的爱心和自律。金兆辰常常告诫科室的医护人员:"人家把生命都交给你了,就是对你最大的信任。面对亲属焦虑的目光,我们不能有一丝一毫的懈怠。"他还说,我们树一个品牌,需要 10 年的努力,砸一块牌子,只要几次不作为就够了。

他担任主任以来,重症室无一例重大医疗事故,无一例重大医疗纠纷。

他对科里的下属要求很严,从 ICU 成立的那一天起,他就定了一个规矩:每天早上学英语,提高英语水平,以及时了解国际医学前沿动态。

当时是 3 个医生,3 个人都学,学新概念英语,从第二册开始。他要求值班医生将相关课程抄写在黑板上,每天早上,大家读一遍,然后,再用汉语翻译一遍,一直把三册学完。后来,改学医用英语,用最新版的国外原版杂志的医学文章,同样抄写一遍,读一遍,翻译一遍。这一规矩一直坚持了 10 年。

在他的督促下,科室的学习气氛很浓,从科室考出去的 4 个博士,都说是以金兆辰为榜样的。是啊,金兆辰知道,光说不行,还要用自己的一言一行影响和带动他们。

他严格要求自己,处处以身作则。他很少在外面应酬,有些人就觉得"请不动他"。其实,并不是金兆辰不给面子,而是他认为,自己要学的东西太多,

金兆辰 ——————————————————————————

时间不够用,他每天都要看英文报纸,浏览国外的医疗网站,时刻关注国内外最新的医疗信息,还要备课。

同时,他要时刻保持清醒的头脑,因为,说不定在什么时间就会有紧急的抢救任务来。他的手机24小时开机,跟消防队值班的一样。因此,半夜三更,他经常在睡梦中被手机铃声叫醒;有时正在吃饭,急诊来了,他只能丢下饭碗就跑。

这么多年,他觉得最对不起的就是妻子和女儿。

在家,他就是个甩手掌柜,全靠妻子一个人。女儿中考,他在外地读书;女儿高考,他又在外读书。特别是半夜三更的紧急电话,常常会把妻子和女儿从睡梦中吵醒。

2013年4月6日凌晨1点,他刚从医院抢救完患者回家,正准备休息,突然接到科室值班医生电话,一名25岁的孕妇因"重症肺炎"需转入重症医学科抢救,病情危重,孕妇与胎儿随时有生命危险。接到电话后,他二话没说,立即赶到医院,开展抢救。此时,孕妇呼吸急促,每分钟呼吸达40次,心率达160次,明显发绀,经短时间无创机械通气,患者缺氧改善不明显。他果断决定立即气管插管,实施有创机械通气,进行肺复张,俯卧位通气,控制液体。考虑病情危重,结合流行季节,高度怀疑"禽流感"可能,于是将患者转入负压病房,并进行会诊。第二天,患者的检测结果出来了,患者感染了H7N9禽流感病毒。疫情就是警报,金兆辰立即汇报主管部门,并根据省级及国家禽流感防控专家组对该患者进行会诊的意见,确定最佳治疗方案。经过连续12天的紧张抢救,患者病情终于出现转机,这时气管插管已接近两周,必须要考虑气管切开了。但这时,金兆辰犹豫了:是气管切开继续行有创通气,还是冒险拔除气管插管改为无创通气?他考虑到患者是年轻女性,为了不给患者留下疤痕,他果断决定抓住时机,拔除气管插管改为无创通气。两天后患者病情进一步好转,成功脱离无创呼吸机。此时与家人已完全隔离两周的患者终于和家人通上了电话,电话两头父女同时泣不成声。

金兆辰这时已经两个星期没有好好休息了,他此时最大的愿望就是回家睡个好觉。

回顾几十年的工作学习历程,他始终怀着一颗感恩的心。

他说,工作以后,组织上多次安排他到外地一流医院进修学习,到国外做访问学者,为各个层次的学习提供方便。医院对他的重视和培养,金兆辰默默地记在心中:医院对我这样,有什么理由不好好工作?

他始终感恩的,还有一个人,那就是他的班主任老师吴春华。他从考上大学到后来工作,经常去看望那位给他指路的吴老师。

吴老师也把他当作自己的儿子一样,家中的任何情况都会跟他说,遇到烦心事也要告诉他,每次金兆辰都耐心劝她,老师说:"你说的话我爱听。"

前两年,吴老师要搬到无锡女儿家去,知道老师搬家,他一大早就去帮忙,到了无锡,还帮他们老两口协调了看病的异地结算,解决了两位老人的后顾之忧……

刀尖上舞蹈的人

——————————————— 记镇江市第一人民医院神经外科主任李巧玉

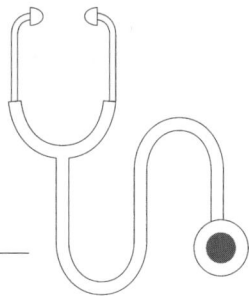

蔡永祥

序：惊心动魄的2分30秒

2017年11月7日，农历立冬。

这一天，原本是平平常常的一天。

尽管立冬了，但天气一如前几日，晴空万里，秋高气爽，气温接近20℃，好像没有一点冬天的迹象。

忙了一天的李巧玉，和往常一样，下班往家走。

此时，天完全黑了，今天他刚刚做完一台大手术，从早上一直做到下午4点半，手术很成功。直到走在路上，李巧玉才感到有一些疲惫，他边走边想，今天晚上吃过饭，可以早点休息了。

生活，有时不是按照自己预先设定好的轨迹进行的。

此时，扬中一户人家，正急得团团转。家中的主人忽然昏迷倒地，经扬中医院检查，患者脑中有一个动脉瘤，已经出血。扬中医院无法救治，正用救护车往镇江市第一人民医院急诊室送……

李巧玉在家吃过晚饭，已经7点多钟了，正准备休息一下。

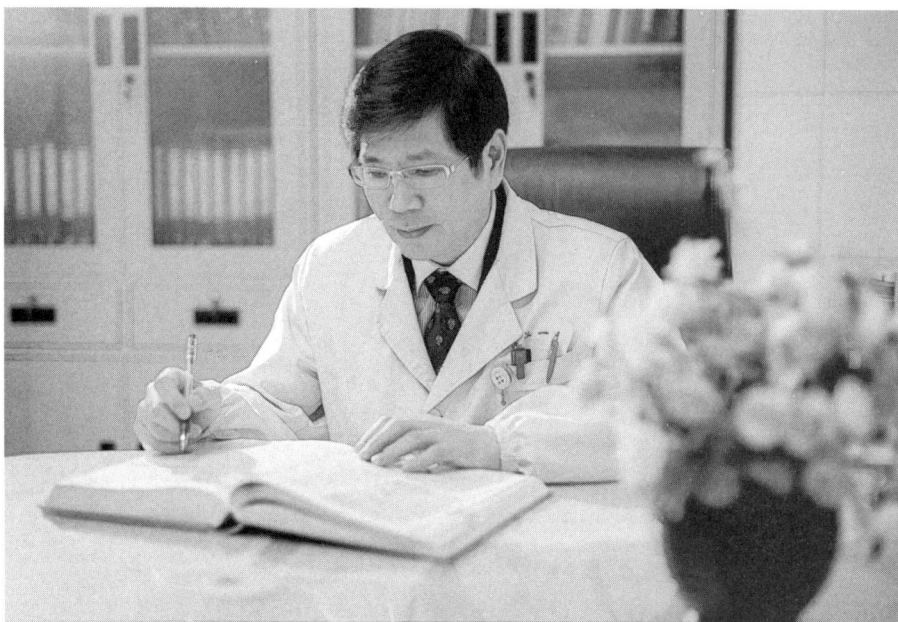

李巧玉

他的手机响了："主任,来了一个急诊,脑动脉瘤,已经昏迷,瞳孔已经放大,要赶紧手术!"值班医生打来电话。

病情就是命令!

"赶紧进行手术准备,我马上到!"李巧玉说完穿起外套就往外走。

李巧玉赶到手术室,穿戴整齐,准备上手术台。他看到,参加手术的医生刚刚把患者的头颅打开。

这时李巧玉听到正在手术的医生突然大叫一声:"不好,大出血!"

李巧玉疾步上前,不得了,鲜血正像泉水一样向外喷涌,整个脑组织像发酵的馒头一样急剧向外膨出。

手术中大出血的情况是常见的。

一般情况下,做这样的手术,开颅后找到那个瘤子,准备夹闭时,或者在夹闭过程中出现大出血,他们都不怕,因为这时手术区域已经有了充分的显露,各种器械也准备齐全,能够及时处置。

现在不一样。他们才把颅骨打开,这只是手术的前期准备工作之一。

危情就在这时忽然出现! 如不及时处理,患者会在 3～5 分钟内因大出血而死亡。

已经顾不了那么多了。

李巧玉一个箭步冲上去,看准血往外喷的地方,凭着丰富的临床经验,用自己的手指快速从脑组织和颅底之间的缝隙处顶了过去。他顶住的是脑中长动脉瘤的大血管及部分出血点。

出血量减少了,他喊道:"临时阻断夹!"护士递上了。

他用临时阻断夹夹住患者脑中长动脉瘤的颈内动脉,出血明显被临时止住了。

虽然整个过程只有 2~3 分钟,但患者的血压已明显下降了。

"用升压药!"他吩咐道。

升压药滴注进去了,血压上升。

他的手指离开了颈动脉,终于找到了那个害人的瘤子。

瘤子已经破了,血还正在外溢。

他又喊道:"快,动脉瘤夹。"

护士应声递上。

只用 10 秒,李巧玉就用动脉瘤夹夹住了正在出血的瘤子,出血被完全止住了。

惊心动魄的 2 分多钟。

参与手术的医生舒了一口气说:"要不是李主任来,这个患者肯定救不过来了。"

手术室的一位护士说:"紧张死了,太惊险了!"

是啊,惊险,才显出李巧玉的分量。

又一条差点滑向深渊的鲜活生命,被他的巧手拉了回来。

这样的事,对他来说,不知道经历过多少回了。但每一回,他都是和医生、护士们一样紧张有序地战斗,直至战斗胜利。因为,救死扶伤,是他的职责。

此时,他也松了一口气。护士看到,他手术帽下的眉眼处,已经冒出了一层汗珠,护士用消毒纱布轻轻地为他擦去。而他没有松劲,手术没有结束,就不能松劲……

村里最能干的放牛娃

李巧玉出生在镇江高桥一个叫后新圩的生产队。

他们家,可能不算村里最穷的,这要感谢他的父亲。但他小时候,却是村里最能吃苦的。

他的父亲是附近很有名气的木工,经常为人家箍桶、打脚盆什么的。那个时候,不叫木工,叫木匠。民间有俗语说:"人干了木匠,驴进了磨坊。"那是讲做木匠的苦。但是,就木匠和瓦匠比,又有俗语说:"笨瓦匠,巧木匠。"木匠要是不灵巧,怕是做不了任何事的。

因为父亲做木匠的原因,他的家中,要比一般的人家日子好过那么一点点。

问题是,他们家负责养生产队的两头牛,这就让李巧玉吃苦了。

这两头水牛,正是年轻力壮之时,干活有一身蛮力,但吃起草来,也是很了得,不吃饱肚子不肯回家。

李巧玉的姐姐已经10多岁了,自然要忙农活,落在李巧玉身上的任务,就是放牛了。

按理说,放牛不是个什么重活。牵根绳子,牛就乖乖跟你走了。关键是他岁数小,小到什么程度? 6岁!

6岁,一个农村的孩子,就开始独立放牛了。真是穷人的孩子早当家。

每天一大早起来,第一件事,就是放牛;中午回来,第一件事,不是吃饭,也是放牛;下午放学回来,第一件事,还是放牛。

要是光放牛,倒也没有什么,问题是还要剐牛草。

早、中、晚,把牛往田埂上一放,他就要在旁边剐牛草,剐满了一篮子,才能回家。

一个6岁的小男孩,苦不苦?

到李巧玉11岁时,奇迹发生了:他会犁地了。

他人还没有犁高,但身上已经有了力气。最主要的是,放了几年牛,牛跟他熟透了,对他有了感情,就会很听话地干活。

到后来,生产队60多亩地,都是他一个人来犁。

60亩,想都不敢想的数字,一个11岁的小孩子,就这样犁完了。

这犁地的时间都是占用的他的业余时间。因为他是一个学生,每天都要上学,而他的成绩还很好呢。

这是不是因为父亲的遗传,一个巧匠的遗传基因在起作用? 他不得而知。

后来他所做的许多事情,包括当了医生,聪明和能干,大概不无父亲的遗传。

一直到上高中,牛都是他要放的。

初中和高中都在公社那里,他们生产队是整个公社最偏的生产队之一,从家到公社的中学,要跑12里路。

12 里，一个少年，快步走也要一个半小时。

这一个半小时，对于李巧玉来说，就是最好的恩赐。

在路上，他从来不像其他学生一样打打闹闹。

他的口袋里，放着一本英语字典。他一边走，一边背。他的英语水平，就是在那时打下的基础。

他聪明归聪明，但毕竟自己花了精力来学习，成绩当然就会好了。

但他甚至比大人还要劳累，大人只是干活，他除了干活，还要上学，他能不累吗？

话说有天大忙时，他和大人们一起脱粒，他手捧稻把子，在高速转动的脱粒机前打稻子。打着打着，实在太累，他竟然瞌睡起来了。早不来，迟不来，偏偏在脱粒的时候来。那还了得，他一个打盹，人差点栽倒在脱粒机上。好在他的身子朝旁边歪了，被站在旁边的二大爷抱住了，不然后果不堪设想。

还有一次，他觉得委屈，狠狠地哭了一回。

那是一年放假的时候，他晚上忙了大半夜，一大早，又被大人从梦中叫起来。

他起是起来了，但眼睛不争气，瞌睡虫在捣乱，他迷迷糊糊地在家里转了两圈，都不知道自己要做什么，就又坐在门槛上身子倚在门框上睡着了。

这一睡，就是几个小时。

等到姐姐回家准备吃早饭时，他还没有醒。

原来，大人叫他起来，就是叫他烧早饭的。

他稀里糊涂地又睡了一个回笼觉。这下坏了，大人们忙得够呛，你还有时间睡觉？看到冷锅冷灶，姐姐急了，把他一顿狠骂。

姐姐一骂，他委屈极了，忍不住哭了，哭得稀里哗啦，直到把姐姐哭得心软了，赶紧和他一起烧早饭才完事。

李巧玉的聪明，不是嘴说的，也不是自封的，是他用行动证明给村里人看的。

这不，11 岁时，也就是他开始犁地之时，就成了生产队插秧最快的，没有之一。也有些大人不服气，心想，一个小把戏，怎么插得过我？要和他比赛。这一比，就比出了差距，也比出了名气。从此，他成了村里插秧最快的人。

后来他上了大学，有时回家，手痒痒了，还去插秧，仍是田里最快的。

他上初中的时候，学校里搞勤工俭学，在学生们放假的时候，利用半个月的时间到村办的工厂里学编柳条筐。这柳条筐可是江南的特产，专门用来出口的。他和同学们一起学，他花一周时间就掌握了基本要领，第二周他就独立编了。而许多同学到勤工俭学结束了都不能独立做事。

这让老师们都感到神奇，都在心里说，这个李巧玉的手真巧！

其实，大家不知道，他已经拜他的父亲为师，早就悄悄地跟他父亲学做木匠活了。

前面说过，木匠要巧，要用心思，要会琢磨，他跟着父亲，一边学，一边琢磨，巧劲就有了。

这就是童年和少年的李巧玉，一个聪明能干的放牛娃。

最能琢磨的医生

1986年7月从学校毕业后，李巧玉分到了镇江市第一人民医院。大家都知道，当时这是镇江最好的医院，全家人都为他高兴。

他到神经外科报到的时候，吃了一惊。

这就是镇江最好的医院吗？

他们的神经外科，只有9张床，而且在地下室里。说是地下室，其实是防空洞。

阴暗、潮湿、不通风，条件特别差。最夸张的是，有的在这里住的时间比较长的患者，头上居然长了霉菌！

环境差不说，整个科室就4个人。一个医生在外进修，科里其实只有3个人，1个主任，他和另外一位医生。他们两个医生轮流值班——一个24小时的班，第二天上午处理完患者已是中午了，只能下午休息半天，第三天又要值24小时班了。

累点、苦点，李巧玉从不害怕，这么点累，和小时候不能比啊！

问题是，科室里经常要抢救危重患者。

有一回，有一个患者消化道大出血，怎么止也止不住。

这个患者，李巧玉至今都记得他的名字。因为那一次，太惊险了；因为那一次，李巧玉花费了太多的精力，以至于最后差点昏倒。

这个患者来了以后，就是上面吐血，下面拉血。

他们判断是胃部出血，可就是找不到出血点，做了两次胃镜，都没有找到。血还是不停地出，这可怎么办？

他们给患者两路输液，一路输血，还是来不及，有一位护士只好站在床边给他挤血。这可怎么办？

出血点找不到，就没有办法治疗。

不行,必须找到出血点!

李巧玉喊来做胃镜的医生,和他一起做。这回,被李巧玉发现了。原来,这是个"应激性溃疡",不巧的是,位置靠上,在贲门处。胃镜往下一滑,就滑过去了。

难怪两次都找不到。这一次,李巧玉发挥了他的聪明才智,他知道老是找不到出血点,一定在犄角旮旯处,这不,真的被他找到了。

找到了出血点就好办了。

那几天他都吃住在病房,几天几夜都没有离开患者一步。因为他不能走,一走,有可能血压就没有了。他就这样守着,随时对症治疗,终于使这位濒临死亡的患者起死回生。

而李巧玉,因为劳累过度,眼前一黑,昏倒在地,好在他下意识地扶住床框,才没有受伤。

作为一名医生,要想全身心地救死扶伤,就得敬业和勤业,就得动脑筋想办法,要用巧劲。

从医几十年,李巧玉在完成日常医疗工作外,积极从事脑血管病的神经介入和脑胶质瘤的研究治疗工作,勇攀医学高峰。科研中,他刻苦钻研,并坚持临床的需要是科研工作第一动力和科研方向,将基础理论与临床实践有机结合在一起。

早在1993年,李巧玉就与别人合作发明了万向冷光源固定装置。这是一种用于神经外科手术的冷光源纤维导光束的固定装置。其导管、金属软管及保护弹簧均通过接头固定连接,并被固定在固定夹上。使用时只需将固定夹夹在手术台盘上,即可随意弯曲,不下垂、不弹开、不晃动、不影响手术者操作视线,尤其对深部手术的照明有了很大的改善,提高了肿瘤的全切率。

这项发明获得了实用型和外观设计两项国家专利。

1998年,李巧玉率先在镇江医疗系统进行了颅内血管性疾病微创手术。当时,全省只有为数不多的几家医院在做。

颅内血管性疾病包括:动脉瘤、动静脉畸形、颈内动脉海绵窦、颅内大血管闭塞、颈内动脉狭窄等。所谓微创,就是用导管从股动脉引进去,到达病灶处施行手术。这样的手术,对于患者来说,出血少、痛苦小;对于医生来说,需要的技术含量很高,没有娴熟的技艺,是不能成功完成这类手术的。近20年里,有无数例神经外科危重患者,经微创治疗转危为安。经过不懈的努力,李巧玉在神经外科领域获得了卓越的成绩,在全省享有很高的声誉。现在,镇江市第一人民医院成为全省颅内微创手术最多的医院,已经成功施行了 2000 多例手术。最近几年,每年都要施行近百例。

在医疗技术迅猛发展的当代,神经外科技术的发展更是日新月异,医生要想技术更精湛,只有"活到老,学到老"。李巧玉注重自身理论的再学习、再提高,很早就获得了硕士和博士学位。他还带领科室一班人,在繁忙的工作之余努力挤出时间开展国家、省、厅、市级科研项目的研究。同时,他注重培养青年医生,努力为他们创造学习、交流、进修和培训的机会。在他的带动下,科室13 名医生,博士和硕士占了 90%,真正做到了以医务人员的进步带动整个科室的向前发展。

现在,他所在的科室已成为全省治疗神经外科疾病的重点专科之一,每年来这里就诊的人数达 5000 人以上,住院人数超过 1000 人。该科抢救成功率、床位使用率和周转率均处于省内领先地位。

这些年,他在省级以上核心期刊发表学术论文 80 多篇,其中,中华级杂志12 篇、SCI 4 篇,有 8 篇获得全国优秀论文奖。除了获得 2 项国家专利外,他还获得省科技进步奖 1 项,省卫生厅新技术奖 2 项,省卫生厅医学科技三等奖1 项,市科技进步奖二、三等奖 6 项,并受邀到美国参加"国际神经介入大会",到加拿大参加"国际神经科学大会",到意大利参加"国际脑血管及神经介入大会",到台湾地区参加国际华人神经外科联合会举办的"神经外科大会"。在这些会议上,李巧玉与世界的同行们交流自己的学术成果,也从他们那里学到了许多新的、世界一流的成果……

在生命禁区动刀

神经外科手术,就是在人的大脑里面动刀。

谁都知道,大脑是人的生命中枢,稍有不慎,轻则损坏神经,造成偏瘫等各种功能疾病;重则危及生命。可见,神经外科手术就是刀尖上的舞蹈,每分每秒都有风险。

2016 年,有位家住镇江丹徒区的患者,是个年仅 20 多岁的小伙子,因患颅内脑干血管瘤,来就诊时已经昏迷。

经 CT 检查,患者的肿瘤是海绵状的血管瘤,巨大且不规则,位于脑干部位。这个部位有很多神经传导束和重要核团,既管手脚能不能动,也管面部所有神经,最最重要的,还管呼吸和心跳,稍有不慎,患者就下不了手术台。

手术前,李巧玉精心准备治疗方案,设想好各种预案。手术中,面对可能发生的危险,李巧玉沉下心来,用高于普通医生两倍的显微镜,一丝不苟、耐心而又细致地将肿瘤从蜘蛛网一样的神经血管旁慢慢剥离,动作既娴熟又小心,每一个步骤、每一个动作都是那么谨慎。

7个多小时过去了,手术成功了。当天,患者就苏醒了,手脚能动,面部神经完好无损。小伙子笑起来很灿烂,而李巧玉手术后却累得站不起来了。

李巧玉有一双巧手,父母亲当初起名字时,就希望他心灵手巧。当了脑外科医生,整天要和蜘蛛网一样的神经和血管打交道,手的灵巧非常重要。

为了让自己的手更加灵活,他平常没事的时候,就用医用镊子捡芝麻,双手各捏一把镊子,将桌子上散落的芝麻捡起来。他还用医用磨钻磨生鸡蛋,那是为了锻炼手上的力度感,他常常把生鸡蛋的外壳磨掉了,露出鸡蛋内壳的一层薄皮,整个鸡蛋还完好无损。

通过刻苦训练,加上执着追求,李巧玉练就了一般人没有的双手技能:能左右开弓!可别小看了这个功夫,进行颅内手术时,有些靠右的角落,必须从左边展开,他的左手能够灵活操作,就派上了用场。

多年来成功的颅内手术,给了李巧玉极大的自信。正可谓:艺高人胆大!

这不,2016年年前又有个患者慕名找到他。

这是个结婚不久的男青年,28岁,脑肿瘤已经达到8厘米,肿瘤大不说,长的位置很麻烦,在后颅凹桥小脑角,这个地方有大量的后组颅神经和听、面、三叉神经等。一句话:一般人不敢动这个手术。即使大医院,人家也不肯冒这个风险。可不是吗?患者辗转到上海、南京等多家大医院,都被拒绝了。总不能在家等死啊!就在春节前几天,家人慕名找到了李巧玉。

李巧玉看了相关报告,心里也暗暗一惊:尽管以前有过成功案例,但这么大的瘤子,还是第一次遇到,难怪那些大医院都不肯做。望着患者痛苦的神情和患者家属期盼的眼神,他二话没说就收下了。再行检查后,他发现肿瘤已经把那些神经组织压迫得偏离,且已经并发梗阻型脑积水,如果不赶快手术,患者将有生命危险。

必须和死神赛跑!此时已经是腊月27日,人们忙着过年的时候,李巧玉却和助手们忙着手术准备。那天的手术,从早上8点一直做到深夜12点,创下了他本人一台手术的时间之最。同时,手术取得圆满成功,患者没有留下任何后遗症,创造了神经外科手术的奇迹。当省里的同行得知这一消息后,都惊讶地称赞李巧玉了不起。

他的心只在患者身上

神经外科是个急诊患者多、危重病例多的地方,医生的工作量大和辛苦自不必说。为抢救危重患者,无论寒冬还是酷暑,无论休息日还是深夜,一个电话,李巧玉总是随喊随到,从无怨言。自1986年参加工作以来,他从未休过公休假,一年365天,几乎每天都能在医院看到他忙碌的身影。有一年国庆节,沪宁高速公路发生了一起严重车祸,救护车接连送来了6个脑外伤重症患者。时间就是生命!他三天三夜吃住在病房,手术室、病房来回奔波,观察病情,制定治疗方案,3天总共睡了不足6小时。由于劳累过度,在请南京专家会诊的路上,李巧玉恶心呕吐,虚脱过去。几天后,患者陆续转危为安,他却因体力透支严重和X射线超标而病了。

担任科主任后,李巧玉更是没有一个完整的休息日,不是值班就是义诊,或抢救患者,或参加各种社会公益活动……长时间这样忘我地工作,家庭和事业难免会失衡,而此时的李巧玉总是选择他的患者,因为他不愿放弃任何一个治疗的良机。有一次,神经外科收治了3个急诊重症患者,恰巧当时科室缺人手。为抢救这些患者的生命,李巧玉夜以继日地工作,全身心地投入抢救工作。当天下午,他突然接到哥哥的电话,说父亲感冒咳嗽很严重,请他尽快赶回高桥老家。由于当时还有患者等着做手术,耽误不得,李巧玉就想着明天回去。谁知,当天夜里,他父亲却不幸离开了人世。虽然身为名医,救治了无数患者,却让一口痰夺走了父亲的生命;虽然近在咫尺,同住一个城市,却在最后时刻没能与父亲见上一面,说上最后一句话。现在,这件事已过去十几年了,可李巧玉始终无法释怀,只要想到父亲,他的心就会隐隐作痛。这成了他心中永远的痛!

有个患者年仅49岁,患脑干动静脉畸形瘤,到过多家医院,医生直摇手,家里人只好把他带回家。但他的家人总是不甘心,找到李巧玉时,李巧玉也觉得手术难做,但他还是觉得有把握做成功。患者家属一听,高兴得流下泪来。开刀前,家属送给李巧玉一个鼓鼓的"红包",李巧玉拒绝了。他理解患者和家属的心情,他们把生的希望全部寄托在医生身上,作为医生,救死扶伤就是职责,没有任何理由懈怠。

手术成功后,患者全家非常激动,又多次想送"红包"给他,都被他婉言谢绝了。

患者现在已经能正常生活和工作,他逢人就夸李巧玉:"李主任是神医!

我现在这条命就是他给的。任何夸奖都无法表达我对他的感激!"

李巧玉就是这样,对工作有着强烈的事业心,对患者有着强烈的同情心。他一切以患者为中心,永远把患者的利益放在首位,对患者和家属的要求,他总是想方设法地予以满足。患者为了感激他,总想着法子向他表示感谢,他退还的"红包"可谓不计其数。

几十年来,李巧玉以严谨细致的工匠精神,屡屡挑战人的生命禁区,为上万例患者进行了脑部手术,为数千例脑干肿瘤和脑动脉瘤患者进行了风险最大和最为复杂的手术,创造了一个又一个医疗奇迹。

你好，明天

———————————————— 记镇江市第一人民医院心血管内科主任张国辉

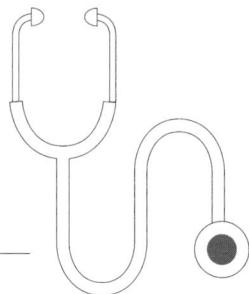

陈泰龙

近年来，猝死事件频繁发生。可以说，每一次猝死，都是一次"意外"。于是，有人担心：意外和明天，哪一个先到来？

意外，是生命脆弱的又一次见证。

一个人，呼吸心跳一旦停止，18 秒后脑缺氧，30 秒后昏迷，60 秒后脑细胞开始死亡，6 分钟后全部脑细胞死亡。这一切又是不可逆的。

作为一个普通人，面对意外，更多是无尽的惋惜。谁曾想到，那个每天和自己并肩作战的伙伴，那个自己最在乎的人，会突然离自己而去？

作为一名心血管内科的医生，张国辉则在思考这样的问题：如何让意外擦肩而过，使意外者躲过一劫，以健康的心态拥抱明天的阳光，说一声：你好，明天。

一

"努力学习，为攀登祖国医学高峰而努力奋斗。"

40 年后的今天，已经成为镇江市第一人民医院

（简称"一院"）心血管内科主任的张国辉，在谈到从医经历时，脱口而出的依然是这句话。

张国辉第一次读到这句话是1977年。那年他胜出高考，如愿以偿成为南京医科大学（原南京医学院）的一名学子。他记得很清楚，这句话就刻在一块高高的牌子上，立在校园内。当初，看着这18个字，一股热流涌上心头，他暗下决心：一定要做一名好医生，为攀登祖国医学高峰而努力。

张国辉不是那种想想激动、事后不动的人。为成为一名好医生，他一直在路上。1977年—1982年，南京医科大学读本科；1993年—1996年，上海第一医科大学读硕士；1999年—2002年，复旦大学上海医学院读博士。

读本科时，学校时常停电，他就跑到对面中医院门诊部的走廊上看书。灯光有点暗，但并未影响他对知识的渴求，那专注的神情，常常赢来赞许的目光。读研时，他每天早晨5点30分就起床，请看门的老师傅把教室的门打开，以晨读拉开全天学习的序幕。望着这样的后生，看门的老师傅说："我们的医疗卫生事业有希望。"

西医是西学，把英语学好，可以在第一时间阅读西方学者的医学专著，掌握世界医学前沿的最新脉搏。基于这样的认识，张国辉潜心研读专业的同时，在英语上倾注了大量精力。1984年，复旦大学举办外语培训班，镇江市科委统一组织报考，张国辉以优异成绩被录取。一年半的学习，张国辉的英语锦上添花。都说书到用时方恨少，在英语这个问题上，张国辉似乎没有遇到这种尴尬。随着对外开放的深入，一院与美国田纳西州一家医院的交流也逐步深入。1989年，这家医院派了两名美籍医生来讲学，张国辉全程陪同，现场翻译。凭着一口流利的英语和对专业知识的掌握，张国辉的翻译得到两位美国同行的高度认可。随后，田纳西州的医院邀请一院派一名医生去美国学习，两名美籍医生一致推荐张国辉。张国辉无心插柳柳成荫。

"世界这么大，我想去看看。"张国辉也想去看看，为了那座山——那座医学高峰。走进田纳西州，他对医院说："我要看中国没有的，中国有的，就不看了。"张国辉的直率，深得美国同行的赞许。田纳西州的医院也不兜圈子，直奔主题，让他看冠状动脉造影，看如何在心脏放支架。不看不知道，一看真奇妙。他感叹道："要让那些意外者逢凶化吉，必须有先进的技术作支撑，否则，只能是望洋兴叹。"

张国辉是幸运的。带他的美国医生对镇江有浓浓的情怀。一院的前身是教会医院，叫康复医院，美国医生的祖父是康复医院的医生，他的父亲就出生在镇江。对父亲的出生地——镇江，他一直很向往。谁知天遂人意，来到他身边学习的竟是镇江人。别人是他乡遇故知，这位美籍医生是家乡遇故知。那份亲切感就甭提了。他不仅让张国辉看，更让张国辉做。像海绵吸水一样，张国辉在新天地如饥似渴地钻研着。是金子总要发光。张国辉的聪颖和智慧很快浮出水面。本来，此次美国之行只有半年时间，但张国辉的不俗表现让美国同行刮眼相看。他们感到这是一块有用之才，有必要做进一步打磨。于是心内科主任向院方提出申请，延长至一年，费用医院出。时间过得很快，转眼间，一年的光景就晃过去了。院方挽留张国辉，希望他长期留在田纳西州。其时张国辉已在一院做了8年心血管内科医生，对家乡的心血管治疗情况了如指掌。相对造影技术，家乡的治疗手段和方法多少有点落后，有的还是隔靴搔痒，明知是心肌梗死，也束手无策。如果哪个患者躲过这一劫，也是他个人的造化，是"自愈"的，而不是"治愈"的。要让"自愈"变成"治愈"。以健康的身体拥抱明天的太阳，多少父老乡亲在热切期待着这种变化！那晚，月亮很圆，耳边飘来柔柔的歌声："月圆的时候，家在我的梦乡。"风从东方来，心往故乡飞，张国辉想家了。

二

从美国回来的时候，张国辉的手上已经有了金刚钻，揽瓷器活是一点儿问题也没有。他至今记忆犹新，有位住院的患者心绞痛反复发作，心电图告诉他，十有八九是心肌梗死。他对患者说："治愈这种病，现在有先进的手段，但必须征得你的同意。""在心脏上玩技巧"，这在当时的镇江，是闻所未闻的，譬如"悬崖上走钢丝"，风险是何等的大！张国辉非常感谢这位患者的支持。这位患者说："进医院，我就听医生的，出了事，我自己负责。""听医生的"，就是患者对医生最大的支持！说干就干，当时医院没有做造影的管子，张国辉就用他从美国带回来做纪念的管子做了手术，成功地将患者从随时会发生的"意外"中拉了回来。

开弓没有回头箭。

凭着从田纳西州及回国后读研、读博后取得的"金刚钻"，张国辉的"瓷器活"越揽越多。

冠心病的介入诊断和治疗。张国辉在镇江地区率先开展冠状动脉造影及介入治疗，包括心脏血管内超声（Intravenous Ultrasound，IVUS）检查、血流储备分数（Fractional Flow Reserve，FFR）测定，以及在IVUS、FFR的指导下进行冠状动脉介入治疗。回国20多年来，他常规开展冠状动脉造影术、经皮冠状动脉成形术、冠状动脉支架置入术、心脏血管内超声检查、血流储备分数测定等无数次。每年仅冠状动脉造影及介入治疗就超过 1000 例,成功率超过 98%,尤其在主干三叉病变、分叉病变、慢性完全性堵塞性病变、弥漫性多支血管病变等复杂病变方面积累了丰富的经验。

先天性心脏病介入诊断和治疗。患者由于先天性的房间隔缺损、室间隔缺损、动脉导管未闭或者肺动脉瓣狭窄,导致"吐故纳新"达不到预先目标,吸进的氧较低,吐出的二氧化碳比较高。这种病的传统疗法是开胸手术,创伤大,恢复慢,并发症多,对患者尤其是少年儿童会带来很大的痛苦。张国辉看在眼里,急在心里。他行医的原则是,能吃一颗药解决的绝不吃两颗,能吃一顿药解决的绝不吃两顿。像先天性心脏病,可以通过介入治疗解决的,绝不轻易推向心胸外科。从 2003 年起,张国辉在镇江地区率先开展经导管封堵房间隔缺损、室间隔缺损、动脉导管未闭及复杂先心病的介入治疗,果然,创伤小,恢复快,并发症少,受到患者及家属的欢迎和好评。

起搏器治疗。张国辉最初做这个手术时,介入治疗的通道是从股动脉走,由股动脉走的缺陷是易出血却又不易发现,患者 24 小时不能下床小便。把方便留给患者,让患者少受痛苦,是张国辉行医的又一条重要原则。经过大胆摸索,张国辉在镇江地区又一次做了"第一个吃螃蟹"的人,由桡动脉走,股动脉的弊端一扫而光。现在,张国辉带领的一院心内科常规开展各种类型心脏起搏器植入术,主要是各种缓慢性心律失常、阵发性房颤、恶性室性快速性心律失常、血管迷走神经晕厥、难治性心力衰竭等疾病。其中心力衰竭的心脏再同步化治疗在省内处于先进水平。从 20 世纪 90 年代初算起,张国辉已累计给患者植入各种人工心脏起搏器近 2000 例,近年来每年植入数量近 200 台,生理性心脏起搏超过总量的 40%。

张国辉领导的心内科在镇江地区率先开展心内电生理和射频消融诊断并治疗快速性心律失常,每年完成超过 150 例,成功率高,治疗后并发症少。2004 年开始,张国辉团队使用 Carto 三维标测系统、电生理多导记录仪等先进设备,进行心房颤动的射频消融治疗,随访一年后复发率低于 20%,在省内处于先进水平。近期他还在探索性开展肾动脉交感神经消融治疗顽固性高血压、心脏迷走神经消融治疗缓慢性心律失常等新技术,取得了一定成效。

无论是冠心病的介入诊断和治疗,还是先天性心脏病介入诊断和治疗,或者是起搏与心内电生理治疗,在镇江地区,张国辉都是"第一个吃螃蟹"的人。第一个,就意味着没有先例可循;没有先例可循,就意味着有很大的风险。

从哲学的意义上讲,认识是行动的先导。但从社会学的层面讲,比认识更

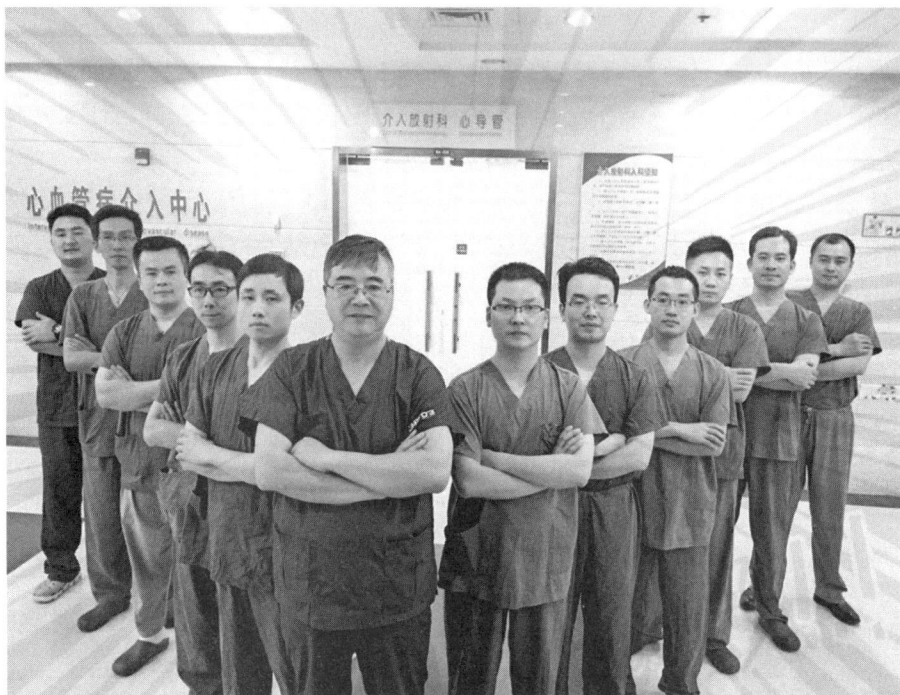

张国辉和他的团队 ————————————————————————

重要的是方法,比方法更重要的是担当。行医也是这样,在没有先例可循的情况下,采用新技术就需要一份担当。张国辉认为,医生以救死扶伤为己任,只要有利于解除患者的苦痛,就应该有这一份担当。他说,心脏介入治疗技术,是一个德国医生冒着生命的危险,将导管插入自己的血管,再跑到彩超室,让超声科医生协助检查,才打开了目前介入治疗的新局面。张国辉说,这个故事对他的影响很深,一直激励着他要做一名敢于担当的医生。

从"第一个吃螃蟹"的角度讲,这份担当至少受到两个方面的挑战。一方面,技术要过硬。那天,张国辉收治了一位50岁左右的女性患者,患者患的是"房间隔缺损"先天性心脏病,且有并发症。所谓"房间隔缺损",就是心房壁上有个孔,利用介入技术把孔堵上,患者就得到了医治。患有"房间隔缺损"的患者一般肺动脉血压比较高。肺动脉血压高到一定程度就不能做介入。问题的难点就在肺动脉血压的测量上,以及通过测量计算出血流的阻力,精确了解非循环病理状态。多少人都因为计算不出阻力而望而却步。张国辉的过人之处就在于他能准确计算出来。比如这位50岁左右的女性患者,经测量肺动脉的血压比常人高。孔不堵,将失去治疗的机会;堵,虽然只有1%的希望,但毕竟有希望。在患者及其家属的眼里,这1%的希望就是明天的太阳,他们一致恳请做手术。张国辉当然是妙手回春。但这个春回得有点难,孔堵上以后,张国辉管子都没敢拿,直到平稳之后,才将管子拔出。另一方面,要敢于挑战极限。张国辉记得,那天他刚跨进办公室,就有一位患者的女儿找了过来。原来,她母亲患有先天性心脏病,75岁,由于年事已高,手术风险大,希望张国辉能伸出援手,她说:"哪怕有1%的希望都治,风险家属承担。"又是一个1%!望着这位孝心可掬的女子,张国辉信心满满地说:"你既然相信我,我一定把1%的希望变成99%。"张国辉没料到的是,此例成功后,居然又接连来了两例,显然是慕名而来,结果当然是如愿以偿。

三

那是当年冬天的第一场雪。雪花飘飘洒洒,飞飞扬扬。吃罢晚饭,张国辉和妻子及刚上小学的女儿一起欣赏雪景,临窗远眺,已是漫天皆白,一片银装素裹。张国辉蹲下身子,逗着女儿背着儿歌:地上白了,树上白了,房子上也白了……突然,手机响了,有位心脏急诊患者急需做手术。张国辉的家在镇江城南的丹徒新城,放在平常也没什么,也就是半小时不到的车程。但那晚不一样,大雪封路,张国辉不敢开车。情急之中,张国辉叫了辆出租车。出租车在前面开,张国辉压着出租车碾的道往前开。

患者得到了及时的抢救,思考却留给了张国辉。急性心肌梗死来势凶猛,致死率很高,而且治疗这一疾病,对时间要求也非常高。像这个案例,是先送进急诊中心而不是直接进入手术室,在急诊完成化验、心电图等检查后再按入院流程进入心内科冠心病监护病房(Cornonary Care Unit,简称CCU),再根据级别判断是否实施手术。常规来说,在急诊中心和CCU病房需消耗90~120分钟。按照业界权威调查结果,医学界对心梗的救治分出了这样一个时间段:120分钟内是黄金时间;发病后6小时内进行血管开通最佳;发病超过12小时再施治,希望渺茫且意义不大。事实上,按照常规流程,即便患者就医及时,但院前急救体系和院内救治通道的割裂和不完善,也会导致一些需要转院或路程较远的患者错过最佳救治时间。如果是医生下班,再碰上恶劣天气,情况就更糟。于是,张国辉在想:能不能有条"便捷通道",让心肌梗死患者在第一时间得到治疗。

一院胸痛中心,就是在这样的思路下成立的。作为全市首家胸痛中心,成立伊始,中心就在高标准、高平台上运作。中心以心内科为主体,结合急诊医学中心,以镇江市120急救中心为纽带,以镇江市第二人民医院、镇江市第四人民医院、丹徒区人民医院、大港新区人民医院为网络医院,涉及市区、丹徒区、大港新区、丹阳市、扬中市等20余个社区、乡镇医院。为了与死神赛跑,胸痛中心特地设立了微信群,基层医院会第一时间将心电图通过微信传给中心的专家,专家立即准备手术,患者一到即刻推进手术室。业内人士称,救治流程的向前延伸和内部再造,以及基层医疗机构与三级医院的无缝对接,实现一体化运作,这种与基层医院的双向联动,在院前急救和院内救治两方面打开了突破口,在检查结果的及时传输和互认基础上,挤掉了中间环节,为患者生存和未来更好地生活,争取到了黄金时间。

按照胸痛中心的新流程,包括急性心肌梗死在内的胸部疼痛疾病,都可以进入流程更简洁、耗时更短的"绿色通道"。张国辉还安排医生24小时值守,随时关注"胸痛中心微信群"里的动态信息。对一些需要远程转院的患者,也应运而生了"医生在手术室等患者"的新策略。

不过,施治流程上的改变,还只是一院计划成立胸痛中心之初就希望全流程再造中的一个部分。张国辉发现,不少患者出现胸痛、胸闷等症状总喜欢扛着、熬着,总寄希望忍忍就过去了,等实在扛不住了,才赶到医院;还有的患者会在"晚上没有好医生"的自我判断影响下,强忍到第二天。事实上,他们往往已错过最佳抢救时间。于是,张国辉的团队形成这样的共识:只有将医疗救护知识普及延伸至基层医院,并直达患者,才能让胸痛中心成立的意义不断放大。只有患者在发生疼痛时就意识到需要救治并及时入院诊察,才能避免悲剧的发生,才能在与死神的搏斗中争取到更宝贵的时间。

基于这样的共识,从2015年年底至今,张国辉和他所率领的团队,对镇江市各个基层医院"挨个点名",以巡回宣讲的方式拉近大医院与基层医疗机构间的沟通距离,同时向各地居民传递"胸痛不能随便忍"的自我防护知识。一段时间下来,他们的宣教取得了不错的反响,此前为方便联络而设立的微信群,已经因为人数超过上限而不得不再建第二个群,一些入群时间较长的基层医生还反馈了新的感受:群里可以对一些疑难病例进行分析,适时互动,这也相当于搭建了一个远程继续教育的新平台。胸痛中心的建立取得了很好的社会效益,2015年11月中心通过了中国胸痛中心的认证,成为第6批通过国家认证的胸痛中心,也是当时镇江市唯一通过国家认证的胸痛中心。

镇江新区的殷老太是胸痛中心取得骄人业绩的有力见证者。那天下午4点左右,胸部疼痛难忍的殷老太来到了位于镇江新区的地方医院。经过检查,医生初步判断为急性心肌梗死,而医院却无法为她现场实施旨在打通堵塞血管的 PCI(Percutaneous Coronary Intervention,经皮冠状动脉介入治疗)介入手术。鉴于现状,医生和家属一方面寻找车辆准备转院,另一方面通过胸痛中心微信群与一院心内科取得联系,并第一时间发送了患者的心电图。通过心电图基本判定疾病性质后,胸痛中心的医生、护士着手接诊和手术事宜。下午5点30分,殷老太被直接推入心导管手术室。过了不到半个小时,手术顺利完成,造成心肌梗死的血管得以打通,殷老太得救了。殷老太送的那面鲜红的锦旗一直挂在一院心内科的墙上。

四

多年行医,张国辉形成了如下的理念:对疾病的治疗,要有系统思维,从生物学、心理学、社会学三个方面入手进行综合治疗。胸痛中心便是这一理念的一次成功实践,它将医院以外的医疗资源有效地整合并加以利用。这一理念的又一实践是张国辉对高血压的治疗。

高血压是猝死的元凶之一。要减少意外的发生,让更多的人每天清晨都能以美好的心情拥抱明媚的阳光,必须把血压控制好。张国辉的独到见解是:让高血压患者学会管理自己的血压,只有管理好,才能控制好。张国辉说到这样一个案例。有位患者,平时血压都在 70~110mmHg,有天晚上突然升到170mmHg,患者非常紧张地到社区附近一家医院看了急诊,在医生的建议下换了药。几天过去,未见好转,他便找到了张国辉。张国辉问诊之后说,血压170mmHg 没有必要急诊,高血压患者也不要轻易换药。他叮嘱患者,要学会管理血压,每天早饭前、傍晚、睡觉前,自己在家测血压,然后记录下来。几天之后的一个傍晚,张国辉接到这位患者的电话,患者说血压又到170mmHg 了,社区医生建议他舌下含一颗硝苯地平。张国辉说:"千万不能含,某个时点高,不能作为换药或加药的依据。我现在刚从手术台下来,如果量血压,肯定高,但要加药吗?运动员剧烈运动之后,血压也会高,难道也要加药吗?"事后,这位患者了解到,舌下有许多毛细血管,舌下含药,药就直接由毛细血管进入血液,会导致血压瞬间快速下降,这是降血压的大忌,很危险。

有没有一扇窗能让你不绝望?有没有一种爱能让你不受伤?很多情况下,患者得高血压不会绝望,但会纠结,总希望毕其功于一役,用了药立马见效。正因为纠结,血压反而降不下来。张国辉的血压管理理论有着重要的心里暗示:其一,血压一般分为诊所血压、家庭血压和 24 小时动态血压,患者每天量血压并记录下来,是患者配合治疗的重要环节。这一环节,整个过程少则一周,多则半个月。对患者的启示是,血压稳定是要有个过程的。其二,血压某个时点高是不可怕的,患者心情放松,会推动血压走向平稳。事实也正是如此。这位患者将半个月的记录拿给张国辉看,趋向好转。在此基础上,张国辉对药做了些调整,半个月后,患者血压趋于平稳。

目前,张国辉每周对社区、乡镇医院的相关人员进行培训,宣讲他的血压管理理论。张国辉说,他的团队,副主任医师以上职称的医生,每人都对接2～3个基层医院,确保高血压这类慢性病的防治在基层医院能收到良好的效果,让更多的人以良好的心态迎接明天的太阳。

你就是那一抹春光

———————————— 记镇江市第一人民医院院长助理、眼科主任，镇江康复眼科医院院长石春和

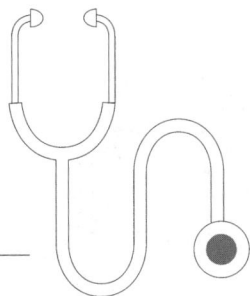

陆渭南

下午 5 点多钟，石院长的诊室进来了一位候诊患者。只见他戴着一副非常奇怪的眼镜。即使天天与眼科患者打交道，像面前这位大叔戴的眼镜，估计石院长也难得见到。这哪里是一副眼镜？两只镜片比酒瓶底还厚。一道道发亮的光圈，密密麻麻地包围住镜片，只在镜片的中心有一个黄豆大小的小透明区。只见这位大叔坐下来，提高声音说："就赌这一把了，石院长，你就死马当作活马医，我的眼睛交给你开刀，开瞎了算我的，开好了算你的。"

石院长抬头看看对方，这副眼镜后的双眼是他见过的最为复杂的眼睛。

旁边等着就诊的患者很好奇地问："老先生，你这眼镜有多少度啊？怎么就糟糕成了这样？"

老先生说："没有度数，什么仪器也测不了，超过 2000 度，可能 3000 度。没得治了，上海的医院不肯给我治，省里的医院也治不了，经人介绍，现在只寄希望石院长肯治我的眼病了。"

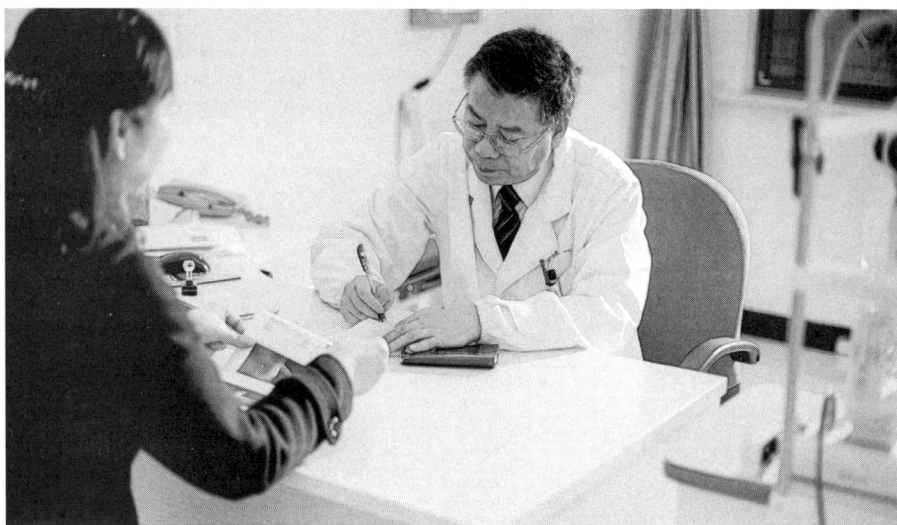

石春和 ————————————————————————————

　　石院长,石春和,主任医师、教授、中华医学会江苏省眼科分会委员、镇江眼科主任委员、镇江市"169"人才,现任镇江市第一人民医院(简称"一院")党委委员、院长助理,镇江康复眼科医院院长。石院长头衔很多,老先生记不住那么多头衔,只听人说,石院长是眼科专家,到南美的圭亚那做过援外医生,还是江苏省援外医疗队的队长,医德信得过,手艺精湛。能不能治,治到什么程度,一切听石院长的了。

　　石春和话不多,说一句顶一句:"在我这里手术可以,但不能打保票。你这眼睛到了神仙手里也有困难。"

　　"这,神仙是假的,我只信你,你就是活神仙。"老先生双手打着揖,看得出,这眼睛问题给他的生活带来的困扰实在太大了。透过黄豆粒大的透明区,靠一点微光看世界,这痛苦放谁身上都受不了。

　　为患者解除疾患,这是医生的天职;给眼科患者送光明,这是眼科专家的职责。因此,石院长答应给这位大叔做手术,但丑话说在前头:"我知道你为这眼睛毛病走了很多医院,大医院去了不少,没有医生敢保证治好。我可以给你做手术,但你这眼睛治愈的希望只有5%……希望我们两个人之间签协议,不要弄到最后搞出个医疗纠纷,我是有理说不清……"

　　"石院长,您尽管放心,您说的我都理解,就是签合同都行。"

镇江康复眼科医院石春和院长,就这样进入人们的视野。

情系圭亚那

有位作家说,人生须读三本大书:有字之书、无字之书和心灵之书。有字之书,传递人类文明。石春和,当年从扬中县中考入南通医学院读医科,毕业后分配到镇江市第一人民医院当眼科医生。读有字之书,给了他终身的医生职业。1993 年石春和进入北京中日友好医院进修眼科专业。1999 年他被提拔为第一人民医院眼科主任。2005 年,石春和参加了为期一年的英语、外交礼仪、爱国主义教育及拓展训练等方面的培训,为援外做前期准备。2006 年 5 月,作为中国第七期援圭亚那医疗队队长、党支部书记,石春和率领 14 名医疗队员奔赴圭亚那,执行援外医疗任务,2008 年夏天援外结束回国。

2006 年,石春和虚龄 40 岁。在人生最辉煌的年纪,一下子要到贫穷落后且时局还相当不稳定的国家工作,这段不可多得的磨砺,使他从现实生活这本无字之书里学习提升,从而丰富充实有限的人生。"作为党培养出来的一名医生,凭借一技之长,为国效力,为国际医疗事业做贡献,义不容辞。"

圭亚那位于南美洲东北部,经济发展水平相对落后,医疗服务水平不高,缺医少药情况普遍。自 1993 年起,中国向这里派驻援助医疗队。历届中国医疗队的每位成员,在圭亚那乔治敦医院及林顿医院,无一不是满负荷甚至超负荷工作,他们凭借高度的敬业精神与高超的医术,成为当地民众心目中的"中国天使"。

对国内大多数人来说,位于南美洲大陆的圭亚那是一个完全陌生的国度,石春和也不例外。2006 年 5 月,石春和带领江苏援医的 14 名医生,从上海浦东机场起程,至美国纽约国际机场再转机至南美洲圭亚那首都乔治敦机场,耗时 30 多个小时终于到达了异国他乡。作为第七批援圭医疗队的队长,他肩负祖国的重托,怀揣国家卫生计生委和省厅领导的殷切期望和嘱托,告别了亲人、同事和朋友,踏上南美洲圭亚那这片热土。全体队员都有一个共同的信念:一定要高质量地完成好援外任务,同时服务好中资机构及当地华人华侨。喊口号容易,表决心不难,可是要真正能做到、做好确非易事。他说,尽管去之前做足了思想准备,可是当飞机降落在圭亚那国际机场时,独特的气候和贫穷落后的景象还是让人吃了一惊。但石春和并没有因此打退堂鼓,他心里明白,这场与疾病和贫困的持久战刚刚开始。

石春和记得刚到圭亚那时,一切都是那么新鲜好奇,同时又那么陌生遥远,新鲜的空气和蓝天白云、黑脸的圭亚那人、水土不服、语言沟通障碍……而且当地医生与患者对援助医生的医术尚不了解。专家们的第一个任务就是树立形象,亮出真本事,建立起当地医护人员对医疗队的信任。只有在这时,中国专家们更明白,他们代表中国,他们不远万里来援医,凭的是一腔热血,是自觉自愿的奉献精神。他们,是最有情怀的一群人。通过几例典型手术示范,精湛的医术和良好的效果很快得到了圭亚那医院由衷的佩服和受援国人民的高度赞扬,专家们一次又一次挽救了患者的生命,不计其数的疑难病例得到治愈,周边地区很多患者纷纷慕名而来。

初到圭亚那正值总统大选前期,政局不稳,社会治安差,几乎每周都会有枪伤患者来医院。有些患者来门诊,首先把枪掏出来搁在桌上,然后再让医生看病。夜间他经常接到大使馆通知"中国人被抢,中了枪伤,请医疗队紧急救援",作为医疗队长兼党支部书记,石春和总是冒着危险带领队员在第一时间到达现场,多次成功挽救同胞的生命。

登革热是一种急性传染病。染上登革热病毒,会出现高热、头痛、肌肉酸痛、淋巴结肿大、白细胞计数减少、血小板减少等症状。2008 年年初,在离医疗队驻地 300 公里的地方,我国援建的圭糖项目工地发生登革热疫情,大部分当地工人都被吓跑了,200 多名中国工人开始人心惶惶,担心染病。石春和接到大使馆"必须控制疫情"的命令后,立即和全体队员商量对策并向江苏省卫生厅请求支援。必须控制疫情,生死攸关,没有退路。因为一旦疫情暴发,很多人的生命都会有危险,疫区将被隔离,20 多亿美元的国家投资项目将要停工。

奔赴疫区后,在国内传染病防控专家的远程指导下,石春和带领工人们清除杂草、喷洒消毒药品,对相关人员进行培训,做好患者的隔离工作,最终成功控制了疫情,避免了大规模疫情暴发而造成的工地停工,以及由此产生的外交纠纷和国家的重大经济损失。

远在异国他乡,怎样让休息时间变得更有意义?医疗队义务为圭亚那人民义诊,为中资机构和当地华人华侨同胞服务,解决华人看病难的问题,同时还在大使馆向华人进行健康知识宣讲。由于全队齐心协力、劲往一处使,这群有情怀的医生得到了圭亚那卫生部、乔治敦医院、中国驻圭亚那大使馆、中资机构等的高度赞扬,石春和与他的团队可以自豪地说:"不辱使命,不负重托。"

乔治敦医院作为圭亚那的首都公立医院,需要承接各地转院的危重疑难病例,手术量大,急诊手术多,且多数患者情况较差,医院客观上存在着床位紧张、管理混乱的诸多问题。有人问过石院长这样一个问题:"石院长,通常你开一个白内障手术,最快需要几分钟?"

石春和并不认同这种问法,因为这不太科学。但石春和还是耐心地解释说:"一般六七分钟,最快的也许只要三分钟。不过手术不是答题竞赛……"

过硬的医术,让石春和在工作中体现出惊人的高效率。

眼科是圭亚那乔治敦首都医院的重点科室,石春和常常一天要诊治100多名患者,最多的一天4个多小时完成了28例白内障手术。长期连轴转,连喝水的时间也没有,有时他累得路都走不动,话也懒得说。因为紧张的工作和过度的劳累,石春和先后5次肾绞痛发作,上消化道溃疡腹痛也经常来干扰他。怎么办?只能一边服药一边坚持站在手术台前。

承受繁重的工作量,中国医生无怨无悔,他们许多的时候都是冒着生命危险在工作。高温酷暑的自然环境,贫困落后的经济条件,疟疾、出血热、肝炎等传染病的感染风险,甚至还要面对军事冲突中的枪林弹雨……这些似乎不足以考验这群来自中国的有着博爱胸怀的医生。

对援圭医生有一些了解的朋友会问:"在圭亚那援医,几乎每天都有可能与艾滋病患者接触。石院长,你给300多个感染了艾滋病毒的人看过病,你害怕过吗?"

"石院长,在圭亚那持枪是合法的,拥有持枪证的人很多,地下枪支交易比较活跃,枪击事件高发。经常听到枪响,你想过逃避吗?"

"听说有一次手术正在进行中,突然发生了地震,圭方护士都跑了出去,最后就剩你与躺在手术台上的患者,石院长,你真的不紧张不害怕吗?"

面对亲朋好友提出的各种问题及担忧,石春和平淡地说:"我是医生,治病救人是我的天职,我不能离开手术台,危险的时刻我不能丢下我的患者。

事情是这样的:石春和主刀给一位眼科患者做手术。手术中显微镜突然不停地抖动,石春和很快意识到发生了什么。配合手术的圭方医护人员吓得跑了出去,只有他一人在原地,迅速对创口做紧急处理,一直陪在手术患者身边。晃动停止后,圭方医护人员回到手术室,石春和继续手术,当所有预约手术都完成时,才发现汗水已湿透衣服。其实地震发生时,躺在手术台上的那位患者只是表面麻醉,但意识清醒,整个过程他都知道,他用颤抖的手紧紧地抓住石春和的衣角,激动地说:"你真了不起,中国医生真伟大!"

"你害怕吗?"石春和也曾问过自己。怕,也不怕!因为对于医生来说,手术室是另一种充斥着硝烟的战场,战士在战斗中冒着枪林弹雨勇往直前,同样,医生在手术中与患者生死相依。

历时两年,700多个日夜,历经雨打风吹,尝遍苦辣酸甜,秉承"不畏艰苦、甘于奉献、救死扶伤、大爱无疆"的援外精神,石春和始终坚守在距离祖国万里之遥的神圣岗位上。

石春和的手术患者,既有普通的当地百姓,也有圭亚那政要及他们的亲人。两年中,石春和与队员不畏艰险,勤奋工作,伴随着一批批患者痊愈,与当地人的关系也越来越融洽。

一次次手术的成功,完全消除了当地医护人员对其专业技术水平的疑虑,更在当地民众中产生了广泛的影响,不断有患者慕名前来求医问诊,石春和几乎把自己所有时间和精力都花在了治病救人上。

2008年春节长假,队员外出旅游,为了驻地的安全,也为了让其他队员安心出游,石春和选择一个人留守。一个人独自度过七天春节长假,没有一个人可以说话,电视里只有一个中文频道,在遥远的南美,孤独寂寞可想而知。石春和笑笑说:"好在不时有人来电话问候。每天晚上驻地查夜两遍。可以打电话,代表援外医疗队给国内的家属们一一电话拜年,问候新年快乐。"

无字之书,沉默中酿就大爱胸襟。

在圭亚那期间,石春和先后三次走进偏远的帕鲁齐地区、耶伊地区和亚帕村开展义诊,为当地百姓免费检测、诊疗、发放药品并进行卫生防疫和健康知识宣传。

医疗队是一个大家庭,作为"家长",如何让每个队员在远离祖国和家人的异国他乡安心工作,是他在繁重的医疗工作之余必须考虑的问题。医疗队有严格的管理制度,面对规定,石春和带头遵守,工作上很坚强,遭遇困难不退缩,但在夜深人静时,想起与自己相隔万里的家人,却往往是队员们内心最脆弱的时刻。日常生活中,为了帮其他队员多分担压力,医疗队的重、累和脏活石春和总是带头干。因为安全环境差,医疗队不允许队员单独外出。石春和每周安排大家一起出门采购生活用品;组织队员帮厨改善伙食;为每位队员过生日、发贺卡;每周带领大家参加文体活动;节假日队员想家,就组织大家包饺子、做面条、聚餐;队员生病时,石春和慰问患病队员并安排好病号饭……他希望点滴的努力能冲淡队员的思乡之情,缓解他们的压力,为他们的异国生活带来安慰和欢乐。

在圭亚那,停水、停电是常有的事。有一次,医疗队驻地连续停水4天,大家都非常着急,到处找原因,可怎么也找不着,最后怀疑是主供水管被河道清污的挖掘机挖断了。主供水管横跨于排污河道中,为了证实这一猜想,石春和没有犹豫,立刻和厨师一起跳进齐腰深的污水里排查原因,最终判断被证实,解决了全队断水的困难。

圭亚那属热带雨林气候,几乎所有的河里都有鳄鱼。鳄鱼天性爱攻击人,这可是小孩子都懂的常识。想到污水里有小食人鱼和鳄鱼,石春和真有些后怕。

驻地常常被水淹,石春和带头抗洪;鼠患不断,他领着大家清理杂草,灭鼠;队员不开心或者对管理不理解、有情绪时,他耐心地做他们的思想工作。两年多的时间里,石春和虽然承受了很多委屈,但团队和谐团结,充满了正能量。

援圭医疗工作既展现着中国医生的医术,也代表着中国的形象。在完成援圭医疗工作的同时,石春和与队友将镇江的"康复爱心工程"带到了圭亚那。

2007年年底,石春和与其他三位队员放弃休息,去偏远的慈爱医院开展义诊手术,改写了该医院建成10多年后一直没有开展手术的历史。2008年年初,医疗队全体队员在张大使的率领下,在卫生部部长的陪同下前往Wakennam海岛开展大型义诊活动并赠送药品。两名被美国医生认为不能手术的眼病患者在义诊后重见光明。圭亚那电视台对义诊做了全程跟踪报道,圭亚那卫生部部长专门写感谢信给张大使表达了对中国人民的感激之情。

作为圭亚那卫生部部长的特别顾问,石春和有一个特权,那就是无须预约,随时可以面见部长,部长更是经常带着圭亚那领导人来找他看病和交流,关系非常融洽。一天上午石春和刚刚给圭亚那外交部部长的父亲做完手术,就接到圭亚那卫生部部长来电,说晚上要来医疗队和大家共进晚餐,要石春和亲自做一个菜给他尝尝,还说最好请大使一起参加。石春和问对方有什么重要的事情没有,部长说:"晚上6点大家就知道了。"中午石春和回驻地后做了简单的安排并向大使进行了汇报。晚上6点,卫生部部长准时到达医疗队,晚餐前他在大使和全体队员面前郑重宣布:"作为WHO当年的轮值主席,明天他要去美国主持大会,他承诺一个中国的立场坚决不变。"

这是一个饱含着沉甸甸信赖的承诺,是对医疗队工作的最温情的肯定,是中圭友谊最美丽的花朵!

2007年5月,圭亚那卫生部安排医疗队乔治敦两驻地合并,完成了前六期医疗队没有达成的愿望。因为工作得到肯定,总统特批:"单独划地给中国医疗队建专家楼,签署备忘录并奠基。"一群中国医生,论治病救人他们都是专家,但盖房子却是外行。石春和组织大家分工负责,每天医疗工作完成后就到各部门交流,看设计图,跑建材市场。圭亚那地处热带地区,常年气温在摄氏 30℃ 左右,分为旱季和雨季。雨季时瓢泼大雨令人难以想象。为防止大雨灌到房间,在圭亚那基本没有像中国那样正南正北的房屋。另外,圭亚那土质松软,建房时由于技术支持不够,不能像国内那样打很深的桩。因此,设计时要根据圭亚那的具体情况,考虑当地的风向和季节特点,以及当地建房特点来设计。

中国医生能吃苦,什么事情都会做。建房子造屋这件事给圭亚那当地百姓留下了这个印象。

两年中,医疗队不畏艰险,勤奋工作,不辱使命,完成门急诊 45300 余人次,手术 4421 人次,抢救危重患者 840 多人次;石春和个人完成门急诊 1 万余人次,手术 1500 余例。全队填补了玻璃体视网膜手术、腹腔镜手术等 25 项圭亚那医疗新技术空白。

医疗队获得了圭亚那历史上首次总统授权颁发的总统勋章和中圭友谊荣誉勋章、特别贡献奖。圭亚那卫生部部长和乔治敦医院院长还向大使递交了亲笔感谢信,感谢医疗队所做出的杰出贡献。

2008 年 5 月 30 日,在圭亚那发行量最大的报纸 Guyana Chronical 上,圭亚那卫生部部长代表圭亚那政府和人民,发表了感谢中国第七期援圭亚那医疗队的专版文章。回国后,石春和获得"全国援外医疗先进个人"称号。

康复爱心光明行

人生须读的第三本大书叫心灵之书。它是一个人精神世界的内心独白。

经历过圭亚那援外医疗的石春和,回到了镇江市第一人民医院,掀开了人生新的篇章。

2014 年也许是石春和最忙碌的一年。医院与市多部门联合,开始在全市范围内组织开展"康复爱心光明行"活动,并成立"光明基金"。这是一项爱心工程,3 年来惠及 2000 名眼疾老人,减免医疗、人员费用共计近 500 万元。

通常早上 7 点 30 分之前,石春和就来到医院,将患者逐一带入暗室检查,为下一步治疗制订计划。傍晚 6 点,他还在嘱托患者和值班医生注意事项。在很多同事眼中,石春和就是一个工作忘我的人。

护士朱雯君一直配合石春和开展手术。"石院长对工作要求十分严格,而日常生活中,他则像个慈祥的长辈,对我们处处关心。记得之前有一名醉酒者在医院耍酒疯,石院长看到赶紧将我们拦在身后,自己却挨了一下。"虽然有时会因工作未达"满分"要求而挨批,但朱雯君对石春和仍心存敬佩,"他在患者中口碑很好,完全符合中国好人的标准"。

在石春和的患者中,不少都是家境贫困的老人,这些老人往往无力承担治疗费用,眼疾久拖不治,很多人都在黑暗中苦痛地度过余生。

80多岁的刘大爷左眼意外失明,右眼视力也因白内障迅速下降,由于老人没有固定收入,而且家中还有一名精神异常的儿子需要照顾,他决定暂时不接受治疗。了解到刘大爷的情况后,石春和主动提出免除手术费用,并为其购买生活用品,安排护士轮流照顾。后顾之忧被这个素不相识的眼科专家逐一消除,刘大爷最终同意手术。术后,当久违的清晰世界重现眼前时,他激动得像个孩子,连声道谢。

像一抹春光投进别人的生命中,帮人渡过难关,给人健康和希望,石春和是许许多多素昧平生的人的恩人。

石春和每年都会遇到很多贫困患者,每次接诊这样的病例,他都百感交集:"如何才能让更多的困难老人不因眼疾留下遗憾?"于是,石春和开始多方奔走,希望能借助更多的社会力量帮助这个群体。他的想法得到了镇江市民政部门的支持。2014年,一院与市民政局及多部门联合举办的"康复爱心光明行"公益活动正式启动,为镇江市老人提供医疗优待服务,减免相关手术费用。

"党和人民培养了我,我应该把一切奉献给党和人民。"这是石春和的座右铭。

2008年以来,石春和与他的团队完成白内障复明手术近万例,晶体植入率达99%,术后白内障脱盲率、脱残率均达到标准要求。他每年还要为10余名95岁以上的患者亲自手术,均取得了满意疗效。

镇江市开展创建"白内障无障碍市"以来,他主动和市残联、市卫生局联系,与多部门、多家单位共同商讨,明确创建"白内障无障碍市"工作计划、定点医院,并组建了一支一流的专家队伍,扎实开展白内障复明基础工作。多年来,他带领眼科专家和全科医生到镇江市及下辖的县、区宣传国家防盲政策,为患者检查,确定诊疗计划,预约手术时间,联系接送人员,做到严谨有序、不漏死角。在他的努力下,镇江市白内障防盲技术在省内保持先进水平,高难度的白内障防盲手术,特别是超高龄白内障患者的手术疗效显著提高,患者满意度持续攀升,因此他被评为"江苏省防盲先进个人"。

医改路上的先锋

组建镇江康复眼科医院，实现镇江市眼科的跨越式发展，满足老百姓看眼病不出镇江的愿望，石春和在康复眼科医院的改革道路上，一马当先。

改革从来就不是坦途，面对阻力，他没有退缩，甘当改革的铺路石和探索者，在整合资源创建眼科医院的征途上勇于实践。在一院党委的支持下，经过充分的调研，他找出主要困难所在，随后对症下药，逐一解决。与此同时，他带头打破"铁饭碗"，以过人的勇气，第一个办理了多点执业，并呼吁出台医师多点执业细则，带领全体医务人员建立健全制度规范，探索尝试全新的"执业模式"。

在深化改革的征程上，在上级的正确领导和大力支持下，他率领眼科全体人员走出了一条符合眼科发展的新路子，树立了合作办医的又一个成功典型，践行并丰富了镇江医改"集团＋股份"的运营模式。康复眼科医院成立以来，不仅提升了镇江市眼科领域的服务能力和水平，得到了镇江地区老百姓的热烈欢迎；同时也明显提高了医护人员的待遇，取得了"两促进"的良好改革成效。与此同时，在他的倡导与带领下，眼科疾病普查工作积极开展，"康复爱心光明行"活动内涵，积极拓展公益慈善服务行动的范围明显扩大，患者满意度提高，社会效益凸显。

石春和是在一院成长起来的眼科学术带头人，如今身为康复眼科医院的当家人，他手把手培养年轻医生，在白内障超声乳化、玻璃体视网膜手术等方面缩小了与全省及全国眼科医治最前沿水平的差距，带出了一支作风过硬、水平高超的眼科医疗队伍。这是他内心的独白，是他努力的方向与动力。

他从上海来

——————————————— 记镇江市第一人民医院泌尿外科主任崔飞伦

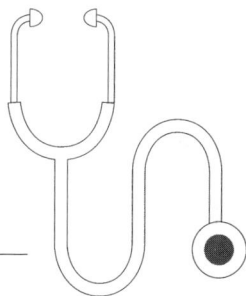

陈泰龙

2004 年 8 月,崔飞伦从上海来到镇江,开始了他职业生涯的新起点。

当时,镇江市第一人民医院(简称"一院")泌尿外科缺少主帅。院党委在全院上下层层发动,明确指出:地不分南北,人不分东西,德艺双馨,便可举荐。

崔飞伦以骄人的实力浮出水面——

就读于名牌大学。1980 年全国高考,18 岁的他,以优异的成绩考入位于上海的中国人民解放军第二军医大学,5 年之后本科毕业,拿到学士学位;1989 年,被位于西安的第四军医大学录取为硕士研究生,攻读泌尿外科专业;2000 年,考取中国医科大学,攻读博士;2003 年,重回上海第二军医大学,攻读博士后。

有一股钻劲、挤劲。本科毕业实习,每当夜幕降临,好多人都在花前月下卿卿我我,崔飞伦却在外科医生的值班室来回转,有事做事,没事就在一旁候着。寒来暑往,他没少上手术台。待实习结束,像阑尾炎这样的小手术,在实习老师的指导下,他已做过很多例。1985 年 8 月毕业分配到沈阳军区总院,凭着这份实习

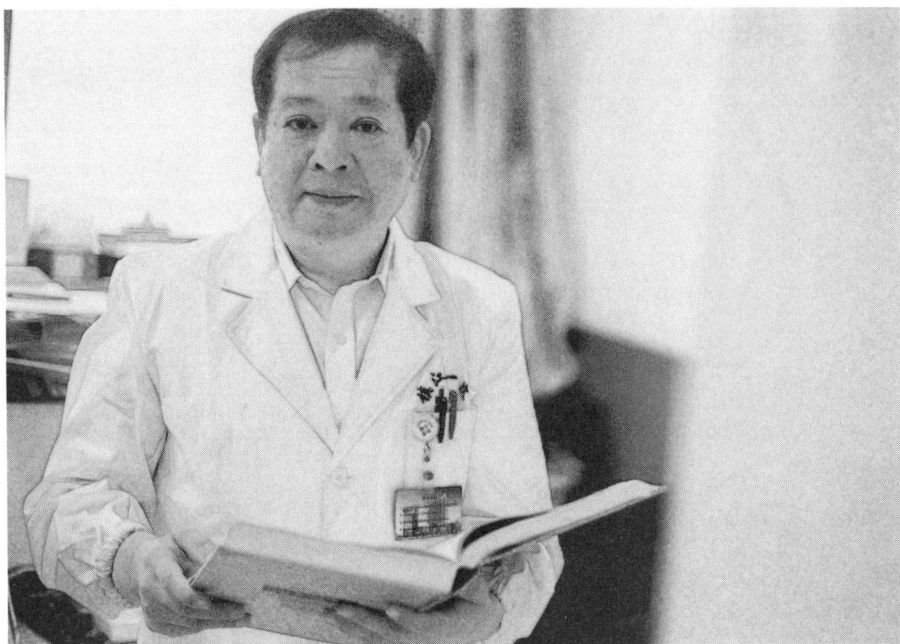

崔飞伦 ——————————————————

经历,他顺利地进入了外科。1992年硕士毕业,他成为沈阳军区205中心医院的一名主治医师,手术量位居该院前三名。

较高的平台支撑。博士后就职于第二军医大学第一附属医院——上海长海医院,长海医院技术、科研力量雄厚,处于全国领先水平。崔飞伦共有三位导师。博士生导师两位,一位方秀斌,解剖专业"老大";一位刘永峰,肾脏移植翘楚。博士后导师,是第二军医大学的校长,中国工程院院士、国内泌尿外科领军人物孙颖浩教授。

—

8月的镇江,姹紫嫣红。

作为新市民,崔飞伦对镇江并不陌生。

南山是这座城市的绿肺,也是上海人的钟爱。每当春天来临,不少上海朋友便会组团走进葱茏的南山,在林间散步,听鸟语,品花香。崔飞伦也曾经是其中的一员。如今,他站在高高的外科大楼上,每每看到南山那一片葱茏,就由衷地喜悦。但是,赏美景必须有健康的身体,否则,再美的景致也无缘。他看了看那些躺在病床上的肾结石患者,疼痛的时候坐立不安,脸上的汗珠有黄豆大……要赶紧让他们康复起来,以健康的体魄走进美丽的南山,与大自然来个深情的拥抱。

崔飞伦这么想着,顿时感到肩上的责任重大。目前,这些患者还在接受传统治疗。一是开刀取石。开刀的弊端很明显,创伤大、伤元气、恢复慢、费用高,胆结石、阑尾炎这些外科常见手术都已经将之抛弃,而采用微创手术。遗憾的是,泌尿外科还未完全将其抛弃。二是微创碎石技术,但仅限于对输尿管中下段结石的治疗,对肾结石尽管也能击碎,但无法同时将结石清除,容易导致结石残留。三是体外震波碎石,但对结石部位、大小包括质地都有"要求",太大、太硬或数量太多的结石则无法进行。比如那位王姓患者,体外碎石已经三次了,但石头仍顽固地滞留在体内,眼下患者正痛苦地呻吟着。

崔飞伦有上海长海医院的背景,他知道北上广已经率先采用"经皮肾镜碎石、取石术"微创手术。这种手术是第三代碎石清石技术,属于世界最新的医疗技术,对泌尿结石是"大小通吃、软硬兼施",是泌尿结石史上的一次革命。作为从上海来的一名专科医生,崔飞伦感到,自己理应和同行站在同一起跑线上,将新技术在镇江推广应用,尽快减轻患者的痛苦。

理想很丰满,现实却很骨感。新技术面临新风险,而且都是致命的风险。风险一:大出血。"经皮肾镜取石术"是在腰上打个洞,碎石、取石的镜子从洞口进去,慢慢地接近肾脏易于取石的部位,但肾脏的血流异常丰富,手术中若损伤大血管极易导致大出血进而危及患者生命。风险二:感染。肾脏结石之后,尿液往往会淤积,淤积的尿液内含有大量的细菌及毒素,是真正意义上的"祸水"。进行"经皮肾镜取石术"时,要确保淤积的尿液不能大量扩散入血,否则一旦发生感染性休克,后果不堪设想。对于第一个风险,崔飞伦的对策是"练"。上手术台前,上百次、上千次地 B 超模拟,然后再进肾脏取石,目标是百发百中,过程是得心应手、左右逢源。应对第二个风险,崔飞伦的招数是进行尿培养,重点是了解和掌握尿液为何种细菌与毒素,用哪一种抗生素可以制约,然后有针对性地施治。在崔飞伦看来,何时做手术是件容易的事,一般的医生都能做到;何时终止手术,将风险扼杀在青萍之末,如"经皮肾镜取石术"一旦出现风险,能否及时停下来,则考验着医生的医术和魄力。崔飞伦信心满满地说,这一点,他有把握。风险既然可控,崔飞伦绝对要做镇江"第一个吃螃蟹的人"。所以,那位王姓患者是幸运的,术后第二天即下床走动,第四天就康复出院了。他对媒体记者说:"我做体外碎石 3 次都没成功,这回新技术终于将我的痛苦全部清除,太棒了!"

和这位王姓患者同样幸运的是一位女企业家。此刻,她站在一院 B 座大楼的 12 楼上,临窗远眺。镇江太美了!举目向南,山峦连绵,郁郁葱葱;回眸北望,江水浩浩,水随天去秋无际。同样是 12 楼,两年前,眼前依旧美景如画,她却无心欣赏。那时,她因患"女性压力性尿失禁"住院。女性压力性尿失禁,被称为"社交癌"。像这位女企业家,虽年近 50,却风采依旧,加之生意打理得红红火火,脸上不时地洋溢着青春的气息。不幸的是"女性压力性尿失禁"缠身,这边客户来了要应酬,那边尿液不由自主地往外跑,根本无法与客户周旋,苦不堪言。她听说一院泌尿外科主任是从上海来的。于是抱着试试看的心情,找到崔飞伦。应该说,她找对了。崔飞伦到镇江后,发现"女性压力性尿失禁"在本市具有较高的发病率。由于各种原因,患者难以启齿,加之又无良好的治疗方法,因而严重影响患者的生活质量及社交活动。崔飞伦实习时的那股钻劲、挤劲又一次在内心萌动,他发挥自己学过解剖学的优势,从生理的角度对该病的病理进行反复研究,在弄清来龙去脉后,大胆引进 TOT 悬吊术。该微创手术局麻即可完成,手术时间仅需 30 分钟。30 分钟后,那位女企业家走下病床,都不敢相信眼前的事实,"尿失禁"的感觉一点都没有了。目前,崔飞伦已完成该类手术 80 余例,在辖区内推广、应用近 100 例,取得了良好效果并获得了医学新技术引进奖。

这位女企业家对崔飞伦十分感激,一直与其保持联系。有一次她问崔飞伦:"到镇江后,你开展了多少项临床新技术、新业务?"崔飞伦百感交集。自从踏上镇江这片多情的土地,他时刻不忘自己来自上海,有着较高的技术平台优势,理应有一份担当;他知难而进,不断推进新技术、新业务的临床应用,将患者的病治好,让他们融入健康人群,享受工作和生活的乐趣。

崔飞伦不仅是这样想的,也是这样做的。

崔飞伦带领一院泌尿外科团队,全方位进军泌尿外科结石病的微创治疗,率先开展了从经皮肾镜碎石、取石术到输尿管硬镜、输尿管软镜碎石术、经尿道膀胱镜碎石取石术及腹腔镜下输尿管切开取石术及超声、放射线双定位的体外震波碎石等泌尿外科结石病的微创治疗,从真正意义上做到了微创手术几乎完美地解决所有泌尿系统结石病,告别传统的外科取石手术。崔飞伦所在科室被中华医学会正式命名为华东泌尿系结石病防治基地镇江分基地。

在此基础上,崔飞伦先后开展了女性压力性尿失禁 TVT 悬吊术、保留性神经的解剖性前列腺癌根治术、活体供肾肾脏移植术、腹腔镜取肾活体供肾肾脏移植术、微创小切口取肾活体供肾肾脏移植术、保留肾单位肾癌根治术等新技术的应用,均为全市首创,填补了镇江市空白。其中,保留性神经的解剖性前列腺癌根治术及前列腺癌的内分泌治疗、前列腺增生的诊断及治疗则达到了国内领先水平。

二

医者仁心,仁者爱也。

崔飞伦常常会讲起这样一个故事。一天,古希腊哲学家、教育家亚里士多德给即将毕业的学生上课。他拿出一个空布袋,在教室里走了一圈。他问学生:"你们闻到什么气味了吗?"学生都摇头,没闻到什么味道。亚里士多德说:"我出去摘点玫瑰花放在里面。"回来后,他拿着布袋分别给学生闻,学生都说有玫瑰花香味。亚里士多德打开布袋,里面什么也没有。学生为什么闻到玫瑰花的香?因为他们迷信亚里士多德。

很明显,这个故事诠释了心理学上的一个原理:暗示。崔飞伦认为,当一名患者选择了某个医生之后,在患者眼里,这位医生就是他的"亚里士多德"。医者仁心,就要善于运用好"暗示"。要平和地与患者沟通,让患者多一份踏实,少一份恐惧。所以,崔飞伦手术前总是这样对患者说:你选择我,就要相信我。你这个手术,对我来讲已很成熟,一点问题也没有。有时,患者进手术室前,看不到崔飞伦就会焦虑地问:"崔主任怎么没来?"然而等患者进了手术室,却发现崔主任已在那里等他了。崔飞伦用行动,让一颗悬在喉咙口的心平稳地放了下来。尤其是一些过度紧张的患者,血压有时会超过 200mmHg,在手术室看到崔飞伦后,像吃了定心丸,血压很快恢复到正常值范围。

没有哪一个手术是零风险的,关键是如何将风险降为零。医生的爱心对降低风险至关重要。

治疗前列腺是崔飞伦的强项。他的研究生毕业论文就是关于前列腺的,他的硕士生导师是做前列腺癌研究的,是全国第一位将前列腺特异抗原作为肿瘤标志物诊断前列腺癌的大家;他的博士生导师也是做前列腺基础疾病研究的,其前列腺癌研究项目获国家一等奖。2004 年,一院泌尿外科已经开展了前列腺等离子电切治疗,崔飞伦到镇江后,经过多年的努力,将其做成了江苏省等离子前列腺电切培训基地。面对荣誉,崔飞伦虽感欣慰,但并没有陶醉。他深知:"黄金时代,不在我们背后,仍在我们面前;不在过去,仍在将来。"所以,为提高一院泌尿外科临床治疗水平,崔飞伦一直在路上。

前列腺癌作为泌尿系统较常见的恶性肿瘤,手术治疗后,多数患者会出现性功能丧失的情况。崔飞伦大胆引进国外保留性神经的解剖性前列腺癌根治术,在根治性切除肿瘤的同时,保留患者的性功能。目前该手术已完成200余例,并逐渐在辖区内推广、应用。对于晚期失去手术机会的患者,崔飞伦在采用内分泌治疗的同时,勇于创新,发明了昆布藻酸双酯钠抑制前列腺癌的新方法,取得了良好的社会及经济效益。同时,他还通过相关基因检测,采用对PCa激肽释放酶3基因与维生素D受体基因的单核苷酸多态性和APC基因的异常甲基化进行分析及其他相关基因的检测,结合血PSA检测阳性者定义前列腺癌高危人群,并行前列腺穿刺活检。针对该部分患者,在常规的内分泌治疗的同时,崔飞伦辅以多西他赛等联合治疗,明显延长了患者的5年生存期。该项技术已在国内多家医院应用超过300余例,取得了满意的效果。对于高龄及合并严重心、肺疾患不能耐受手术的患者,崔飞伦引进了支架植入技术。该技术在辖区内广泛推广应用,并获得了医学新技术引进奖。崔飞伦在治疗前列腺癌的系统研究方面也取得了突破性进展。2015年,该项目被列为江苏省重大疾病重大项目,获专项基金200万元(从2004年开始,崔飞伦领军的团队获得的此项科研经费累计达450万元)。经过反复的试验、论证,崔飞伦发现有两个新的基因是前列腺癌致病的重要因素。此项成果引起了江苏省卫生厅的高度重视。同时,崔飞伦连续多年在省内外学术会议上向专业医务人员讲解前列腺癌诊断、治疗的新技术、新进展。

从常规上讲,有着如此厚实功底的他,做前列腺癌的手术应该是一点风险也没有的。但问题是,前列腺癌患者基本上是老年人这个特殊群体,而这个群体是静脉血栓的高危人群。静脉血栓的形成常见于久站或久坐的人,每连续坐一小时,静脉血栓形成的风险就会增加10%。手术后,医生沟通的对象不是患者,而是患者家属或护工,对家属和护工来讲,"暗示"已经没有用,必须"明示"。崔飞伦明确要求,每隔一段时间,要帮老人抻抻脖子弯弯腿,揉揉手指敲敲背。每次查房时,他都会把这一项作为必查项目进行询问,并对家属、护工不厌其烦地叮咛、嘱咐。有人说,这些事交给护士做就行了,但崔飞伦的答复是:多一份重视,就少一份风险。语言是如此的质朴,却透露着崔飞伦对患者的一份关心、一份爱。

2006年8月20日,《扬子晚报》刊登了这样一则消息:

"16日,记者在镇江一院泌尿科病床上看到了镇江技师学院的卢峰,这名29岁的小伙子从2003年查出肾功能有问题后,一直都没能睡过一个好觉,因为病症加重,去年8月妻子离他而去。身体和生活的压力,让他感到'生不如死'。8月医生对其发出警告:再不换肾,生命难保! 危难时刻,他51岁的母亲彭玉君从江西老家赶了过来,对泌尿科主任崔飞伦说:就用我的肾吧!经过6个多小时的手术,彭玉君的左肾被成功移植进卢峰的体内。主刀医生对记者说:目前移植的肾已经开始工作,卢峰肾功能已基本恢复正常!小伙子终于可以一觉睡到天亮了。记者采访中,卢峰的眼睛一直看着另一病床上的妈妈,小伙子动情地说:'把我培养出来,母亲应该享福了,但现在妈妈还为我吃这么大的苦……'说到这儿,小伙子已是双目含泪。手术后的第二天,卢峰出现昏迷被送进ICU抢救,刚刚醒来的彭玉君硬是不顾医生的警告和劝阻,忍受着术后的剧烈疼痛,坐着轮椅到ICU去看儿子,此时这位坚强的母亲流泪了:'他是我的孩子,为了他,我没有任何顾虑!'"

"泌尿科主任崔飞伦对记者说,母爱真的十分伟大,泌尿科近期接连做了6次肾移植手术,其中4人都是在缺少肾源、面临死亡的情况下,母亲勇敢地站出来捐肾!是母亲给了这4名患者第二次生命,是母亲给了他们医务工作者无穷的感动和力量,他曾对科室的每一位医生说:我们一定要让手术成功,我们一定要对得起这份伟大的母爱!"

手术成功了。媒体和公众的注意力集中在供肾者,鲜花和掌声都献给了伟大的母爱,崔飞伦也悄悄地走到幕后。其实,崔飞伦为保证手术成功做了多方面的付出。别的不说,单单讲病房的安排,就可以看出崔飞伦的良苦用心。崔飞伦将特护病房安排在他办公室隔壁,一旦出现险情,他可以在最短的时间内走进病房,进行抢救。手术结束后的第一个星期,崔飞伦晚上下班后也不敢回家,他在办公室支了一张临时床,24小时吃住在医院。医者仁心,可见一斑。

三

夕阳满天。塔影湖上半江瑟瑟半江红。挨着茫茫湖水的是这座城市的"珍珠项链"——长江路。晚饭后,小城的市民每每都要沿着"珍珠项链"走一走,散散步,享受一下水天一色的美好意境。崔飞伦有时也置身在散步的人群中,情绪上来的时候,也会吟上一句诗:落霞与孤鹜齐飞,秋水共长天一色。如果迎面而见的电线杆上没有那些男科疾病小广告,或者碰不到那些塞"治疗男科疾病"传单的男男女女,崔飞伦的心情一定更美好。"小广告"和"传单"让许多患者选择了非正规渠道治疗,甚至有的因此贻误病情。崔飞伦的心情变得有些沉重。他想,一名医生走进医院,全身心地治好前来就诊的患者,从职业道德来讲,应该竖大拇指,为其点赞。但是,作为一名医生,对那些由于种种原因不能来医院就诊的患者，不能视而不见、充耳不闻，而应给予更多的关心，将他们引入正规的医治渠道。

其实，崔飞伦一直在思考这样一个问题。医院有妇科，没有男科，男科，成了"难科"。随着社会竞争的加剧，不良生活习惯正透支着男性健康。比如，男性长时间久坐会影响阴囊散热，导致睾丸温度升高，影响睾丸生精出现不育问题；抽烟、酗酒、熬夜等会导致男科疾病出现。可以说，男科患者基数大，疑难杂症多，很多男性患者由于难以启齿，看男科时本身就顾虑重重，如果没有正规渠道医治，患者很容易"误入歧途"。

认识是行动的先导。2012 年，崔飞伦设立了男科门诊，在镇江全市率先开展规范化、系统化的男性科诊断、治疗，多次主办江苏省及苏南地区男性科研讨会及学习班，推动了辖区内各医院男科的成立与规范医治，形成了全市的男科学医师网络系统，在业内引起了很好的反响。崔飞伦也因此赢得了"镇江市男性科学的奠基人"的美誉，当选为镇江男科学专业委员会主任委员、江苏省男科学分会副主任委员。在一院，担任临床类"中华医学会省级分会"副主任委员的只有崔飞伦一人。

几年来，随着男科学基础与临床研究的深入，一院男科学在疾病的病因、诊断、治疗及预防方面取得了很大的进展，现已发展为有一定规模、门类齐全的特色门诊。该门诊从学科领域涉及的基础医学的生殖解剖、生理、生化等和临床医学的泌尿外科、内分泌科、精神心理科和皮肤性病科等入手，医治范围包括男性生殖结构与功能、男性生殖与病理、男性性功能障碍、男性生殖系统疾病和性传播疾病，就诊量累计 10 万人次，千千万万的家庭因此获得了性福和幸福。早年电线杆上比比皆是的治疗性病的小广告，由于市场的萎缩，现已踪影难觅。

无声图像中的"火眼金睛"

———————————— 记镇江市第一人民医院影像科主任单秀红

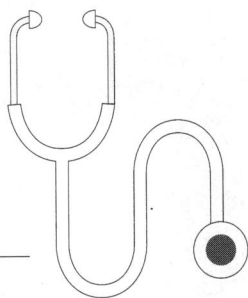

马彦如

　　一个选择,决定一生的道路;一条道路,追求一生的梦想。治病救人,首先要能诊断疾病,才能制定治疗方案。1991 年,24 岁的单秀红从南京铁道医学院医疗系毕业,即投身到医护人员紧缺的镇江市第一人民医院(简称"一院")放射科。20 多年来,她从一张张黑白胶片、一帧帧无声图像中练就了"火眼金睛",读出了疾病的真相,成为医院的"幕后英雄"。

　　单秀红出生于 1967 年 9 月,中共党员,临床医学博士、教授、主任医师,现任一院医学影像科主任、江苏大学医学院影像系副主任、硕士研究生导师、中华医学会放射学分会分子影像专委会委员。

　　在一院 B2 楼的医学影像科门口,穿着白大褂、留着齐耳短发、个子不高的单秀红看上去特别有亲和力。

　　下午 3 点半,9 个影像检查室的门口仍然坐着几十位等待做检查的患者和他们的家属。领着记者向办公室走去的途中,单秀红看着患者说:"今天周四,到现在还有这么多患者,以前周四周五患者会略少一些。"

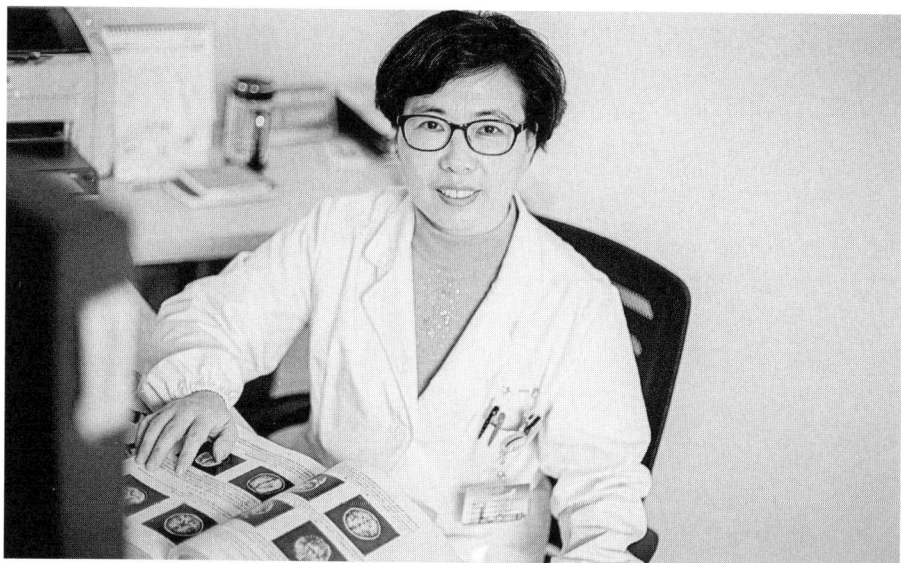

单秀红

在办公区门口,刷卡进门的时候,一位拎着一只简易布袋的阿姨在轻轻地敲边上一间关着的门。听到声音,单秀红转过头问她有什么事。这位阿姨说,她之前从这间门进去找过医生,把自己的一只包丢在里面了。原以为单秀红会交代别的医护人员解决这事,没想到问明原因后,单秀红让记者稍等一下,她从身上取出钥匙打开那扇门陪阿姨走了进去。不一会儿,阿姨找到了自己的包,一边道谢一边出来了。单秀红略有些抱歉地对记者笑笑说,她看完病包忘记拿了。这件不起眼的小事,瞬间让人感觉到单秀红全心全意为患者服务的医者仁心。

医学影像学是以物理学手段对人体组织器官的形态结构、生理和病理状态进行成像,根据图像所显示的特点,对所患疾病进行诊断的一门医学科学。单秀红学的是临床医学,当时医学院都还没有设医学影像专业,"当时影像诊断手段较为单一、直观,看到什么就是什么"。从临床学习开始,单秀红就对影像学产生了浓厚的兴趣。她认为放射成像能直观地反映出疾病的存在与否和性质,而放射科医师似乎长了一双神奇的"火眼金睛",能"穿"过一张黑白胶片显示的影像直接看到患者发病的部位,"很神奇,也很有意思"。因而,学业结束后,她凭着对放射影像学的浓厚兴趣和对放射影像的深入了解,毅然选择到大多数医学毕业生不愿意去的放射科从事放射诊断工作,一干就是20

多年。

单秀红刚走上工作岗位时,放射科以拍摄 X 光片、透视和胃肠造影为主,检查的项目少且单一,一天一般只有 30 多个患者,医生却有七八名,工作较为轻松。但由于 X 光受制于深浅组织的影像相互重叠的缺陷,在诊断病情时需要较多的医师的经验积累。单秀红深深地明白,身为一名放射科的医师,自己的工作不单单是"拍片"或"读片"这么简单,一张片子的诊断报告是否正确、全面,常常直接关系到临床医生的诊断,影响到患者的治疗。她一边虚心向资历深、经验丰富的前辈学习,一边苦练基本功,经常翻看一些经典的片子和专业书籍。她还深入临床,坚持病例追踪,以判断自己读片的准确性。

医学是一门不断发展的科学,新的研究成果层出不穷,不学习就落伍。20世纪 90 年代,图书网络还不发达,查找资料相当困难,有时难免遇到难以诊断的疾病而不知怎么办的情况。单秀红想要继续深造学习,她决定考研。当时她的女儿才 20 个月,作为一名年轻的医生,医院排班满,每周都要值夜班,白天根本没时间看书,只能利用晚上看书。女儿想要妈妈多陪陪,过去缠着她,她只好抱着坐在自己腿上的女儿看书。晚上 10 点多,女儿睡着了,自己才能安心地继续复习。

1998 年,第一次考研,单秀红笑言自己连英语考卷上的题目都读不懂。不服输的她第二年又继续报名,研究生英语大纲上 6000 多个英语单词,她每天强迫自己背 20~30 个,循环背诵,几个月下来,背单词背得吃饭都没有胃口。这一次她终于顺利通过英语关,成为徐州医学院肿瘤影像专业的一名硕士研究生。她第一次去学校时,女儿小,还不懂得什么是别离。一个多月后她回家探亲,女儿已经意识到妈妈离开很长时间,分别时再也不肯让她走。那时镇江到徐州还没有高铁,火车要坐 6 个多小时,单秀红最短一个月,最长的一次半年才回家。

在学校里,她不仅学习了影像专业知识,还学习了神经系统、肿瘤学等方面的理论,"都是自己没学过的东西,为自己后来从事影像研究打下了必备的基础"。在接受了更多的医学新知识之后,她的诊断思维方式改变了许多,考虑问题也更深了。三年的研究生学习,单秀红最大的收获是:"又学到那么多的新东西,心里很踏实。"在攻读硕士研究生期间,单秀红结合自己在临床实践中积累的经验,解决了临床工作中"肺内结节 CT 形态学鉴别诊断难"的难题,获得了江苏省卫生厅医学新技术引进二等奖和镇江市科技进步三等奖。

单秀红说,一名好的放射科医生,应该成为临床医生的好帮手,不仅要挽救患者的生命,也要尽力保证患者的生活质量;不仅要有丰富的专业理论基础和技能,还要有一定的临床基本功,同时还必须具备丰富的空间观察能力和领悟能力,要在较短的时间内给出准确的诊断,表现出自己的专业态度。经过不断的积累,"技术精湛,认真负责"这8个字,成为同事和患者们对她的一致评价。

在单秀红办公室的橱柜里,有厚厚的十多本手写的笔记本,这些都是她2004年到2010年,为了提高诊断水平,利用下班后的业余时间随访患者的病历,再结合诊断过的报告和病历上最终的病理诊断做出的记录。"把没把握的报告调出来,再跟病理报告对照,有判断不准确的地方再重新观察思考。"随访积累和理论的相结合,让她的读片诊断水平有了质的飞跃。接管影像科的全面管理工作之后,她组织安排了影像诊断全覆盖的随访系统,带领全科医生共同提高。

影像医生不仅仅是拍片,同时也是诊断医师,是临床医生的眼睛。临床离不开影像,影像也离不开临床,二者相辅相成、同等重要。在影像科的这些年,单秀红的"火眼金睛"已经远近闻名,医院里凡是有争执、难以定夺的片子,都要请单秀红过目定案,很多患者慕名而来,就是为了让她看一眼片子。

"读片后需要第一时间做出判断,这些都离不开经验积累,读完片后,是手术还是保守治疗,我们通常会给出意见。"单秀红敢于担风险、下结论,这些都基于她深厚的阅片功力和对患者的责任心。肺癌是男女发病率较高的一种恶性肿瘤。2004年,一位40多岁的女患者到医院体检,CT图像可见有个4毫米的病灶,但患者本身没有任何症状。她找到单秀红,请她给自己看看片子。仔细观察后,单秀红判断是小肺癌。这位女患者随后进行了手术治疗,手术结果证实了单秀红的诊断。

一次单秀红女儿老师的一位同事因头疼到医院检查,做了一次头颅CT,拿到的CT诊断报告为正常,于是患者通过单秀红女儿的老师找单秀红咨询:为什么头颅CT正常,头还疼得这么厉害?单秀红看到片子后发现脑垂体可能有问题,建议患者再做个脑垂体磁共振。因为类似的情况经常会有,单秀红没有时间跟踪这类建议,随后她便忘了这事。两年后,这位患者特地找到她表示感谢,原来当年患者做磁共振后发现确实是脑垂体有问题,及时进行了手术切除。说起这样的病例,单秀红不无动情:"对我们来说这些事再平常不过了,但是患者却一直铭记,让我感动,为他们做什么都值。"

影像科医生不像其他临床医生一样直接为患者治疗,每天更多的是和检查仪器打交道,跟患者的接触不像临床医生那样时间长。很多病在正式确诊前,患者会进行影像检查,经过医学影像科医生的分析,形成报告,临床医生才能最终诊断疾病。在单秀红看来，一名优秀的影像科医生要做出准确的影像诊断，除了熟知人体各个部位的结构，以及病理、生理改变外，还要多问患者的既往病史和症状，"现在各种检查设备越来越先进，但是仪器毕竟无法直接告诉患者病况，还是需要影像科医生结合临床经验，针对患者的不同情况进行分析解读"。病史可能就是诊断的关键，影像科医生跟患者接触少，遇到疑难杂症时，单秀红一定会想方设法找到患者本人或家属询问病史，细寻蛛丝马迹，为患者解开一个个谜团。

"读片不只用眼睛，更要用心。"水平是一方面，态度更重要。正因如此，片子上任何细小、可疑的异常，都逃不过她的"火眼金睛"。她常说："不能因为我们工作的疏忽造成患者无可挽回的恶果。"扎实的理论基础加上丰富的读片经验，她纠正的市内外误诊和漏诊报告已不计其数。

一名本院同事在体检中发现左上肺有个 1 厘米多的结节，边缘毛糙，本科医师诊断为肺癌。这位同事找到单秀红，请她给自己看看片子。看到同事冷汗直流，单秀红劝他不要着急，还告诉他光通过平扫 CT 不能确诊，建议他做个增强 CT。增强图像出来后，其他医生坚持认为还是肺癌，单秀红认为不能草率，经过仔细阅片研究，测量得知结节没有明显增强，而且与该结节邻近的肺野有点状的增殖灶，除此之外，回顾该同事 1 年前的胸部 CT 发现该部位正常，从小肺癌发生发展的时间来看也不符合肺癌诊断。从以上三个方面，她给这位同事的明确诊断是肺结核。看到这位同事脸色由煞白转为红润，她心里踏实多了。后来，这位同事的家属建议到南京、上海找专家再看看，结果两地专家都诊断为肺癌。同事没有把这个结果告诉单秀红，就去其他医院动了手术。手术出院后他找到单秀红，说自己后悔死了，他的左上肺全被切除了，最后病理诊断确实是肺结核而不是肺癌。单秀红也为该同事感到很遗憾。单秀红后来特地调出来这位同事的影像资料，让全体影像科的医生回顾学习："该同事的 CT 图像上有结核的典型特征：有卫星病灶，增强没有强化，说明没有血供，与 1 年前的 CT 对比，为新增病灶，又不符合肺癌的倍增时间。"她再次强调影像诊断不能浮躁，要仔细辨别。

影像诊断中，需要影像医师结合患者的症状、体征、检验资料及影像表现综合判断。2009 年，一名 40 多岁的男患者喝酒后剧烈腹痛，到医院 CT 检查后，在十二指肠中发现较大的包块，临床医生邀请单秀红一起会诊。经过仔细观察，她认为："这个密度均匀的包块跟肿瘤不一样，如果是十多厘米的肿瘤，那中间应有坏死，但是这个包块中间并没有坏死。"通过询问病史，得知患者是在喝酒后发生的腹痛，她建议临床医生考虑是否是患者喝酒后引起的十二指肠黏膜小血管破裂,导致黏膜下积血。两天后,患者复查时肿块明显变小了,但是影像科的复诊报告仍然考虑是十二指肠肿瘤,根本没有仔细观察对比。单秀红在复检时发现问题,及时指出肿块已变小,并非肿瘤。她认为,一名影像科医师平均一天要出一两百份影像诊断报告,很难做到万无一失,"我们要尽最大可能避免误诊,因为误诊对我们来说是万分之一,对患者来说,就是百分之百,后果很严重"。

对于放射影像学的热爱,一点一滴地体现在单秀红对工作的执着中。她清楚地知道,设备再先进,要真正做到"救死扶伤",还得靠医生的知识、经验和精准诊断,让患者得到及时治疗,减少痛苦。她不仅致力于攻克临床难题,还始终积极探索医疗新技术。她受 PET-CT 无创肿瘤靶向定性诊断的启发,并克服 PET-CT 弱点,与东南大学合作进行"肿瘤靶向磁共振成像试验研究";先后申请发明专利 3 项,参与完成了省级、国家级课题 4 项,主持省、市重点课题 2 项,并收到 2011 年医学影像领域世界最高级专业年会"北美放射会"大会邀请交流。2013 年,她带领科室申报并成功获批省级临床重点专科,提升了医院甚至镇江市的医学影像专业水平。

10 多年来,她获得的荣誉和成绩数不胜数,先后发表论文 30 余篇,其中 SCI 论文 6 篇。2005 年,她获得江苏省卫生厅医学新技术引进二等奖,镇江市人民政府授予的科技进步三等奖;2006 年,被江苏大学评为优秀教师;2008 年,被镇江市卫生局评为卫生系统三等功;2010 年,被镇江市第一人民医院评为首届"风采女性";2013 年,被镇江市人民政府评为第四届"十大女杰";2013 年,被镇江市第一人民医院评为优秀共产党员;2013 年,被镇江市卫生局评为优秀医务工作者;2013 年,获得江苏省卫生厅医学新技术引进一等奖;2015 年,被镇江市卫计委评为 2013 年—2014 年度优秀共产党员;2015 年,被镇江市人民政府授予科技进步三等奖,2016 年被评为镇江市优秀共产党员。

为了进一步提高自己的诊疗水平,她在 2010 年再次入学攻读医学博士,并于 2013 年获得博士学位。

斗转星移,寒暑更替,肩负着救死扶伤的使命,单秀红默默地在幕后的影像战线上奉献着、耕耘着。她对患者的认真态度,有目共睹。"医生不光要面带笑容,还要对患者有耐心,要关注他表述的每一件事,不能忽视他的病史,病史可能就是诊断的关键。""对任何患者都要一视同仁,不能有歧视,只要是患者,来医院看病就是信任我们。"她的语言质朴,一如她的外表,亲和而有温度。

肿瘤中心里的生命之光

—————————— 记镇江市第一人民医院肿瘤中心主任范钰

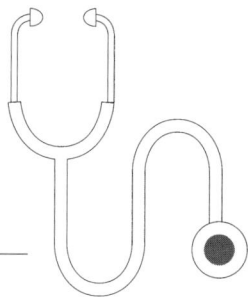

钱兆南

从镇江市第一人民医院（简称"一院"）的后大门进去，第一眼见到的便是 C 楼。C 楼是肿瘤病区，没有谁情愿走进去。这幢 6 层楼的建筑里不仅住着各类癌症患者，还有一群常年守护患者的医护人员。走进这幢楼里的患者，他们有的是家庭的主心骨，但是在疾病与生死面前，却是那样无力。在 C 楼工作的范钰医生，就是为这里点亮肿瘤患者们心灯的人。

寒窗立医志，经年孜孜求

范钰出生在辽宁省西部一个偏僻的小山村。父母是脸朝黄土背朝天、老实巴交的庄稼人，他们年复一年，日复一日地在贫瘠的土地上刨食，全家人的日子过得还是紧巴巴的。范钰虽然在家是最小的一个，但并不娇气，自懂事起，看到父母经年疲惫不堪的面容，就总想着为他们分担一点。傍晚放学一到家，他就扔下书包，抓起墙脚下的篓筐，风一般地奔到山坡上割羊草。他要赶在天黑之前割满一篓筐羊草回家。母亲说

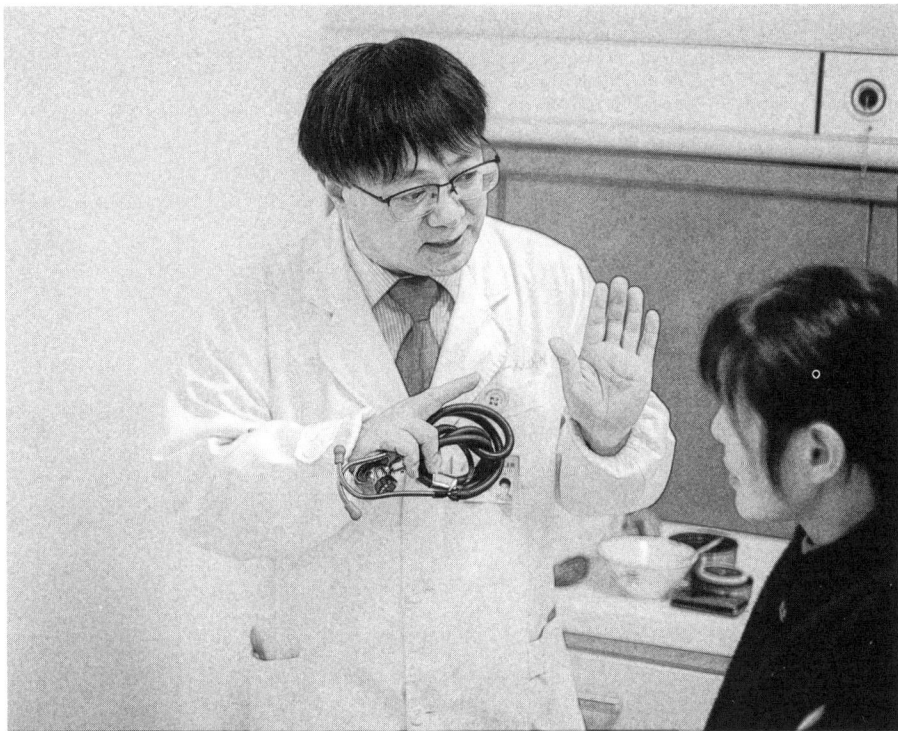

范 钰

秋后羊开始长膘,到了腊月半左右,羊就可以上市换钱,好给家里买一些化肥和或多或少的种子。范钰想,作业可以晚点做,伺候好羊是大事,他一边割羊草,一边想着来年的好庄稼,尽管腹中饥饿难忍,手上的力气一点也不敢节省。

镰刀可不长眼睛,手上的速度一快,加上心分了神,范钰只觉得左手食指一抽,一看鲜血直流,疼得钻心。望着流血的伤口,范钰习惯地抓把干土往伤口上一捂,这便算是止血药。村子里的人但凡头疼脑热,受点小伤从来不会去医院看。农村经常缺医少药,就是有药,村里人也舍不得去买,小病抗一抗,一旦生了大病,只能听天由命。晚上回到家,范钰也不敢告诉父母,怕他们心疼,他把受伤的手往背后一别,草草地吃了晚饭便去写作业。范钰想,长大了当个医生多好,不仅可以给自己治伤,还可以给更多的人治病。乡村医疗技术的落后,村子里那些得了病的人无钱医治,这些都深深刺痛了他的心,并在他小小的心坎里扎下了根。

由于家里贫穷,冬天里,父母甚至不能为每个孩子做一副好的棉手套,每个孩子双手都生冻疮,重的时候就去邻村找那里的赤脚医生。赤脚医生用简易的手术刀,多次帮助范钰剖开手上的病灶,冻疮才得以缓解。医生的技术和医德,让范钰敬佩不已。即使现在,范钰抚摸着手上的冻疮疮疤,也经常怀念那位赤脚医生。整个童年时代,上学的路上,放羊的途中,一个穿白大褂的高大形象总会在范钰的眼前浮现。对,那个形象就是未来的自己。他默默地在心里立下了目标,下定了决心,哪怕再大的困难也阻拦不了他当医生的决心。

一定要好好读书,长大后当一名医生!于是,从走进小学校园起,他就一直朝着这一目标努力。当别的孩子还懵懵懂懂地玩的时候,范钰就格外用功。放羊的时候书揣在兜里,羊在坡上吃草时,他就在树下看书,大半天的工夫,羊吃得肚儿圆,他也把书读了一半。小学阶段底子打得好,升入初中后他的成绩在班上一直遥遥领先。父母和哥姐们看着他想当医生的决心和用功的心劲,喜在心上,叮嘱他好好读书。哥姐也自觉多分担家务活,不让他分心。三年的初中很快结束,范钰以优异的成绩考取了县中。1990年参加高考,他在所填的5个志愿里全都写上了医学院校。那个暑假,范钰在家里一边劳动、一边静候录取通知书的同时,把高考的题目一遍遍在心里放电影,感觉虽然不是十拿九稳,但估计一定能过录取线。如他所期待的那样,大学录取通知书很快飞进了小山村,果然是医学院,还是他心仪的医疗系。

进了大学的门,不等于就万事大吉了。医学这门学科来不得半点虚假,要付出比别的学科多几倍的努力。这5年的医科大学生涯,只是一个新的开始,如果不思进取,想获得优异的成绩,简直是天方夜谭。所以范钰比别人学得更刻苦。除了完成课堂上的学习任务,他去得最多的地方便是学校里的图书馆。这5年中,为了学到更多的知识,范钰在假期里有两年都没回家。5年本科很快毕业,为了汲取更多的医学知识,他考取了硕士研究生,1998年7月他以优异的成绩获得硕士学位,并于当年考取了复旦大学(原上海医科大学)攻读内科学博士学位,主要研究消化道肿瘤基础与临床。2002年年初获得博士学位后,作为访问学者,范钰在美国德州大学进行了为期半年的肿瘤分子生物学基础相关研究。2003年1月,他又在浙江大学继续博士后研究工作,指导教师为原浙江医科大学校长、国内外著名大肠癌学家郑树教授。在5年本科、6年研究生、2年博士后期间,他就像永远也吃不饱饭的小孩子,对专业知识"狼吞虎咽"。他勤奋耐劳、刻苦好学的精神,深深地感动了他的导师及其他的医学前辈,他们带着范钰在临床上共同诊疗,并热情地让他参加了多项国家自然基金和省级课题的研究与实践工作。在导师大量的临床带教点拨、科研课题的指导及自己的努力下,范钰不仅学到了大量的临床专业知识,而且学到了老一辈医学家严谨的工作作风和高尚的医疗道德,为他今后"行医重道"奠定了理论和思想基础。

救死扶伤忠于职守

范钰说,平时工作很是繁忙,极少有时间回家。这些年,他走到哪里,妻子和女儿就跟到哪里。妻子贤惠,操持家务,里里外外一把手,从来不让他分心。家乡的老父母和哥姐们于范钰来说,却是最远的天边、最亲近的情,只能通过电话聊以慰藉。

在范钰与家人并不多的通话中,母亲说得最多的一句话就是:"娃,要当个好医生,将人心比咱自己心,要把每个患者当作你爹你妈待。好好地安心工作,家里有你哥姐照应着呢。"

"妈,放心吧,晓得呢,放心吧。"范钰在心里默念着母亲的话,母亲说不出多高深的话,家常话中句句在理。

这么多年的工作、学习生涯,让范钰更加认识到,任何一门科学,就是一个人与家园的关系——心灵上从来没有边界。正因为没有边界,在那个未知的世界里,你才会觉得人越来越渺小。因为渺小,才会去更加努力地探索那个未知的世界,去解开那个未知世界的秘密,解决人类家园感最终的归宿问题。尤其是在医学这个行业,它的终极意义——让每一个患者的肉体与精神共赢,回到安宁的家园。因此在学术中,哪怕能提高那么一点点,也会有助于寻找到属于自己的边界,找到归家的路。令范钰欣喜的是,往上攀登过程的每一步虽然艰辛,但离边界的距离也越往上、越接近。

既然当了医生,就意味着会失去自由,时间就是生命,在医生的心目中并不是句套话。

我们的访谈才开了个头,就有人敲门。每进来一群患者家属,范钰都起身迎接,仔细听患者陈述完,再发表自己的诊断治疗意见,周到详细,患者满意地离开了。

镇江地区是消化道肿瘤高发区,范钰在完成博士后研究工作后,婉拒导师的挽留,来到镇江,继续开展消化道肿瘤基础与临床工作,在医院肿瘤中心埋头苦干着他所热爱的事业。他一心扑在工作上,中午也经常不休息,节假日不是在病房观察患者,就是在实验室和研究生一起学习。他的勤奋工作和热情待人不仅让同事心服口服,也赢得了患者的交口称赞。经过十多年的理论积累和实践磨炼,他在肿瘤综合诊断与治疗方面积累了丰富的经验,尤其擅长恶性肿瘤的复发与转移综合诊疗。作为科主任和学科带头人,他不仅严格要求自己,也言传身教带领科室同事一起努力。从2008年到2016年,在科室年终考评中,范钰所在科室年年名列前茅,多次获得第一名。范钰本人也光荣入党,并成为中共江苏省第十三次代表大会代表,为镇江医学界同仁在新的医改路上建言献策。为了使科内同事更加靠近党、跟上时代脚步,从2017年1月开始,范钰带领医护人员从周一到周五,一起学习《习近平总书记系列重要讲话读本》,至今已经学习200多期。

无论对同仁还是患者,范钰一直以诚待人。范钰所在科室出入院患者众多,医生工作忙碌。范钰经常在各种场合告诉其他医生,要善待患者及其家属,对他们要有耐心,要设身处地地为患者着想。他常以一句话解释:医院是什么地方?医院好像患者心目中的"厕所",患者比健康人更需要这个"厕所"。话糙理不糙,同事们都支持这个说法。在临床诊疗方面,范钰对待患者一视同仁。耐心地向每一个患者及家属解释诊断意见、治疗方法、诊疗利弊和所用花费;为每一个患者制定安全、规范、行之有效、身体能够承受、经济能够耐受的方案。为了更好地与患者沟通,范钰常给患者留下自己的手机号及微信号,以便患者离开医院后也能解决相关问题。

在经济主导一切的情况下,医疗体系需要谋利,但医生这个职业不能谋利,一旦谋利,医者就会蒙尘。也许是父母影响的缘故,也许是从小过惯了清苦的生活,范钰对钱看得非常淡。在从医的十多年里,他坚决拒收"红包",收到的表扬和赞美更是数不胜数。曾有一位来自郊区的患者为了感谢范钰对他的精心治疗,出院的当天硬要送一个"红包"给他,并说自己家庭尚富,这个"红包"只不过是一点"小意思"。范钰却对患者说:"治病救人是我们医护人员的天职,是应该做的,千万不要这样。相反,我们还要感谢您,你们的理解配合,就是对我们的最大支持。"患者听了范钰一席话,十分感动。

除了要管好本科室的患者,范钰还经常"多管闲事",参与别的科室的棘手患者诊疗。2010年的时候,急诊来了个吃东西给卡住的患者,上不得上,下不得下,憋气太久,呼吸无法畅通,患者的脸铁青,随时有生命危险。范钰积极引导,想方设法把卡在患者嗓子眼里的异物取了出来,挽救了一条生命。

然而,患者各种各样,有些人素养好,能通情达理,有些人素质差点,无理取闹的现象时有发生。每逢遇到这样的事情,范钰都非常压抑。空有技艺有什么用?作为一个医生,不仅要有医技,胸中还应该有道义,这种道义便包括了人与人之间的包容、隐忍。道义的光芒在哪里,良知才会出现在哪里。范钰经常和同事们说:"患者很多,我们医护人员压力都很大。'理解'对于我们医生来说,有时候是个很奢侈的词。我们没有办法改变现状,只能保持好自己的心态。"作为医生家属,妻子总会提醒他:"患者是来看病的,无论压力多大,患者哪怕再怎样给你甩脸色,你都不能把自己的不好情绪带给患者。否则谁还愿意来医院找你。"

求精重创新,甘做孺子牛

范钰不仅在思想上、业务上表现突出,还非常注重医学创新和人才的培养。2008 年来到镇江市第一人民医院后,由他牵头、全科同仁参与,于 2010 年成功申报了肿瘤科市级重点专科,并且在 2011 年以优异的成绩通过了省级临床重点专科评审,2016 年通过了省卫计委肿瘤创新团队评审,使专科的整体诊疗水平迈上了一个新的台阶。他不仅在业务上、理论上对年轻医生和自己的研究生严格要求,在思想方面他也常常强调,当医生就要有奉献精神,鼓励他们争做一名德艺兼备的医生。

他对年轻的医生和学生们说:"我不怕你们超过我,就怕你们超不过我。"如何带好自己的学生呢?范钰说:"对于我的学生,我就像对待自己的弟弟、妹妹一样,希望他们前进。有时需要领着走,有时需要把他们往上托举,有时需要赶着他们前进。很多工作,放手了,他们才有胆子做,任何时候都不能松懈。"一个高品质的团队,在范钰的组织领导下,风生水起。这个团队,在省内享有良好的声誉。

无论患者如何多、临床工作怎么重、压力如何大,范钰总是告诉同事同仁:既然走上行医这条路,就应如临深渊、如履薄冰。但是再怎样险峻的悬崖峭壁,都要坦然面对。在教导医生和学生时,范钰说:不管明天会发生怎样的事情,人每活一天,就应该往前跨出一步,一步一个脚印,才能积累起卓越人生。今天不比昨天多做一点,那么明天又有什么意义?在范钰的言传身教下,范钰的科室人才济济。26 名医生中,硕士研究生导师 5 人,超过 80% 的人员为硕士以上学历。其中,江苏省创新团队医学领军人才 1 人,江苏省"六大高峰人才" 1 人,江苏省第一批卫生拔尖人才 2 人,江苏省卫生厅医学重点人才 2 人,江苏省"333 工程"培养对象 4 人,镇江市"169"学术技术带头人 2 人,具有镇江市突出贡献中青年专家称号者 2 人,江苏省卫计委青年医学人才 3 人。另外,范钰自己培养的研究生多次获得国家奖学金,其中 1 名学生获得两次国家奖学金。

范钰常说,"学如逆水行舟,不进则退"。正是在这样的信念指导下,范钰在临床科研方面求新思变、精益求精，并做出了许多成绩。2003年1月至今，范钰先后获得国家自然科学基金、中国博士后基金、浙江省首届博士后择优项目资助基金、浙江省中医药管理局课题、江苏省重大临床专项基金、江苏省自然科学基金、镇江市科技局课题基金等。目前他负责主持江苏省自然科学基金和镇江市重大课题各1项。他多次获得江苏省科学技术奖、江苏省卫生厅新技术引进奖及镇江市科技进步奖；发表相关中英文论文200余篇，作为副主编出版专著1部。镇江市是胃癌高发区，范钰在镇江市医学界首次获得了江苏省科技厅重大临床专项基金——"基于分子标志群的胃癌规范化与个体化综合诊治研究"。

民生在心中，践行中国梦

习近平总书记强调：没有全民健康，就没有全面小康。习近平总书记还强调：健康是促进人的全面发展的必然要求，是经济社会发展的基础条件，是民族昌盛和国家富强的重要标志，也是广大人民群众的共同追求。在谈到医改一事时，范钰首先提到医改给镇江老百姓带来的好处，如大病医保、二次报销等，但也提出了一些困惑。他说，目前的医改取得了很多成绩，但是仍然存在不足。比如虽然医改取得了众多成功，但是为什么还有群众不满意？还有医院不满意，还有医护人员不满意？与其他国家比，我国对医疗的投入有什么优势？近些年，医生治愈了很多恶性肿瘤患者，但国内如胃癌、结直肠癌等恶性肿瘤患者发病率和死亡率仍很高，国内对恶性肿瘤患者的预防、诊疗模式是否需要调整？如何调整？

目前，中国的医院还无法与国外的医院相比。国外，尤其是发达国家的治疗都是预约，每个人都有私人医生，医生每天就看七八个患者，而中国医生的压力空前大，没有人来照顾到医生的压力与情绪。以前，医生是个高尚的职业，而现在呢，医生的地位在不断下降。值得重视的是，近年来，国内优秀高中毕业生很少报考医学院校，什么原因呢？医院发展到今天，为什么成了"厕所"式场所？因为它承载的太深重。没有人愿意到厕所里去，只有在不得已的情况下，必须面对这个"厕所"的时刻，他们才会把最脏的东西都往里扔，无论是用得着还是用不着的，都希望把身上的脏东西扔得越干净越好，而医生永远是站在"厕所"风口里等待的那个人，永远在那个角落里默默守候着。

范钰希望通过笔者告诉公众：目前恶性肿瘤已成为我国城市居民第一位死亡原因，农村居民第二位死亡原因。癌症的发病率相当高，其中人口老龄化、环境污染，以及现代人不健康的生活方式、不良的饮食和生活坏习惯，都有可能引起各种各样的癌。因此，一定要注重预防和癌前病变检查。如果平时不知道预防，不注意体检，一旦发现，很多患者便处于中晚期，生存时间明显减少。最常见的癌前病变有以下 8 种：一是黏膜白斑，主要是口腔、消化道、阴道等组织黏膜的白斑；二是慢性胃炎、萎缩性胃炎；三是宫颈糜烂，主要是重度宫颈糜烂；四是乳腺囊性增生；五是老年日光性角化病；六是色素性干皮病；七是胃肠道息肉，特别是家族性的、多发性的息肉；八是某些良性肿瘤。癌前病变一旦确诊，就必须积极治疗。

大部分癌前病变都得借助检查才能发现。不过，身体出现故障也会给主人发出些信号，如白带增多、溃疡长时间总不好，大便出血、乳腺摸上去有些痛……千万不要对这些情况放任不管，而是应该及时到综合性大医院的专科门诊检查确诊、按时复查。癌症是综合因素作用的结果，应尽可能地在癌变之前进行阻断或逆转。

范钰所在的腹部肿瘤科室，两层楼，近 100 个床位，每月出入院近 1000 例患者，临床工作十分忙碌。每天回到家，那种深层次的疲惫无法言说，范钰总感觉周身的肌肉都是酸酸的。妻子知道他累，等他进门后什么也不说，就赶紧把饭端上桌。可口的食物，可以让他稍微缓一缓神。范钰说起自己读过余华写的《活着》，书里写的是普通人遇到困难，依然乐观豁达地面对人生。医生也是普通人，普通人做寻常事，能在寻常工作生活中超越自己、完善自己，就会成为一个对别人更有用的人，对国家更有用的人。

告别范钰时，又有患者家属来找他，他却坚持将我们送到电梯口，走廊里他看到每个病号都主动去打招呼。在等电梯的工夫，他提到临终关怀，希望通过自己的能力帮助建设好临终关怀的病房。在国外，有很多这样的临终关怀机构，中国在这方面做得还不够。临终关怀病房存在的意义，是一种以安详的形式提升癌症晚期患者的生命质量；让患者卸下肉体沉重的外衣，获得精神至上的升华；让患者能够减少痛苦，舒适、安详、有尊严地走完人生最后的旅程，为人生画上完美的句号。同时，临终关怀可以使晚期癌症患者家属的身心健康得到保护和增强。总之，临终关怀是让人以平常心对待生死，对社会与家庭都有积极的意义。

不为良相，但为良医
小天地里创造美丽大世界

———————————————— 记镇江市第一人民医院口腔科主任孔繁芝

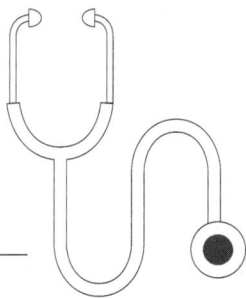

马彦如

自古以来，人们常以"明眸皓齿"来形容女人之美丽。一口健康漂亮的牙齿，无论对女人还是男人其实同样重要，因为牙齿是人的面部仅次于眼睛的第二视觉审美中心。

提到去看牙，人们通常就会想到睡在冰冷的躺椅上，钻牙机的吱吱声，拔牙的钳子、锉刀，让人忍不住牙齿打战或是两腿发软。许多人对牙医的负面印象，大都来自于从小看牙经验的累积。"这里看牙一点儿都不痛，一点儿都不害怕。"在镇江市第一人民医院（简称"一院"）口腔科治疗过的朋友却如是说。难道那里的牙科有什么与众不同之处吗？走进一院口腔科，明亮舒适的就诊环境，周到高效的专业诊治，细致入微的呵护服务，让人倍感放心，最重要的是这里的每一位医生都面带微笑、充满爱心，能迅速打消患者的种种顾虑。口腔科主任孔繁芝带领口腔科的医生护士们在口腔这个小天地里，为患者开辟出一方美丽大世界。

孔繁芝

孔繁芝,镇江市第一人民医院口腔科主任,主任医师,医学博士,副教授,硕士生导师。她从事口腔正畸专业临床工作20余年,积累了丰富的临床经验,重视矫正与面部软组织美学的结合,力求治疗效果达到至臻境界,擅长反合的正畸治疗及成人等疑难病例的治疗。现担任江苏省口腔医学会理事、江苏省正畸专委会副主任委员、江苏省口腔康复委员会常委、江苏省口腔整形美容专委会委员、镇江市口腔医学会副会长、镇江市医学美容学会副主任委员,以及江苏省人大代表、江苏省人大常委会委员。

虽为科室主任,孔繁芝仍然每天坚持坐诊。尽管事先约好了采访时间,可恰好有患者来找她看病,记者只能坐在主任办公室等待。忽然门外传来一阵风风火火的走路声,只见一位有一头干练短发和一双明亮眼睛的女医生走了进来,摘下口罩的她和蔼可亲、气度雍容,一身白大褂也遮不住窈窕的身材,她就是孔繁芝。孔繁芝进了办公室先给记者倒了一杯水,随后将保温瓶里的水倒在一只瓷碗里,一边吹着气一边喝着,看到记者疑惑的眼光,她不好意思地解释说:"工作太忙来不及喝水,太烫了,用碗喝凉得快一点儿。"

因为父亲身体不好,出生于山东鲁西南地区的孔繁芝从小就立志要当医生。1983年,她考取了山东医科大学。当时报的志愿是内科,可医科大学口腔系招生的老师是她的老乡,未征求她的意见就直接将她录取在口腔系。"当时想改专业,因为感觉口腔这个专业不能实现我儿时的理想。"没想到被录取后,无法再调整,无奈的孔繁芝只能认真学习。通过学习她了解到,作为人类消化道的起始点,口腔在消化过程中起着十分重要的作用,甚至有人把牙齿比喻成人们的"第二面孔",当牙齿长得不尽如人意时,还可以通过牙齿美容,让自己有足够的"面子"。正是这个阴差阳错的选择,促使孔繁芝最终成为一名金牌牙医,成为给人们带来美的天使。

1988年刚毕业分配到一院工作时,医院的口腔科条件非常差,工具简陋,设备简陋,治疗椅就像传统电影里面的理发椅,孔繁芝难免有些失落。然而从小就习惯认真做事的她,依然认真对待每一位患者。作为一名牙科医生,孔繁芝每天大部分时间都是站着工作,她不怕脏,不怕累,尽职尽责地用自己的专业知识为患者服务。每天她都铆足了劲,为患者看病、写病例、做手术,遇到问题向老师请教,向同事请教,向护士请教,到书里找答案。她严谨的工作态度和对患者极端负责任的精神,受到患者的高度赞扬和充分肯定。

医疗卫生事业是一项技术性很强的工作,一名优秀的医生仅凭一颗仁慈而善良的心是不能实现救死扶伤的,必须同时拥有精湛的医术。每天面对若干张被牙痛折磨的痛苦面孔和无数牙齿畸形的患者,听到的是呻吟,见到的是焦躁,感到的是烦恼,孔繁芝深切地感受到,作为一名口腔科医生,不能将自己停留在工匠的角色。"牙医这个职业需要不断地迎接挑战,不断地更新自己,不断地充实自己,不断地学习,否则就不能适应发展。"2000年,她重回母校山东医科大学读研,学习固定正畸、全冠修复、根冠治疗等医院当时不能做的新医疗技术方法。那一年,她的女儿只有7岁,她经常要往返于学校和镇江,可想而知非常艰苦,然而她硬是提前半年完成了硕士学习。"工作以后再读书十分辛苦,但我是带着临床工作的问题去读书,问题能解决心情也很快乐。"

硕士毕业回来后,孔繁芝很快负责起科室的工作,并带回来一些新项目。这些对当时的一院口腔科来说都是突破,如"固定正畸、全冠修复、根管治疗等原先医院不能做的项目""以前需要拔牙才能装假牙的,现在能尽量保留原患牙"。这些项目的增设,既解除了患者的痛苦,更为医院赢得了口碑。她探索的"非手术矫治骨性反合"的治疗方法,只需1~2年的疗程,便可取得良好的效果,不仅免除了手术之苦,而且费用低廉,赢得了患者的信任。同时肩负起繁杂的科室管理和患者治疗重任的她,加班加点是家常便饭,忙的时候,连喝口水的时间都没有。但不管有多忙,她都坚持天天出诊,月月出诊,年年出诊,给患者看病从没间断过。她以一个普通医生的姿态,勤勤恳恳、兢兢业业地工作着。

随着人们对生活质量的要求越来越高,越来越多的人重视和关心口腔保健,人人都希望自己拥有一口整齐美观的牙齿。这意味着医院口腔科的工作是一项细致繁杂、艺术性很强的工作。孔繁芝擅长诊治口腔科复杂疾病,善于结合患者实际情况选择多种矫正技术手段,如方丝弓技术、MBT直丝弓技术、Damon矫治技术等。这些技术尤其对反合、重度牙列拥挤、下颌后缩、全口义齿等疑难杂症的治疗效果显著。市内外许多患者慕名而来,满意而去。丹阳一个女青年牙床上下位不齐,俗称"地包天",已到结婚年龄的她,担心让男友误解可能会遗传,她找到医院时,已错过整形最好的年龄。身为女性的孔繁芝说自己特别能理解女性的爱美天性,"地包天牙齿不仅严重影响牙齿美观,而且还会导致心理异常"。她结合患者的实际情况,通过正畸加上整颌手术联合治疗,经过一年半的时间终于帮这位年轻的女患者矫正过来,让她拥有了自己多年来梦想拥有的一口美丽整齐的牙齿。女患者给孔繁芝写来许多感谢信,表达自己的心情。孔繁芝说:"让患者变美是我的职业,他们的感谢,给我更多的是感动。"

牙科医生与患者临床接触的时间长,更容易与患者建立密切的医患关系,甚至长期的朋友关系。前两年,一位年轻的男患者从深圳慕名,写信过来向孔繁芝求治。孔繁芝劝他说到镇江医治太远,而且矫治是个长期的过程,往返代价高,让他在当地找医生。在交流中她发现这位男青年因为牙齿畸形,没有自信,人很颓废。在男青年的坚持下,她改变想法,同意为他治疗,但希望他能在镇江找个工作,住下来治疗,这样能减轻他的家庭负担。这位男青年最终听从她的建议到镇江找了一份工作,并到医院来请她治疗。孔繁芝设计了矫畸方案,只用一年的时间就让他的牙齿变得美观大方,他也恢复了自信。在镇江期间,孔繁芝像家人一样主动关心他的工作和生活,这位男青年非常感动,治愈回家后,一直跟孔繁芝保持联系,她又多了一位远方的朋友

职业的敏感性,让孔繁芝习惯盯着别人的牙齿看,走在路上都会思考怎样治牙。在一次聚会上,她看到一位朋友的女儿有明显的"地包天",出于职业习惯,她询问这位母亲为何不给女儿治疗。这位母亲回答说带女儿看了很多医生,都说没法治,也有医生建议等女儿成年后做手术治疗。孔繁芝在仔细观察后,认为这个女孩的牙可以矫畸。她劝服女孩的母亲为了避免女孩在成长中有自卑心,尽早带女儿治疗。后来朋友带女儿来到医院,女儿非常配合,仅一年多的时间就成功矫畸。孩子后来一直喊孔繁芝孔妈妈,每次到医院都会到牙科来看看孔繁芝,而且每年都有联系。

构建和谐的医患关系,需要爱心、真心和诚心。孔繁芝认为,医患双方利益是一致的,换位思考,落实在工作中可信可行。"制度是冷的,人心是暖的。只要是对患者真心的关心,他会更好地配合医生。"曾经有一位患者因对其拔牙后义齿不能使用的情况心存疑异,患者家属在科室抢病历,要挟、恐吓为其治疗的医生,甚至大打出手。面对无理取闹的家属,孔繁芝主动找患者谈话,耐心为他讲解治疗方案,解决患者的困惑。复诊时,她还亲自为这名患者重新制作了义齿,使患者非常感动,患者家属也因此而化解了怒气,并为其无理取闹的举动向医生表示歉意。

在孔繁芝看来,多数患者都通情达理。2016年8月,孔繁芝的脚趾肌腱不慎受伤,因为是暑期,约好前来就诊的孩子多。她不想因为自己休息耽搁给孩子们看病,只好每天穿着拖鞋,让家人开车接送她上班。脚肿着,工作节奏难免稍慢,一位等得不耐烦的孩子父亲说:"怎么轮到我们看病你脚就不好了?"这话让孔繁芝心里特别委屈,眼泪都要掉下来了,"我心里不舒服,但还是一声不吭加快给孩子看病"。第二次这个孩子来看病时,她的脚稍好一点了,孔繁芝并没有因他父亲讲了伤人的话就对他产生看法,相反,她看到孩子胆子小还特地安慰他。孩子的母亲这时过意不去了,问道:"你脚不好啊?"第三次,孩子父亲来了,找到孔繁芝打招呼说起第一次的事,她笑着说自己已经

忘了。"没必要计较，作为医生和母亲我非常理解患者家属的心情。"

牙科看病时间长，矫正的孩子多，请假难，孔繁芝总是将就患者的时间。笔者在采访中得知，她已经连续4周没有休息了。她笑言自己只有工作日没有休息日，常常早上7点多就到医院，工作时既没有白天与黑夜之分，也没有双休的概念，坚守在患者身旁的同时注定要远离节假日的欢声笑语和亲人的守望。孔繁芝说："选择这个职业，我无怨无悔。"然而，谈起家人，她却神情黯淡起来。没能享受陪伴孩子成长的时间，这是她最大的遗憾。因为工作太忙，从初中到高中，她的女儿都是住宿在学校，上学以来，孔繁芝从来没去学校开过家长会。有一次，她答应了女儿去学校开家长会，结果因为患者来看牙耽误了时间，等她赶到学校时已经中午11点多，家长会早已结束。虽然觉得愧对孩子，可她说："我不能为了女儿一个人，让这么多患者去等。"

孔繁芝喜欢孩子，来就诊的孩子也都跟这位像妈妈一样的孔医生感情很好，经常有家长打电话来请孔繁芝帮忙教育孩子。他们说："孔医生，你和其他医生有些不一样，亲和力更好，喜欢孩子，理解孩子，孩子就愿意听你的话。"孔繁芝说："每当看到通过自己的治疗，孩子们变漂亮了，心情就很愉悦，觉得再苦再累都值得。"

采访中，一位年轻的医生过来销假，孔繁芝热心地问她身体好了没有，不要勉强，要休息好，言语中满满都是呵护。年轻医生连忙笑着说身体好了，自己能坚持。说起孔繁芝带领的一支快乐的团队，她说："心与心之间的距离可以最远，也可以最近。温馨互助才是团队中最好的动力。如果科室能成就他们，我更快乐。"为了带出一支业务素质高的队伍，她言传身教，手把手地教年轻的医生，毫无保留地把自己20多年的临床经验传授给科里的年轻医生，使科室整体水平有了很大的提高，科室的信誉与日俱增。科室员工，无论生活工作中遇到任何困难，都可以找孔繁芝帮忙。同事们评价孔繁芝是一个工作和生活都追求完美的人，然而他们无论因私还是因公都爱她，因为大家在一起工作心情很愉快。孔繁芝非常注重专业的全面发展，以专科建设为抓手，提高医疗质量。目前，已建立口腔颌面外科、口腔正畸、口腔修复、牙体牙髓、牙周等专科，各专科的医疗质量得到较高水平的提高。依靠良好的医德、良好的信誉和良好的技术，一院口腔科赢得众多患者的信任。

作为科主任，孔繁芝很少在自己的办公室里办公，诊室就是她的办公室，科里的同事要找她请示汇报工作，都到诊室去找她，她常常一边给患者看病，一边处理公务。有时，她还亲自为患者清洁牙齿。有人不理解地问："为什么洁牙这样的事还要主任来做？"她回答说："洁牙虽然简单，但也很有讲究的，洁牙器械的角度、进入的深度、功率大小等都要掌握,按正确的方法洁牙才更有疗效。"

在精心治疗患者的同时,孔繁芝还注重科研水平的提高对临床医疗的促进作用,多年来潜心致力于口腔科疑难病——骨性Ⅲ类患者治疗的研究,先后承担江苏省社会发展、江苏省人事厅人才发展项目、江苏省高教博士基金创新项目、镇江市社会发展项目、江苏大学博士创新项目,以及江苏大学临床科研基金项目等9项项目,发表省级以上论文20余篇。其中SCI论文1篇,核心期刊论文8篇。已鉴定科研成果6项,其中省级成果2项、市级成果4项。先后获得江苏省卫生厅医学新技术引进奖1项,镇江市人民政府科技进步奖4项,镇江市人民政府科技优秀论文一、二等奖3项。目前已有2项新技术填补省内空白,其中1项获江苏省卫生厅医学新技术引进奖。她先后被选为江苏省"333工程"高层次培养对象、江苏省"六大人才高峰"培养对象、镇江市"169"学术带头人、镇江市医学重点人才。

孔繁芝常说:"古人云,不为良相,但为良医。"她热爱自己的职业,立志要做一名良医。"有时出差时间长,真的好想回来看患者。"

用良心从医

———————————— 记镇江市第一人民医院普外科主任马珏

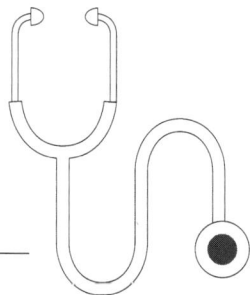

陈春鸣

一

　　马珏,属于标准的生在困难时期、长在动乱时期的那一代。马珏和比他大两岁的哥哥马焱,在那个史无前例的年代,遵循当时被称为"臭老九"的父母亲的教诲,手拉着手,中规中矩地一同长大。马珏很小的时候,就是长江边这座古老小城里出名的乖孩子。半个世纪过去了,他儿时的伙伴、小学同学、原福建某基地政委胡翔回忆说:小时候,马珏长得白白胖胖的,聪明勤奋,心地善良。小伙伴们常在一起玩"算24点的扑克牌",胜者十有八九是他。虽然那时候没有学习的氛围,但是他很爱看书。《钢铁是怎样炼成的》《雷锋的故事》《欧阳海之歌》《铁道游击队》等正能量的书籍他很早就看过了。马珏做过送盲人过马路、到福利院打扫卫生等许多好事,哪个同学遇到困难了,他都乐于帮助。好多同学的家长都希望自己的孩子能跟马珏成为好伙伴,多在一起玩玩,这样能学好,家长会放心。
　　马珏告诉笔者,他们的祖父是老牌知识分子,严谨古板。兄弟俩打记事起祖父就跟他们讲过许多"书中自有黄金屋"的故事,还反复叮嘱他们不要受社会上乱象的影响,规规矩矩做事做人,积德行善,多做好事。马珪很早就对医学感兴趣,上中学时,学校把学生分成若干兴趣组,参加相应的社会活动,马珪参加的就是学医兴趣组。他经常在自己身上扎针灸,摸索穴位,还利用休息天上山采中药。"也许他当时是为将来下放当知青储备一点儿为农民服务的本领吧,谁知弟弟后来真成了医生",马珪感叹着。

那天上午,在镇江市第一人民医院(简称"一院")外科大楼 16 楼普外科主任办公室,马珪在查完病房之后,给了笔者一个半小时的采访时间,因为接下来他要做手术准备。

主任办公室不大,大约是我们常见的医院里普通病房的三分之一面积。马珪,瘦高身材,架副眼镜,他摘下白手套和我握手时,我立马感受到了他的帅气、厚道和精干。这一个半小时的采访,断断续续,不时有医生、患者,或患者家属来找他。

截至 2017 年,马珪已学医 40 年、从医 35 年,笔者首先就此向他表示祝贺。马珪回复说:"那年高考,我本想考理工科的,'学懂数理化,走遍天下都不怕',这句话当时给人的影响多大啊。然而,父母不让,要求我要么考师范,要么学医,我只得妥协,走上了学医从医的道路。"马珪的话,让我看到了他质朴的本色。

老实说,这些年,笔者所接触的民间对外科医生的评说,杂乱无章,褒贬不一,相差甚远,负面居多。

究其缘由,不外乎两方面。

其一,与世俗的偏见有关。据说,现代外科医生的前身实在不令人骄傲。在西方,外科医生最早是由理发师兼任的,是名副其实的"剃头匠",早期实际也只是治疗一些浅表的痈、疖肿、包块或浅表的刀伤、剑伤等,或者拔牙等,风险小。相对于内科医生来说,理发外科师需要思考的问题要少得多,能解决的病痛也简单得多,因此社会地位就低得多。一幅绘于 1750 年的讽刺画描绘的是一群猴子模样的理发师兼外科医生,正忙于放血、拔牙、开刀和理发。为什么会形成由理发师兼任的历史现象,原因不详,可能是因为理发师的刀子要锐一些,理发师的手要巧一些吧。学院式教育模式大约开始于 13 世纪的巴黎。当时学院教育分几个层次:最高层次为内科医师,第二层次为长袍外科医生,第三层次为着短袍的理发外科师。在中国古代,传统医学主要以草药为治疗基础,几乎所有的医生都是内科医生或药剂师。外科在中国的出现实际只有100 年左右的历史。有一则笑话很能说明古代外科的地位和作用:古代有一人中了箭去看医生，医生拿起剪刀剪去露在外面的箭杆，说："好了。"伤者很不解也很气愤："我来治伤，你只把外面的箭杆绞去，并没有解决根本问题！"医生解释说："我是外科医生，所以只治疗外面的。"患者及其家属哭笑不得。可见早期的"外科医生"只是手艺人，是工匠，医疗水平仅仅停留于手工的简单劳动上。随着现代医学，尤其是解剖学的出现和发展，外科医生的地位和作用逐步提高和加强，也需要具备缜密的思维逻辑和行为逻辑，早期的手艺影子不但没有消失，反而更加强化，更强调手术技艺的精确和细致。外科医生对疾病的诊断和对病情的判断（头脑思维）与疾病的真实情况之间联系非常直接，往往可以马上得到印证，错就是错，对就是对，所以对外科医生的要求就更高，要求外科医生的手和心（头脑）有着高度的协调和配合。

其二，与"红包"风气有关。要开刀，先要送"红包"，这是前几年风靡一时的社会现象。无须讳言，这股风气既损坏了外科医生的职业形象，也扭曲了医患之间正常的关系。对此，马珏的态度极为鲜明："君子爱财，取之有道"，外科医生的压力大、责任重，目前待遇并不高，这是事实，但大家必须用良心从医、用道德从医，不拿"红包"和礼品，这是起码的职业要求。30多年来，他始终这样约束自己，当了科主任后，他也这样规范全科医生。

其实，外科医生不乏德艺双馨的杰出者，最著名的当属国际共产主义战士白求恩大夫。毛泽东同志专门为白大夫撰写过文章《纪念白求恩》："白求恩同志是加拿大共产党员，五十多岁了，为了帮助中国的抗日战争，受加拿大共产党和美国共产党的派遣，不远万里，来到中国。去年春上到延安，后来到五台山工作，不幸以身殉职。一个外国人，毫无利己的动机，把中国人民的解放事业当作他自己的事业，这是什么精神？这是国际主义的精神，这是共产主义的精神，每一个中国共产党员都要学习这种精神。""白求恩同志是个医生，他以医疗为职业，对技术精益求精；在整个八路军医务系统中，他的医术是很高明的。这对于一班见异思迁的人，对于一班鄙薄技术工作以为不足道、以为无出路的人，也是一个极好的教训。""我们大家要学习他毫无自私自利之心的精神。从这点出发，就可以变为大有利于人民的人。一个人能力有大小，但只要有这点精神，就是一个高尚的人，一个纯粹的人，一个有道德的人，一个脱离了低级趣味的人，一个有益于人民的人。"

在和马珏的交谈中，在多种场合的采访中，笔者渐渐感到：30多年来，在学医从医的路上，马珏实际上是努力践行着毛主席倡导的白求恩大夫的精神做事做人的。

马　珏

二

普外科,即普通外科(Department of General Surgery),是以手术为主要方法治疗肝脏、胆道、胰腺、胃肠、肛肠、血管疾病、甲状腺和乳房的肿瘤及外伤等其他疾病的临床学科,是外科系统最大的专科。马珏是向高一峰主任报到上班的。马珏知道,高一峰主任是资深的普外科专家,曾获得全国卫生系统"先进工作者"和镇江市"人民奖章",享受政府特殊津贴,有10余项新技术填补了市内空白。马珏为有这样一位科主任、老师而深感自豪,他暗下决心:扑下身子,勤奋努力,做一名像高主任那样技术过硬的好医生。

那时,马珏的家离上班的医院很近,三年住院医生期间,他几乎每天都忙到夜里12点以后才回家,即便到家休息了,一旦有事,他还是会随叫随到。在同批新医生中,马珏的表现是出色的。他的如饥似渴地跟班学习的工作态度和如饥似渴地看书学习钻研的精神,高主任看在眼里,喜在心里。新外科医生,一般前五六年在普外科只能做下腹部手术,第四年,高主任就安排马珏做上腹部手术了,这是对他的肯定与信任。由于马珏敬业好学、进步明显,工作不久,院里就打算推荐他到上海的特色大医院进修。对于追求技术进步的年轻医生来讲,到大医院、名医院进修是非常有诱惑力的。马珏也不例外。但起初的两次机会他都婉言谢绝了,他是这么认为的:"人,不要图虚名。工作没几年,自己在业务上还嫩得很,进修的机会宝贵,到外面给人家当下手,得不到真实的锻炼提高,有什么意思?"他坦率地向领导汇报自己的思想,安心在院里跟随高主任等前辈专家学习磨炼,夯实自己的业务基础。1992年,是马珏从医的第11个年头,这一年,他欣然接受了组织的派遣,带着满满的自信心和追求更高的技艺的欲望,来到位于上海控江路的新华医院进修学习。

上海新华医院普外科创建于1958年,分设胃肠外科、肝胆外科、肝移植科、胰腺外科、血管外科、内分泌外科(甲状腺、乳腺外科、肛肠外科)等专业,是卫生部专科医师培训基地、卫生部临床药师教育培训基地(抗感染专业)、卫生部临床药物实验外科基地,以及上海市全科医师培训基地。该科手术操作以精细见长,尤其在胃癌、结直肠癌、甲状腺肿瘤及乳腺癌等领域是传统特色,居全国领先地位。在国内首先制定胆囊(管)癌综合治疗的临床规范,成人和小儿活体肝脏移植、ERCP胆道系统诊疗技术、胃癌的个体化综合治疗、结直肠癌早期诊断和综合治疗、结直肠癌肝转移的干预和治疗、腹腔镜下的结直肠癌根治术、肛管疾病的特色处理、乳腺病临床诊治及乳腺癌早期诊断和综合处理等一直在国内领先。虽是进修医生，新华医院慧眼识才，去了不久就把马珏当"自己人"用，一样排班，包括上急诊班。马珏深感，这一年锻炼多多、收获多多。特别是他比较熟练地掌握了幼儿肝胆破裂、幼儿甲状腺的手术，学会了幼儿先天性直肠、阴道漏洞修补术，还接触到了一些新设备、新技术、新观念。马珏回味说，现在优生观念强了，幼儿的先天性疾病大幅度减少了。进修的那年，病孩可多了，几乎全国各地都有患病的幼儿到上海来排队做手术。听到这里，笔者对马珏看待进修问题的观点有了彻底的理解。

马珏的勤奋与好学，受到了一院领导和科室领导的器重。很早科室领导就让马珏参与管理工作，1994年，他担任了科室秘书；1996年，他担任了普外科主任、大外科副主任。马珏肩上的担子重了，他不忘医务工作者的誓言，对自己的要求、追求的目标也更严更高了。

腹腔镜与电子胃镜类似，是一种带有微型摄像头的器械，腹腔镜手术就是利用腹腔镜及其相关器械进行的手术。腹腔镜手术的开展既减轻了患者开刀的痛楚，又使患者的恢复期缩短。1993年，在马珏的积极提议下，科里引进了腹腔镜，这在江苏省是领先的。笔者的高中同学吕静说，20多年前，她父亲患胆结石，已小有名气的马珏就是用腹腔镜为她父亲做的摘除手术，除病解忧，效果很好。虽然现在吕静的父亲已经辞世了，但忆起往事，她们全家仍很感激马珏医生。

三

"良心"（Conscience）是一个古老的伦理概念。在中国，"良心"一词最早见于《孟子·告子上》，意为仁义之心，包含恻隐、羞耻、恭敬等情感。《孟子》中将恻隐、羞恶、恭敬、是非之心称为"良心"，主张人应当注意找回被流放的良心。朱熹则将良心视为宰制人心的"道心"。王阳明将良心看作澄澄朗朗的"本心"。英文中的"Conscience"来源于拉丁文的"Conscire"，意即"知道"。以后知行合一，就有了按良心办事的意思。在弗洛伊德的心理学中，良心就是"超我"制约"自我"的人格命令的一部分。可见，道德意义上的良心是一种道德心理现象，是指主体对自身道德责任和道德义务的一种自觉意识和情感体验，以及以此为基础而形成的对于道德自我、道德活动进行评价与调控的心理机制。

马珏恪守用良心从医的信念，他更觉得，良心是具体的、有行业特色和时代特征。为此，他和同仁们一道，本着为患者着想，讲求更好的医疗效果的旨意，积极探索新的医疗手段和方法。他们在全省比较早地实施了对肿瘤患者内外科联合诊治的制度，改变了碰到肿瘤就是动刀手术的简单的传统做法。是先用药还是先动刀，是动大刀还是搞微创，内外科医生坐在一起，针对具体病例，梳理争执，辨明道理，拿出更为精准的治疗方案。马珏说，这符合当今的"寻证医学"原理。实施这一制度十多年来，他们在改进胃癌、肠癌的手术过程中，特别是规范淋巴结的清扫、消化道肿瘤的综合治疗等方面，取得了显著的进步，积累了不少成功的案例。消化道早期癌症，传统做法是手术处理，现在，他们针对黏膜层、肌层、夹膜层的不同情况，尽量采取胃镜、肠镜双镜联合微创治疗，创伤小，恢复快。对于符合治疗条件的间质瘤、胆管结石患者，他们采取内镜、腹腔镜双镜联合微创处理，收到了患者痛苦少、恢复快的效果。这些做法，在省内都属于领先的。

2017年8月，内外科融合的江苏大学消化病研究所在一院成立并受到省内外专家的瞩目，这是对他们多年来孜孜以求的探索及对临床治疗和基础科研上取得的成果的肯定。江苏大学消化病研究所是由江苏省检验医学重点实验室及一院普外科、消化内科（含内镜中心）、肿瘤中心腹部肿瘤科、生物样本库等部门相关人员组成的，建设目的是搭建学校基础医学研究与附属医院临床专科紧密型合作平台，整合临床、基础研究资源，强化学科及专业间协作，利用团队优势，有组织地系统开展消化病的基础与临床研究，推行以疾病为中心的临床诊治模式，规范临床诊疗，推进科研成果转化，打造以消化道肿瘤多学科综合诊治，基础与临床研究紧密结合为特色的区域性消化疾病诊治与研究中心。研究所成立以后，将在整合资源、同质化开展消化疾病的临床诊治工作、拓展多学科协作诊疗范围、开展与推广新技术新项目等方面发挥重要作用。

2010年9月，组织上派遣马珏到国际主义战士白求恩大夫的家乡加拿大心灵医院学习。别人不完全凭个人经验做判断，善于运用新知识、新技术、新理念思考拟订方案的做法，给了他很大的启迪。同年11月，组织上又派他到位于台湾省阳明山的荣民总医院交流实习。马珏认为，这家医院的技术水平未必高，但医院对资料极为重视，建立的含标本、影像、图片、文字等为一体的数据库很有价值，此外，这家医院在奖励上向一线医生大幅度倾斜的做法也给了马珏深刻印象。他把考察学习的心得整理成若干建议，对推动医院的业务建设起到了促进作用。

四

评说一位医生是不是用良心从医,最有发言权的莫过于他的同事,他的服务对象——患者及其家属。为此,2017 年 10 月 15 日,笔者在微信上发了一个帖子:本人拟写马珪医生的报告文学,请熟悉者发表评说,长短不限,褒贬皆可。当天,我就收到了数十条反馈意见。

"马珪主任很不错,医术医德都很好,我姨妈胃癌手术就是请他做的,现在已经将近十年了,姨妈的身体状态很好。"(原市卫生局退休干部滕某的留言)

"我有切身体会,马珪主任的手术之所以有把握,是靠着责任心和沉稳、细致的工作作风。"(市航道处退休职工张某)

华某,退休前是一医院专家门诊部的护士,她告诉笔者,"马珪主任手术再忙,夜班再累,也不耽误每周一次的专家门诊。他还让远道而来没挂上号的患者直接打电话给他,想方设法也要给患者看一下,不让患者白跑路。马珪主任还经常就疑难病例,牵头组织多科室专家会诊,汇总多方面意见,优选最佳治疗方案。"华某清楚地记得这么两个病例:

丹阳一位 50 多岁的农民,胃癌,肝脏又转移。马珪召集多科室专家会诊后,为他制定了"先化疗再手术"的治疗方案。两个疗程后,患者转移到肝脏的部分明显缩小,在此基础上,医院为其实施了手术。两年多以后,这名患者以很好的体态来到医院送锦旗,向马珪等医护人员表达由衷的感谢。

还有一位 60 多岁胃癌晚期、肝转移的患者,化疗后做了胃全切除手术,恢复得很好。一年后,他来到医院,感谢马珪给了他第二次生命,并表示要在死后捐献眼角膜和有用的器官。患者的行为在医院引起热烈反响,马珪等医护人员都为之动容。

大约 20 年前的一个夏天,马珪值夜班。那一夜,他连续做了 3 台手术,一直忙到天亮。早晨准备交接班时,急诊室打来电话,一位公交车司机阑尾炎疼得受不了被送了来,马珪又走进手术室为患者做手术,这时患者的阑尾已经穿孔,险些耽误。30 多年来,像这样的事例很多,马珪早已忘记,但那位开公交车的师傅却一直感恩在心。

2017 年 10 月 21 日中午,笔者走进了住在市区华星新村市级机关某部门离休干部蔡再生老人的家里。蔡老已经 91 岁,是潇湘电影厂 20 世纪 80 年代拍摄的电影《喋血黑谷》的编剧之一。他告诉笔者,闹"非典"那年的夏初,他感到身体不适,胸部疼痛,经人介绍,他到一院请马珏帮助诊断,马珏很热心,很负责。经查,老人得了肺癌。这病虽然不归马珏管,但是他仍热心地推荐了主刀的陈医生。现在,蔡老的身体仍很硬朗,还经常骑电动车到南山风景区溜达。蔡老说:"我感谢医院,感谢主刀医生,也不会忘记马珏这位热心的好医生。"这个例子也从另一个角度让笔者看到了马珏用良心从医的职业态度。

五

马珏曾有过出国赚大钱的机会,他没有理会,放弃了。

马珏的一个表哥、两个表姐都是美国哈佛大学医学专业毕业的,都在美国开设了诊所。他们多次邀请马珏去美国从医,并许诺给他优渥的条件和待遇,马珏均一一谢绝了。

马珏小时候看过的正能量的书籍,听过的正能量的故事,一直在他的成长中潜移默化地起着作用。钱学森的精神就是其中之一。20世纪40年代,钱学森就已经成为力学界、核物理学界的权威和现代航空与火箭技术的先驱。在美国,钱学森可以过上富裕的中产阶级的生活,然而,钱学森却一直牵挂着大洋彼岸的祖国。得知中华人民共和国成立的消息,钱学森兴奋不已,觉得正是回到祖国的时候。美当局知道钱学森要回国的消息后,自然不想放他走,因为钱学森知道太多最新最前沿的技术。在克服百般阻挠之后,钱学森终于回到了百废待兴的祖国。马珏认为,自己无法与钱学森相比,但钱学森报效国家、献身事业的精神值得他崇敬和学习。

望着从医的道路上他和同仁们艰苦努力取得的一项项成就,马珏的精神上是满足的。

一院普外科是镇江全市最大的综合性医院中最重要的专科之一,目前拥有3个病区,共128张病床,其中抢救病床3张、高级病床6张。2013年6月普外科就在全市率先完成了亚专科的划分与建设。目前,普外科设有3个亚专科。

肝胆胰外科方面,率先开展了同种异体原位肝脏移植手术2例、门—体静脉分流治疗肝硬化消化道出血、胰十二指肠切除术、经颈静脉腹腔分流治疗顽固性腹水、保留幽门的胰十二指肠切除术,已具备全胰切除的资格。

胃肠外科方面,率先开展了标准的全胃切除+D2淋巴结清扫术、早期胃癌的保留幽门胃切除手术、超低位直肠癌保肛手术、直肠癌自律神经保护手术、中低位直肠癌的侧方淋巴结清扫手术。

腹腔镜外科在镇江全市处于领先状态,建有全市唯一的国家卫生部内镜临床诊疗质量培训基地。在全市率先开展了腹腔镜下胃癌根治术、胰体癌根治术、腹腔镜辅助下胰十二指肠切除术、结直肠癌根治术、胆囊切除术、阑尾切除术、肝囊肿切除术、左半肝切除术、肾囊肿切除术、甲状腺次全切除术、各种疝修补术、改良的 Miccoli 手术治疗甲状腺良性病变、纤维胆道镜经"T"管窦道取石及纤维胆道镜下气压弹道碎石治疗胆道难取性结石等微创手术,并做到了胃癌、结直肠癌腔镜手术的常态化,其中胆囊切除术、结直肠癌根治术的腔镜手术率达到了 90% 以上。

血管外科方面,开展了腹主动脉瘤切除术、动—静脉旁路手术、急性动脉栓塞去栓术及人体骨髓干细胞移植治疗肢体缺血性疾病。

获得国家自然基金科研项目 1 项:心脏成纤维细胞 SIRT3 抑制 NLRP3 炎症体激活的机制及其在心肌缺血/再灌注损伤中的作用研究(项目批准号:81500193),镇江市科技局项目 2 项:FoxM1 基因对大肠癌细胞侵袭的影响及分子机制研究、肝脏枯否氏细胞 NLRP3 泛素化修饰的调控机制及其在肝脏缺血再灌注损伤中的作用研究(SH2015059);发表 SCI 论文 4 篇,省级以上期刊3 篇。

人们常把健康比作 1,事业、家庭、名誉、财富等就是 1 后面的 0,人生圆满全系于 1 的稳固。民之所望,政之所为。习近平总书记提出"要把人民健康放在优先发展的战略地位",顺应民众关切,对"健康中国"建设做出全面部署,凸显出中国共产党"坚持人民主体地位"的执政本色。

幸福与健康是人类永恒不变的追求。在博大精深、源远流长的中国五千年文明中,送幸福与送健康始终是每一个中华儿女一直的向往。对于每一个个体而言,健康是幸福的前提和基础,无健康也就无幸福可言。确保人民健康、打造健康中国是国富民强的保障。党的十九大报告顺势而为、站高望远,果断而响亮地提出了"实施健康中国战略"号召。健康中国战略不仅立意高远、目标清晰,而且实施路线明确、政策措施科学有效。"实施健康中国战略"令每一个中华儿女为之振奋,更发人深思、催人奋进。在继续前行的道路上,马珏深受鼓舞,也更有时不我待的紧迫感。他决意保持用良心从医的使命感,更为努力,更为勤奋。

血脉里的豪情

———————————记镇江市第一人民医院血液科主任钱军

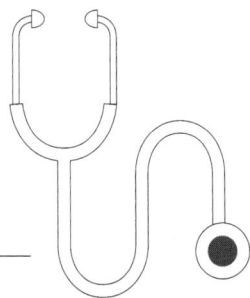

钱兆南

————每个医生的手里都捏着患者生命的钥匙,这对学医者的悟性要求极高,但不是只有悟性就够,还须有恒心与慈悲心。

镇江市第一人民医院(简称"一院")的医生、护士和熟悉钱军的朋友,只要谈起血液科的钱主任,都知道他对工作一贯认真负责。

他给人的第一感觉是,温文尔雅,说话不急不慢,又不失庄重。

每天早晨上班的第一件事就是查病房。每周两次的大查房,对钱军而言是一项神圣的工作。病房里的患者把钱军当成了临时家长。

"老爷子,夜里睡得好吗,胃口还好吧,今天感觉如何,心情还好吗?"

钱军每天的查房,是从对患者的问候开始的。从他当主任起,多少年如一日,就是这几句平淡的问候,拉近了他和患者之间的距离。患者每每听到钱主任温和的问候,都面露喜悦之色。在钱军看来,与患者的情

钱　军

感沟通,不能流于形式,而需架设一座医生与患者之间的桥梁。良好的情绪对身体的恢复尤为重要,它会像一根无形的线,引领着患者战胜疾病。

当谈起他这些年取得的成绩和创办的劳模团队工作室时,他说,一步一个脚印走到今天,获奖出名并非目的,重要的是恒心和对患者的责任心。

钱军说起自己当年之所以报考医学院,是因为奶奶经常生病。看到亲人生病时痛苦不堪的样子,他恨不得自己能长出一双仙手,摸一下就消除疼痛。而等他真的做了医生后,家里人凡是有小毛小病的却很少让他烦神,都不忍心让他忙上加忙。

说起那年高考发生的事,也许是命中注定他一定要做医生。那时候高考还是先填志愿再考试,他第一次填的志愿是医学院。高考结束才知道考卷泄题,部分考场全部得重考,重填志愿,他还是填了医学院,并顺利被南京医学院录取。

虽然不是江南人,但自从走进镇江这个江南小城,他一下子就喜欢上了这里。第一天来报到的那个早晨,空气像水洗了一样,初升的太阳洒在他身上,每个毛孔都舒展开来。报到后的第二天,钱军就出现在了患者的床前,从此开始了他人生的征程。

出生于海安小城的钱军,履历表很简单,但这些年来取得的成果却不一般。自 1994 年毕业于南京医科大学医疗系,到 1998 年考入苏州大学攻读硕士、博士,6 年后学成归来,到镇江市第一人民医院血液内科临床工作近 20 年,他一直在第一线。镇江的血液专业史,也因为有了他,掀开了崭新的一页。

临床诊疗工作对一个医者来说,是源头活水,大量的病例给医务研究工作者带来各种各样的挑战。这些年,钱军带领同事们积极进行白血病和 MDS(Myelodysplastic Syndromes,骨髓增生异常综合征)分子发病机理和治疗的临床及基础研究,先后获得国家自然科学基金、江苏省临床医学科技专项——新型临床诊疗技术攻关课题、江苏省"医学创新团队"领军人才称号、江苏省自然科学基金、江苏省"333 工程"、江苏省"六大人才高峰"课题及市厅级科研课题 20 余项;发表论文 150 余篇(其中 SCI 论文 70 余篇),成果奖励 21 项;受到国际同行关注和认可,多次参加在澳大利亚悉尼、美国新奥尔良和美国拉斯维加斯等地举行的国际会议并获奖;为多篇 SCI 杂志审稿人;多次受邀到上海、南京、新疆等地授课;获教育部科技进步二等奖、江苏省科技进步三等奖和省市级科技成果奖 20 余项;被评为第一批江苏"卫生领军人才"、江苏省"333 工程"第二层次培养对象、国务院政府特殊津贴获得者。

在国内首次成功建立带有内源性参照基因 ABL 同时监测 BCR/ABL p210 和 BCR/ABL p190 融合基因的实时定量 PCR(RQ-PCR)技术,并将该技术在国内推广应用;率先在省内开展多基因突变检测,为相关血液病诊断提供依据,该技术在多家单位推广应用;率先在市内开展半相合异基因造血干细胞移植和半相合微移植等多种"造血干细胞移植术",使恶性血液病患者得到更为有效的治疗;率先在市内构建与国际接轨的白血病 MICM 诊断平台,科室的整体水平有了很大提高。多次成功诊治疑难危重病症,尤其是使一些在国内知名大医院被误诊的患者得到正确诊断,获得患者的高度评价;多次将弥漫性血管内凝血、血栓性血小板减少性紫癜、嗜血细胞综合征、白血病等危重患者从死亡线上挽回;积极引进国际上先进治疗方案的同时,制定个体化治疗方案;2009 年带领全科同仁成功创上"省级临床重点专科"并以优异成绩通过复审。2017 年在市内率先开展"CART-19 治疗复发/难治 CD19 阳性 B 细胞白血病、淋巴瘤的临床研究",已使 1 例多次复发的高危急性淋巴细胞白血病患者获得成功救治。

就冲这 5 个"率先"、2 个"多次",这么多年的默默坚守,朴素的钱军,想不让人敬佩都难。作为科主任,要用所学知识指导科室里年轻的医生们,朝着"临床科研双腿走路"的方向进军。让"理论—实践—理论"进入良性循环。

这么大的跨越,每往前跨一步,都付出常人无法想象的辛勤劳动。

因为平时太专注于工作,问起他这些年取得的荣誉,成功治愈过的患者,遇到过的困难,连他自己都不太记得清。从医院到市里,从全省到全国,太多太多了,没有这个精力去记这些。

但是,有那么多的患者记住了他。

钱军说,他所做的一切都是自己分内的事。对于那些病入膏肓的患者,更需要医生的帮助,只要活在世上一天,就要给他们活着的体面与尊严。

2006年,在钱军的带领下,第1例自体外周血移植开展了,这位老年女性白血病患者一直在一院治疗,存活至今。

2007年的一天,血液科收治了一位在外地某大医院治疗又复发的恶性淋巴瘤患者。此时,仅用药物化疗已无法有效遏制肿瘤细胞的生长,骨髓移植成为延长患者生命、提高患者生活质量的有效治疗手段。虽然已有坚实的理论基础和成功的移植经验,但用外周血干细胞治疗恶性肿瘤在镇江市尚属空白,仍是一项全新的技术。如果移植成功皆大欢喜,但如果移植失败,不仅个人的声誉受损,更重要的是患者的生命将不保。患者及其家属能接受吗?会出现医疗纠纷吗?病区的其他患者的治疗情绪会受到影响吗?采取保守治疗,似乎是最好的选择。但如果不进行移植,目前的治疗手段已经不能控制病情的进展了,患者的生命将一点点被病魔吞噬!每每想到这些,患者对生命无限渴望的眼神,患者家属焦急万分的神情,时时浮现在钱军的眼前,他觉得自己的责任特别重。

只要有1%的希望,就要付出100%的努力。怀着对生命的尊重和对患者负责的态度,钱军查阅了大量的国内外文献资料,了解该项移植技术在国内外的最新进展,并对患者以往所有治疗方案进行了仔细的研究。经过一个又一个不眠之夜,他在进行大量的可行性论证后,精心设计了针对该患者的移植方案。为防止和有效应对移植中可能出现的各种并发症,他还多次组织全科医护人员对移植方案进行反复论证、反复完善,使之成为最理想的方案。移植开始了,对钱军来说并不复杂的程序,他也要一遍又一遍地检查核对。为了缓解患者的紧张情绪,鼓励其树立战胜病魔的勇气和决心,他主动和患者谈心,不仅询问患者的病情变化,还关心患者的心理状态。粒细胞逐渐下降,白细胞三千三、一千九、三百、四十,患者极度疲乏,口腔出现溃疡。患者如一艘漂在海上的小船,随时有被吞没的可能,这样的时候,一个合格的医生必须与患者捆绑在同一艘船上,共同抵御风浪,哪怕是患者病情或者情绪的一丁点儿变化都会让钱军寝食难安。那些天,他决定不回家住,住进了病房里,这样的话离患者更近些,如果发生紧急情况,可以随叫随到,省去了路上的时间。由于连续超负荷的高强度的戒备工作状态，加上还有别的事缠身，钱军病倒了，但他仍然坚持进移植病房看望和陪伴患者，和患者一起共渡难关。看着他布满血丝的双眼，患者心存内疚地对护士说："真不好意思，钱主任都是因为我累病了。"家人和同事都劝他回家好好休息，可他却摇摇头，因为他心里清楚地明白，在这关键时刻，患者更需要他，在他的心里，患者的生命始终是最重要的。一天，两天，三天，经过精心的用药，患者的粒细胞开始慢慢上升了，两百、六百、三百、一千、两千三……患者开始一天天地好转，钱军陪着患者一同走过移植最艰难的时期，造血功能重建了，移植成功了！患者的家属激动地握着钱军的手，一个劲地重复着："全国人民都记着您！"是啊，移植手术成功了，一个家庭欢腾了，钱军和他的同事们也欣慰地笑了。在血液科全体医护人员的精心呵护下，患者顺利出仓，它标志着外周血干细胞治疗恶性肿瘤移植术在镇江市的成功，也宣告了镇江市第一人民医院血液科又一次创造了镇江市血液界的首例，其重大意义在于为肿瘤患者进行自体外周血干细胞移植治疗恶性肿瘤提供了新的良好治疗途径，开辟了镇江市治疗血液肿瘤患者的新篇章！

内科不同于外科，陪伴患者的时间是漫长的，耗去很多心力，而少有立竿见影的效果。一些长期化疗的患者，会出现一些意想不到的情况，最怕的是感染、发烧等，将随时危及患者的生命。

所以，越这样，越是要小心翼翼，越要用心地陪伴他们。每逢节假日，能出院的患者都回家过节，而那些实在无法出院的患者，只能留在医院过节。平时拥挤的病房突然安静下来，整个病区仅有几个病情较重的患者，冷冷清清。这样的时候，患者更需要医护人员的关爱。早上钱主任一如往常，照例踏入病房巡视患者，一位正在吃早饭的白血病患者看到钱主任，像孩子一样高兴地对家人说："我就知道钱主任昨天晚上不来看我，今天早上肯定会来看我的。"多少年来，节假日来查房已成为他的习惯。

在病房里，听到患者说的最多的一句就是："有钱主任在我就放心了。"

钱军在每次查房的过程中，不知道要说多少句话，向患者打多少次招呼，这还不包括和他手下的团队交流，还有不停地从门诊和外面来找他看病的人。他对每一个病例，都要一点点讲透，应该说的要说到位，绝不能少说一句。

累了一天回到家，妻子就说他真是金口难开。不是他没话可说，而是，说不动话，只想安静一会儿，享受家庭的祥和宁静，让奔跑了一天的心和脚步暂时停下来。

作为导师，在对学生的教导上，钱军有自己的原则：放手让学生去做，但绝对不允许他们作假。所以，学生们从一开始怕他，到最终敬他。

而对危重患者,钱军每天都要进行查房。用他自己的话说:"每天看看他们心里才觉得踏实,患者心里也感到踏实。"病区的一位护士长说:"钱主任一直坚持早晚查房这件事让我感触很深,触动很大,现在下班前我也会主动巡视一下患者。"

走进血液科的病房,没有一张空床,来了新患者时,不得不在走廊上加床。对加床的患者,钱军格外关注。

有位刚住进来的 70 多岁的患者,因为没有床位,只能睡在走廊的加床上,面如黄纸。钱军弯下腰给他仔细做完检查,并让他安心,等有人出院了,马上给他安排进病房住。

常有外地的患者慕名而来找钱军。有一天,病区里的护士在给患者输液时无意间问道:"听你的口音,不像本地人。"患者说:"我是从扬州来的。"护士很奇怪,又问:"那你为什么不在扬州住院,而要舍近求远呢?"患者说:"我们听别人说钱主任水平比较高,对患者又很负责,我们就是冲他来的。"

血液科的患者多是患血液方面的慢性病或急性转为慢性疾病。这些病都是重症,花费高,自费药多。为了给患者家里节省开支,钱主任及时和患者家属沟通,尽量用最有效、最经济的治疗方案。对公费医疗的患者,也严格遵守"以最低廉的费用提供最有效的治疗"原则。有一位外地来的 60 多岁的全血细胞减少伴贫血貌的女性患者,在某大医院被诊断为 MDS,用了 2000 多元的药后不见好转,后经人推荐找到钱军,钱军经仔细了解其发病过程及在其他医院进行的一些检查,重新对其进行骨髓检查后发现此人应诊断为巨幼细胞贫血,患者最终花了 70 余元的药费就治好了该病。

本地的患者都知道钱军的为人,外地的患者虽久闻其名,但还不是很了解他。在住院的时候,他们怕治疗效果没有保证,会悄悄地送"红包"给钱军。2009 年 5 月的一天,医院一位同事打电话给钱军说:"有位丹阳的患者点名要你看。"原来患者在当地被怀疑得了白血病,本想到苏州诊疗,后听熟人说镇江一院钱军水平高就慕名而来了。这个患者后来被诊断为 M2 型白血病,在得到及时准确的诊疗期间,为了感谢钱军,患者及其家人数次将"红包"塞给钱军,钱军最终都退还给了患者。住在这个病区的人,大多是重症,再好的家底,也会因病致穷,直至倾家荡产。他们的每一分钱,都是救命钱。

患者间口口相传,一院血液科的钱医生,医术好、心地好。有些慢性患者并不属于血液科,四处托人找关系,硬要住进血液科,一住就是好长时间。大家都说:"看到钱主任我就定心了。"病床很紧张,这让钱军十分为难,但再难,也从来不会为难患者。

钱军清楚地记得，那年镇江有一位颇有才气的文学作者，是类风湿性关节炎合并全血细胞减少患者，在其他医院已被宣告无法治疗，并被劝退回家。她辗转几所医院后来到一院血液科。多年重病致穷，父亲因此与母亲离婚，母女俩相依为命。为了帮她筹措费用，钱军一边发动科里的医务人员捐款，一边鼓励该患者与病魔斗争。在钱军的精心治疗下，患者得到了积极有效的治疗，多次挽回了生命。虽然该患者最终不治，但她在医院的一年多时间里，得到了医护人员的关怀。她生前经常说："这么多年看病，钱主任和你们让我感到最开心，也最放心。"

记得有一个年龄比较大的白血病患者，已经 68 岁。这么高龄的患者，在国内并不多见，如果做干细胞移植手术，风险很大。当时科里的同事们都不赞成钱军为患者做这样的手术，因为考虑到不良反应会很多。后来钱军给患者做了仔细的检查，觉得他的身体条件还可以做，虽然也预估到可能存在的风险，但做了相应的措施，最终移植过程非常顺利，患者至今已健康生活 5 年余。

这样的移植死亡率很高，患者的情况并不稳定，医生的压力很大，如果发生意外，对患者家属没法交待。

面对许多比较棘手的病例，钱军都会努力地制定最佳治疗方案。由于现代环境的污染，患白血病的儿童增多。那些长得像花儿一样的孩子，得了这种恶性病，再好的家底子也会被掏空。

钱军清楚地记得那个才 15 岁的小女孩，得了急性白血病，家里实在没钱，女孩的父亲敲开他办公室的门，然后"扑通"跪下。每个孩子，都是父母的天和地。钱军赶紧扶这位下跪的父亲起来，帮他想办法。经过化疗，治疗效果特别好，挽救了小女孩的生命，也挽救了一个完整的家庭，直到小女孩考取大学，完成学业。五六年过去了，她一直很健康。

作为政协委员的钱军在参加政协会议的时候，率先写了对白血病专项基金的提案，针对血友病患者多次提出相关提案使患者的治疗更为便捷、报销渠道更为通畅，使更多的白血病患者得到及时有效的治疗。经过努力，钱军终于争取到 1000 万元青少年白血病专项基金，以帮助更多患白血病的孩子。

钱军经常和同事们说："患者的每一分钱都得用在刀刃上才对，该用的不省一分，不应该花的，不多用一分。对于一些进口的自费药，根据患者不同的体重合理使用，有些药无法一次性用完，钱军总是想办法妥善保管好，留在有效时间里用完。绝不能图自己省事浪费患者的钱。

生命面前，人人平等。钱军不仅对患者呵护有加，而且对身边的同事甚至护工也是无微不至。有一天，钱军发现病区的一名卫生员连日来脸色灰暗，精神萎靡，高烧不退，经检查，原来患了血小板减少症。钱军立即通知护士长安排其住院，在得知其家境困难后，他又主动在科室发动募捐，大家在他的带领下，纷纷捐钱捐物，照顾卫生员日常饮食起居。

处理妥当病房里的事，钱军还要处理急诊患者的事。时间就是患者的生命。他经常忙到凌晨，才能从手术室出来，等患者稳定了，才拖着疲惫的身体回家。第二天还无法休息，病房里几十个床位上的患者在等着他的出现。对危重患者每天早晚查房时间是定好的，哪天不到，他总觉得这天的事没做好。有时候到家才捧起饭碗，就接到急诊室电话。电话就是命令，他马上以行军的速度赶往急诊室，参加战斗。抢救结束后，又饿又累，到家就想躺下，别说吃饭，连喝口水都怕动，以最快的速度进入梦乡才好。

从担任硕导、博导至今，钱军克服了重重困难，和团队一起奋战，对干细胞移植及其他项目的临床试验，获得很大的成功。诊疗平台的建设，逐渐规范起来。但对有些项目的改善情况，钱军觉得还不够，仍需继续努力。

谈到平时工作中遇到的困扰，钱军说："绝大部分是因为患者的经济问题。患者家里经济跟不上，导致治疗跟不上，医院毕竟不是慈善机构，太为难了。有钱的话，还有一线希望，没钱治疗，一点希望也没有。白血病的死亡率很高，成活率只有30%~50%，甚至还不到。药物治疗不仅贵，而且慢。特效药也很少。我们能做的就是规范化治疗。有些大剂量的化疗，效果会比较好，但许多人不敢采用大剂量的化疗，怕出问题。剂量大，副作用也大。"近年来，大剂量化疗在钱军的推动下，逐渐开展起来。钱军说："对于大剂量精准化疗，有些人身体弱，承受不了；有些人身体底子好些，不容易感染，可以承受，可以接受大剂量化疗。其实化疗的时间越长，疗程越多，拖的时间长，反而会加重患者的经济负担。对于不同的情况，不能硬搬硬套，要结合患者的情况。谁都知道，每次化疗的费用至少需要两万。"

血液科与别的科室不一样。外科容易出成绩，一场手术立竿见影，而内科是个慢的过程，需要大量的知识储备，尤其需要高尖端的知识。要进行大量的讨论。所以，钱军经常和兄弟单位的医院同行进行讨论，积累经验，寻找最佳的方案。有些想有新的突破，很不容易，但也有歪打正着的情况。

除了科学的论证，有时候也需要灵感。经常思考久了，当时可能不一定能反应过来，但某些时候就能反应过来，灵感会突然跑进脑子里，夜里睡梦中突然想起一些东西，钱军半夜就会爬起来把这个灵感记录下来，防止有价值的信息丢失。对一闪而过的灵感，过了一定的时间段，尤其是对典型的病例，要特别用心。白天突然出现的灵感，不可能随时记录下来，手机上便签功能帮了大忙，在灵感来临之际，钱军会把只言片语写到手机便签上，事后再整理出来。

在谈到课题突破性进展时，钱军格外谦逊："在许多课题的开展上，不敢说取得突破性的进展，只是静下心来努力去做。科学就是科学，关系人的生命和自己的声誉，不能出洋相，必须谨慎。包括在写论文的时候，连一个标点符号都要去考究一番。出现了问题就要去查资料，确定是板上钉钉的，反复验证，不会错的才放心。只有这样，说出来的话才有底气，对一些确凿的研究，能站得住脚，靠的就是严谨。在工作中有时候也会遇到瓶颈，但只要用心去做，总有能解决的时候。学科的发展需要人才，靠个人的力量很难实现，更需要团队的通力合作。目前血液科的团队共 12 人，都很年轻，平均年龄 34 岁左右。2 个博士、6 个硕士和 4 个本科生，希望他们在以后有长足的发展。"

在第一次采访钱军主任的过程中，笔者最初无法领会他口中大量的医学词汇，随着他讲述的推进，才知道那些对我来说很拗口的医术名词，其实是他的整个世界。倾听，是对他最真诚的敬重。

说到诊断，钱军很是骄傲，露出微微的笑容说："我很自信，这么多年来，没有一次误诊，靠的是胆大心细。"我们的谈话不断被敲门声和电话声打断，而无法完整进行下去。话才说到一半，话题又被一位从丹阳来的患者打断。这位带着 CT 片从丹阳医院来的年轻人自己也是医生，他的父亲重症，春天的时候找钱军治疗过。钱军二话没说，拿起 CT 片子，就准确地报出这位患者的全部情况，记忆力之好，让年轻人叹服。望着年轻人焦虑的目光，钱军迅速拿起桌上的电话，通知别的科室及影像科安排第二天上午 10 点钟的大会诊，尽早确定最佳治疗方案。

钱军结束与丹阳来的患者家属的谈话，我们又接着谈到生命。

"得什么，不能得病。其实，医生是高危职业，每天面对那么多病号。从医学角度来说，自然界总是通过不同的手段对待人类，不是癌症的死亡，也是其他的死亡。特别是在现代社会，癌症高发与环境污染、水、空气等都有关系。在人类生存的大环境和小环境中，饮食、生活方式一定要健康，室内装修一定要环保，通风，衣橱门要常打开，包括专业的室内检测也很重要。"

钱军从医学的范畴谈到环保及人类身处恶劣环境下不同的心态问题。

钱军在谈到遇到的最大困难时说："人员严重不足。一方面，医院的患者如流水般源源不断；另一方面，医务人员流失严重，一些年轻人学到东西后，很快就走。"

"对于未来的打算，作为一个医生，最基本的都要做到。希望医院能把这个学科在江苏省进一步提高。"

2017 年 9 月底,钱军随医院去新疆农四师医疗帮扶小组进行短期教学,为期 10 天。这些年也只有执行教学任务时他才有机会走出镇江,很少有时间陪妻子和孩子出去看看。在从医生涯中,他没有多少豪言壮语,骨子里始终有医者的大风范,他把对事业执着追求的豪情刻在血脉里,常年奋战在血液科的第一线,每一天对他来说都是新的起点。

耳边犹闻呼救声

——记镇江市第一人民医院急诊医学中心主任王鹏

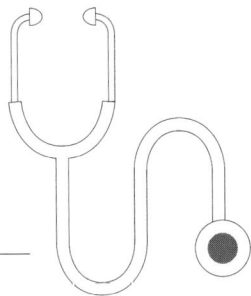

唐金波

一

"13 万?"

"是。"

"一年 365 天,一天不落也得日均 356 人次?"我连用两个问号,特地放慢语速,来表达深度怀疑。

"是的。"王鹏忽闪着那双满溢着和善的大眼,平静地答道。

他的回答,如同他的外形一样干练,有时精简到只剩一两个字。"不善言辞"是我对眼前这位被采访者的第一印象。

"每班 8 个小时,平均每小时收治 40 到 50 名急诊患者?"我紧追不舍,试图寻找到能够打开他话匣子的钥匙。

"应该还不包括发生火灾、车祸、中毒等'灾难医学'事件时段。"王鹏补充说。

我感觉到,他的确认为对我这样"医盲"级的采访者,很有必要进行相关常识的普及。

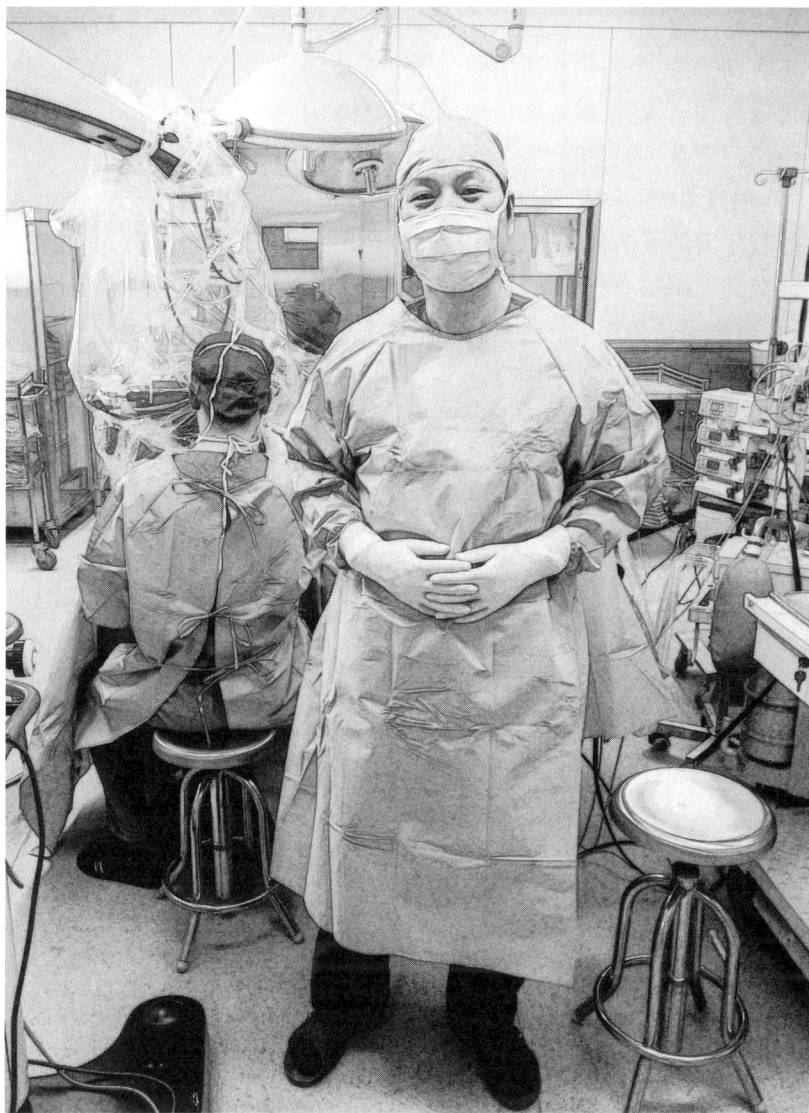

王　鹏

"急诊医学中心,浓缩了大量的现代医学高科技技术,是医院重症患者最集中、病种最多、抢救和管理任务最重的科室,是所有急诊患者入院治疗的必经之路。比如说,上个月仁济医院有个医生最多的一天,在 8 小时内看了 100 多个患者,而另一个医生 8 小时看了 168 个患者。我们虽然没这么多,但天天上班都像打仗一样,忙得连喝口水的时间都没有……"

没错,"专业"是打开每个被采访者话匣子的钥匙。

"连喝口水的时间都没有?"我趁势而下。

尽管今天的采访预约了好几次才敲定下时间,但是落座不到一刻钟,我的采访还是被王鹏那两只手机轮番响起的铃声打断了多次。从王鹏简洁的通话中,听得出来都是必须由他亲自处理的事务。唉,真的没有办法。

"是的。"王鹏端起水杯喝了一大口,"能像今天这样,坐在这里端起水杯,缓缓地喝口水,对急诊医学中心的医生来说,真是一种奢侈的享受了。国外医生到中国的急诊室来,直呼这里是个'疯狂的地方'!"

疯狂地带、生死时速、生命健康的守护神……这些光鲜亮丽形容词的内涵,却是"急、重、繁、乱、杂、累"等高强度的运转,是满满的奉献和心甘情愿的牺牲。伴随着急诊医学被喻为现代医学的标志,急诊医学中心应运而生,急诊医生的离场就不是什么新鲜事了。

一边是现实和患者的迫切需求,一边是更快速度的离场。

有关资料显示,拥有 61 个急救医生编制的上海新华医院,短短几年时间里就有 21 个急救医生离场,致使该院急诊科医生的缺口高达三分之一。

"人手紧,调呀!"我说得很轻松。

"要知道,不是所有专科医生都有资格担当急诊科医生的。"他忧心忡忡地回答。

"听说,急诊科医生的要求比一般专科医生高得多?"

"是的。"

"都有哪些要求?"

"一专多能,"王鹏停顿了一下,努力搜寻形象比喻来缩小我和他之间的差距,好让我明了他的表述,"要像鹰、似豹、如熊。"

"怎么讲?"

"这是种比喻。就是说急诊医生,要具有鹰一样的眼睛,在接触急症患者的第一时间,能透过表象捕捉到实质;要如豹那样敏捷,行动生死时速,处置干净利落,毕竟时间就是生命啊!还要有熊那样强健的体质。没有强健的体质,是担当不起如此重任的。"

"你从专科到急诊，就没有想法？"

"没有。"王鹏的回答依然简洁得只有两个字。

"就不怕繁重的急诊事务，误了你的专业？"

"反正都是救人呀。"似乎洞察出我的狐疑，王鹏用"救人"两个字做了诠释。

"救人"的思想在王鹏的头脑里根深蒂固。

他的父母在玉门油田工作，他童年跟随外公外婆在祖籍咸阳的一个古镇度过，即使后来到玉门油田子弟学校读书，每年的寒暑假，王鹏仍然喜欢回到古镇。因为古镇有外公的中药铺，他喜欢看外公用一根银针和一把把草药，替乡亲们解除病痛。他尤其喜欢深夜被急促的敲门声惊醒后，替外公背上药箱，随来人翻山涉水去救治危急患者。"救人一命，胜造七级浮屠"是他的外公挂在嘴边的一句话。尽管对这句话，王鹏似懂非懂，然而，每当目睹外公将危急乡亲从死亡线上抢救回的那一瞬间，作为参与者，他同样体验到成就感和幸福感。与此同时，"救人"也像一粒种子播撒进了他的心田。

高中毕业时，同许多男孩一样，王鹏的青春梦想是当一名飞行员翱翔蓝天。因为酷爱体育运动，有着一副结实的身板，他心想凭自己这体魄当一名飞行员肯定没问题。他的高考志愿填了两个，一个是航天航空类大学，一个是医科类大学。结果南京医科大学录取了他。未能上天而能从医，也算是如愿以偿。不过，让王鹏始料未及的是，从医同样需要一副好身板。

接下来是 5 年大学、1 年见习医生、5 年住院医师、5 年主治医生、5 年副主任医师，20 多年的历练，王鹏终于修成正果，取得主任医师职称。王鹏花费 17 年的时间，主要从事颅脑创伤、脑血管病和脑肿瘤的外科治疗和研究，他在救治患者方面积累了丰富的临床经验。尽管救治了很多人，在职称评价体系里也是写不进去的，但是他初心坚定，始终将"救人"作为自己的首要原则，他将自己的时间悉数给了与死神抢夺生命的职业天职，除了为数不多的几篇论文发表在医学杂志上，他将一篇又一篇凝聚智慧、汗水和心血的论文，写在了患者的笑脸上。45 岁左右，经验丰富、学识厚实、事业初成，再加上年富力强，正是再出发再登攀、成名成家的黄金档期。

然而，2013 年的春天，镇江市第一人民医院进行科室领导层调整时，王鹏挑战自我，报名竞岗，如愿以偿担任了急诊医学中心主任。

他自己没有"想法"，可是身边许多人却有"想法"：

"急诊医学中心那种地方能去？别人逃离都来不及哎！"

"再有前途的医师，到了急诊医学中心就等于把自己给卖了，纯属救人机器一台,哪里还会有什么前途?"

"倒三班、无规律,每天 24 小时都绷紧神经。特别是中心主任,下了班,睡觉都得把手机开着枕在头下,一有抢救任务,无论何时随叫随到,风雨无阻。打一阵子突击还马马虎虎,长年累月,即使强壮如熊,也会累垮的!"

……

说王鹏一点儿"想法"都没有,那不客观。只不过,王鹏的"想法"有别于身边的一些人:"急诊室是接触最危重患者的地方,也是在临床上最具有挑战性的,短时间内全方位医学技能的实战,是一个医务工作者最容易有收获的岗位。再说了,我是党员,困难的地方,党员能不顶上去?"

我完全相信王鹏的话发自内心,并非口号式的表述。

二

"中国特色?"

"不,世界级难题!"王鹏用这 5 个字来形容医院急诊医学中心的人满为患、拥堵不堪的混乱状况。

"原因?"

"健康宣传的缺失。"

"健康宣传的缺失?"王鹏的回答令我一头雾水,这与宣传有干系吗?

"是的。"王鹏点头说,"我们注意到,在涌进急诊中心的病患者中,感冒、发烧、牙疼、眼肿、拉肚子,甚至高血压、高血糖、高血脂等慢性病,占了相当大比例。按理说,目前我国医疗网络已遍及社区、乡镇和规模企业,上述病患在当地医院就能解决。但是,相当部分人认为,医院级别愈高病就好得越快,急诊医生水平高,同样挂号费看急诊还用不着排队等候……这个可以说是'中国特色'。"

王鹏介绍说,解决这个"世界级难题",国外通常的做法是用经济杠杆来设置门槛,提高急诊挂号费,高到病患者不得不掂量,自己这个病,真有必要看急诊吗?但是,高额的急诊费却存有把"真病"的贫穷患者拒之门外的弊端,这种做法有悖于我们的社会制度。

"难道就无法破解了吗?"我问。

"有。两个字:创新。"

王鹏就任急诊室主任后,从急诊医学中心的杂芜繁重中理出头绪,找到开局的把手:"内抓创新管理模式,外抓创新健康宣传。"

对于急诊患者来说,时间就是生命,这是人们的常识;争分夺秒,这是全体急救人员的行动。如何在生死时速的争夺战中,赢得分分秒秒,在更短的时间内为患者实施救治,则是王鹏和他的团队面临的挑战。

"缩短非诊治环节所占用的时间!"

王鹏和急诊医学中心的团队在调研中发现,有的患者因为突发病痛急匆匆赶到医院时,才发现身上只有少量零钱,没带证件没带卡;有的患者可能因为持续用药、补充化验、进一步检查及治疗要反复交费,但窗口拥挤,需要排队等候,令人心急如焚……尽管每个医院都对抢救患者开通了救命的绿色通道,可以先抢救后补交费用,但是90%以上的急诊患者并没有那么危急,也进不了"绿色通道"。王鹏他们想患者所想,急患者所急,创新出"电子病历信息系统",开通了方便的"快捷通道"。

急诊患者病情危急,手写病历,耗时费劲还容易重复;电子病历的使用,对打字速度慢的医生来说困难陡增。王鹏和团队成员另辟蹊径,反复琢磨,研发出适合急诊用的电子信息系统软件。这款软件条目详细、化繁为简、多为勾选,即便是打字生疏者使用起来也得心应手,快捷便当。

急诊室通过电子信息系统对所有进入急诊的患者进行预检分诊,对现金不足、准备不充分的患者,建立账号,通过电子系统进行自动挂号、提交检查治疗申请、电子记账等一系列操作,将患者所需要的所有检查与治疗全部录入系统,通过信息联网,极大地缩短了排队缴费、取药等非诊治环节所占用的时间。患者可以先行检查治疗,待病情稳定,需要转归时或亲属赶来后,进行一次性结账。这样就在紧张救治的同时,为急诊患者提高了优良服务。

"我们急诊医学中心,还担负着社会'兜底'的责任。对空巢老人,或者不明身份的中暑、醉酒、突发疾病的路倒者,虽然不知姓名,不明身份,但一视同仁,紧急施救。这类人还不少,每年年初从001号开始登记,今年到8月份,就已突破100名了。"王鹏举例说,"前阵子高温,有位六七十岁的老人突然倒在马路上,送来时已经昏迷。我们立即展开抢救,诊断是高血压引起的脑出血,仅手术费就得四五万元。救命第一呀,我们毫不犹豫,紧急手术,终于从死神手里夺回一命。等老人苏醒后,才知道他是安徽大别山人,来找他在镇江打工的子女的。由于抢救及时,老人没有留下后遗症,很快就康复出院了。"

讲述中,可以感觉到王鹏言语中满满的掩饰不住的成就感。

"从分析创伤中心、胸痛中心的抢救时间管理模式入手,有效提高分诊正确率,降低心梗患者救治从进急诊大门到开通血管时间。"这是王鹏和团队成员的又一挑战目标。

他们从医院实际情况出发，筛选海量急救病例，找出影响急诊患者预检分诊正确率、心梗患者救治时间的主要因素，制定对策，经过不断改进，终于将分诊正确率由 96.33% 提高到 98.12%；心梗患者救治从进急诊大门到开通血管时间，从平均 104 分钟降低到 84 分钟。

数字自然是枯燥抽象的，如果我说，对于急诊中心，每分每秒都意味着一条鲜活生命的逝去或获救，你一定会对这组数据十二分的上心，对王鹏和他的团队油然而生出敬意来。

王鹏所说的"外抓"，就是抓源头。

他将急诊医学中心的工作，比喻成河的上游不断地有人"落水"，他们呢，却是在下游不停地"捞人"。王鹏说，提高科室人员的业务能力、改造急诊抢救流程、创立抢救时间管理模式等，能解决"捞人"的速度和"救人"的成功率，却改变不了被动的局面，只有到源头去分流，减少"落水"人次，才能变被动为主动。

于是，双休日在厂矿、社区、学校、社会福利院、养老院、基层医院，经常能看到王鹏忙碌的身影。他给大家讲哪些是常见病，告诉大家常见病在当地医院就能够治愈，无须费时受累到市级医院挤人头；哪些症状属于危急病症，患了危急病千万不可麻痹大意、掉以轻心，必须立即就医；哪些病必须立即去大医院，一刻也不可贻误，并且教会居民危急自救方法和心肺复苏技能；他还给基层医务工作者开展急诊知识讲座和急救技能培训……

实践中，王鹏深感单靠个人的努力远远不够，于是他调动科室的党员和员工，人人来当志愿者，一起到"源头"去疏导，去"治未病"。近年来，他带领大家到基层为群众进行健康体验、医疗培训等义诊 100 余场次，他个人参与义工服务达 600 多小时。

医圣孙思邈曾说："凡大医治病，必先定神定志，无欲无求，先发大慈恻隐之心，誓愿普救含灵之苦。"王鹏和他的急诊中心团队，长年累月，急病患者所急，想病患者所想，无欲无求，普救含灵之苦。

三

"第一枪很重要！急诊是先开枪再瞄准，病房则是先瞄准后开枪。"

我和王鹏之间，很快就达成默契，他在讲述急诊医学中心的工作时，尽量尝试用通俗易懂的比喻，好让我这个"医盲"领会。

王鹏所讲的"第一枪"，就是急诊医生了解患者基本状况后的"第一处置"。生死就在分秒间,在急诊,根本没有时间允许他们像病房医生那样,要求患者做这个仪器检查,做那个标本化验的,因为往往检查化验还没做好,患者可能就停止呼吸了。

王鹏的这个比喻十分贴切。谁见过枪王临战时,还要眯眼屏气地去瞄准的?看似很潇洒地随手一枪,猎物应声而落,要知道这并非是一日之功,背后一是苦练的功夫和血汗的付出。

我请王鹏举例。他说,这样的例子太多了,几乎每时每刻都在发生。

暑假前,一群师生护送来一名十几岁的学生来院就诊,老师紧张得语无伦次,说该生突然手脚抽搐、不省人事……王鹏观察到该生反应很差、面色发紫,判断是呼吸道堵塞,当即开出"第一枪":气管插管!

老师十分犹豫,说自己做不了主,是不是等与家长沟通好或是等家长来了再做决定?

"不行,没时间了!"王鹏打断老师的话。说话间,护士已推来设备。看似简单的操作,难度却不小,要求医生以最快的速度,准确地将导管插入气管,不容有误!

岂料,该学生的牙关紧闭,脖子粗短僵硬,插管难度极高。王鹏娴熟地用开口器掰开学生的牙关,完全凭着手感,一次就将导管插入气管。堵塞气管的分泌物很快被抽出,救命的氧气被输入肺部……该生脸色渐渐由紫转白,继而红润起来,抽管拆除,学生恢复自主呼吸。

家长汗流浃背、匆匆赶到时,看见自家的孩子已转危为安,拉着王鹏的手连声感谢"救命恩人"。王鹏却说,应当感谢老师和同学,幸亏他们送来及时,否则后果真不堪设想呢。

同样,就在前几天,救护车一路鸣笛,呼啸着送来一位情况危急的建筑工人。工人是从四五米的高空坠落的,脸色难看,全身大汗淋漓,但是神智还清醒,一把拽住正俯身给他做 B 超检查的王鹏,用微弱的声音连呼"救命!"B 超检查显示腹部正常,王鹏果断决定立即进行胸膜腔诊断性穿刺。果不出王鹏所料:胸腔不但有血,而且有气体从内部涌出! 经过紧急胸腔闭式引流排血排气,伤者万幸脱离了生命危险。

"如果贻误排血排气,会有什么后果?"我想获知另一种可能。

"毫无疑问,伤者将会因胸腔内血和气的骤增,压迫肺部而很快窒息死亡!"

听了这两个病例,我不由得联想起被媒体沸沸扬扬报道的"夺命拔牙"。有个孩子在医院拔牙时突然死亡,院方推责说是因孩子自身有暗疾或者过度紧张而吓死的。家长发现孩子嘴唇及四肢有紫色斑块,怀疑是医疗事故。最终尸检证实,医生操作失误,致使棉球堵塞气管,进而导致孩子窒息而亡。

我感慨地说:"难怪好多人都夸您是'神医',有起死回生之术呢!如果这个孩子遇到您,悲剧就不会发生了。"

"急诊救治时,应从最危险的病情可能,倒查排除,呼吸是须臾不能停顿的。人死了,还谈什么急救?可惜这个常识,却常常被人们疏忽了,有时连病患者的家属也不理解,甚至还会造成医患之间的误会和矛盾。"王鹏不无遗憾地说。

今年夏天,急诊室里来了位60多岁的大爷。大爷对王鹏说自己是"老慢支",突然感到胸闷,要求挂水。王鹏在与其子女的交谈中,了解到老人同时还患有高血压和冠心病,通过检查他发现老人不仅胸闷,而且肩膀痛,下巴也不舒服,他立即决定给老人做"心肌酶谱"检查,排除心肌梗死的可能。听说还要做其他检查,老人解释说自己是老毛病了,以前胸闷,来挂挂水就好了。老人的子女也坚持说没必要,言下之意,怀疑王鹏是让患者多做检查多缴费。

王鹏清楚,时间对一位老年心梗患者来说是多么重要!他心急如焚,顶着误会,苦口婆心做工作。

其实,做这项"心肌酶谱"仅需20分钟,而王鹏与老人的子女磨嘴的时间已有10多分钟,其子女硬是不松口。

王鹏急了,说:"这是救命,等不得。如果检查下来真的没问题,皆大欢喜,这检查费我来认!"

精诚所至,金石为开。老人的子女被王鹏的恳切所感动,终于同意做检查,不过仍然撂下话来:"如果检查没问题,要把检查费用全额退还!"

20分钟后,检查结果出来了:心梗!

经过争分夺秒的抢救,老人终于转危为安,最终康复出院。出院的那天,老人的子女送来一面锦旗,感谢王鹏和他的团队对老人的救命之恩,高度赞扬他们的社会责任感和精湛的医术,同时,自责了自己的偏见。

这时候,我才注意到急诊医学中心的会诊室里有个木架,木架上挂满了病患或其亲属送来的锦旗。

"每年都有不少,我让留了几面下来。这些都是对我们工作的肯定,也是一种鞭策和激励。"王鹏指着木架上满挂着的锦旗,这样说。

我知道,挂在这里的每面锦旗都有着一个感人的故事,这是王鹏和他的团队"定神定智,无欲无求"奉献的写照。我更知道,在众多来急救中心就诊的患者心中,同样有着无数面这样的锦旗。我还知道,关于王鹏和他团队的故事,正在百姓中流传。

乐在幕后为他人

——————————————— 记镇江市第一人民医院检验科主任王胜军

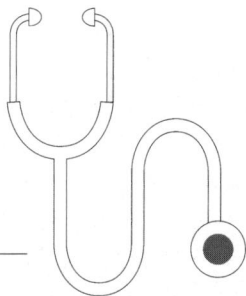

柳筱苹

接到采写王胜军主任的任务是在他要去瑞典出访的前两天。工作、家庭都有很多的事情要处理,一切都显得很忙碌,王胜军答应给我一个小时。采访前打开医院传来的王胜军资料是这样介绍的:王胜军,研究员,教授,博士生导师,现任镇江市第一人民医院(简称"一院")医学检验科主任,江苏省检验医学重点实验室副主任。但是在我与他的交谈中,他一直强调自己只是一个研究人员,一名教师,真的没有什么可写的。他说:"如果要写,就写写我们检验科吧。"

医院就像一个大舞台,检验师是其中不可缺少的角色。

"对于许多人来说,家里有人生病或要做手术,都会去找最好的医院、找最好的医生、用最好的药。那么什么才是最好的? 作为一个曾经做过药物分析 10 多年的检验员,我来告诉你,选择最好的检验科、最好的检验员更重要。"

医院的检验科较为神秘,它和医院临床科室不同,是一个相对独立的、封闭的特色科室。2017 年 9 月的一天,我从医院门诊部楼内侧穿过走廊来到新大楼,

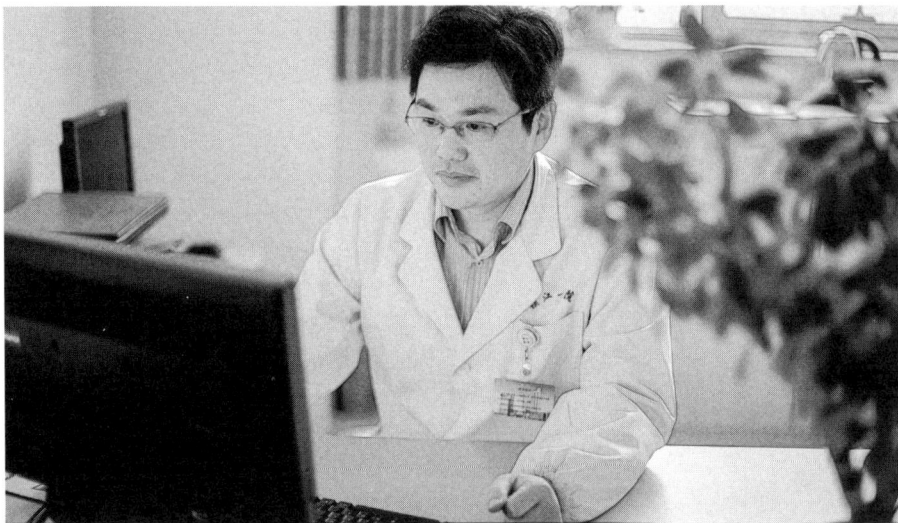

王胜军

电梯直达 5 楼,我看到一排玻璃窗,屋内摆着一系列白色冰冷的设备,几名身子被包得严严实实的医生在设备前忙碌着,检验科门口设有门禁,显得严谨而神秘。

走进检验科,一台台精密的仪器、一排排峥亮的器具,似乎在无声地提示,这里的每一个步骤、每一项数据、每一份检验报告,都关乎患者的生命。

"我们检验科每天的任务就是承担病房、门诊急诊患者、各类体检,以及科研的各种人体标本的检测工作。"王胜军介绍说。

"检验科又分设门诊检验、急诊检验、临床化学检验、免疫学检验、微生物学检验 5 个部门。我们需要为临床提供准确的实验数据,如果我们不能及时准确地反馈患者的信息,将会影响到医生的诊断和用药,因此一丝一毫都马虎不得。"王胜军说,"比如一个小朋友发烧了,到底是因为病毒还是细菌感染引起的,我们通过检验得出初步结论后,临床医生就可以对症下药,很方便。"

"检验科一般不会对外开放。"王胜军说,他们每天接触的都是身患各种疾病患者的血、尿、便等人体标本,里面可能携带着各种各样的细菌和病毒,人一旦被传染了后果可能很严重。因此,整个检验科是以国家 Ⅱ 级生物安全实验室标准来建设的。平时,检验科的医护人员都很注意按照标准操作规程规范操作,用手套、口罩、防护服、防护帽等全方位来保护自己。

我记忆中的检验科还停留在那个卫生条件有限的年代里，那时检验科的许多工作都需要靠手工去做。检验台上成天都是些瓶瓶罐罐的。"是啊，那时的检验结果也会有不小的误差。现在可不一样，现代化设备精确，而且要求很严。"王胜军接过我的话题一边说着一边指着里面的检验设备，好像在炫耀自己的宝贝。

"我们检验科实验室有 3500 平方米，仪器设备总价值 4000 余万元，主要包括 BECKMAN COULTER 实验室自动化工作站，包含 AU5821 全自动生化分析仪和 DXI800 化学发光免疫分析仪。此外，科室还拥有全自动智能采血管理系统、全自动微生物鉴定仪、定量 PCR 仪、流式细胞仪、血凝分析仪、全自动血液分析流水线，以及尿沉渣分析仪等分析仪器。"

我一边听一边记录，听不懂的都请他帮我写下来。

接下来他告诉我，这些仪器设备是用来开展临床生化检测、血液学检测、免疫学检测、微生物检测及基因诊断等 500 项常规和特殊检测项目的。全自动智能采血、血常规分析流水线和自动生化分析流水线的引入，优化了实验室的工作流程，提高了工作效率，提升了检验科的竞争力，使检验科能以高质量的检测报告更好地服务患者，服务临床科室。

谈到检验科，他总是有那么多的自豪感。他说："我们科每年持续开展新项目，近年来开展的新项目包括特异性过敏源检测、GM 试验、艰难梭菌谷氨酸脱氢酶抗原，以及毒素检测、解脲脲原体和人型支原体培养鉴定，还有药敏试验、真菌培养药敏等项目。

"我一上午都在这里，基本没挪地方。"在检验科工作长达 20 年的姚冬明说。在他的世界，每天都在忙于检测质量、临床沟通、生物安全、学科建设等一系列工作。

"我是实习生，学的是临床检验专业，现在在做标本准备，已经习惯检验科的工作环境了，我们都很努力。"刚来检验科实习不久的李敏说。

"我们每时每刻都在紧张有序地规范操作，从收取标本到最终反馈结果的全过程不敢有丝毫松懈。"年轻的检验师彭辉勇说。

王胜军边走边告诉我，检验科实行的是动态、弹性工作制，生化、免疫等实验室中午都不休息，急诊实验室 24 小时轮流值班，以确保检验结果在最短时间内发出。门诊设置全自动自助检验报告打印机，实验室报告发出的同时，门诊患者即可通过全自动自助检验报告打印机打印出检验结果。

整个检测工程就像一道道流水线，从检验申请、标本采集、标本运送、标本接收、标本检验到标本保存，很直观。其中最重要的是标本检验，通过电脑扫描,将患者的信息和需要检测的项目输入电脑,利用先进的全自动生化免疫流水线,分离血清后,由机器根据项目进行分流,进入一道道流水线,直到得到最终的检验结果。检验人员要全程保证中间的任何一个环节不能有差错发生,确保检验结果准确可靠地反映患者的身体状况。检验科在自身免疫性疾病的临床诊断和机制研究、肿瘤分子诊断、微生物耐药相关基因分析、临床病毒学检测等方向形成了自己的特色。

"密密麻麻的表格数据看似枯燥而烦琐,但它们仿佛是一张网,数据越详尽,网就越密,这样,出错概率就越小,患者的生命质量也越有保障。"王胜军告诉我,一些疟原虫、白血病、流感等疾病,有些医院没有检验出来,但到一院检验科就能查出并立即得到治疗。不少病员及家属都想要对检验科人员表示真诚的感谢,可他们都说,"不用谢,这是我们应该做的"。病员及家属留下的"谢意"也都会被婉言谢绝。他们常说:"服务好我们的患者是我们应尽的职责。只要患者满意了,就是对我们最大的回报!"

作为检验科主任,王胜军始终把检验质量管理放在首位,不仅建立了质量管理小组,而且,除了坚持做好室内质量控制外,每年都参加卫生部和江苏省临床检验中心组织的室间质量评价活动,并取得江苏省优秀质量管理奖。王胜军还带领大家认真开展服务质量考核,建立并不断完善科室考核制度和质量管理体系。他每天都强调:"质量永远是检验科的生命线,对质量的管理需要制度化、规范化,容不得半点马虎。"

"生命的价值在于奉献,青春的事业在于创造",这是王胜军参加工作以来一直坚持的信念。他凭着对医疗和科研事业的执着,在平凡的岗位上默默奉献,在奉献中体现自己的人生价值。不仅如此,他在临床、教学、科研等方面成绩也十分突出,先后兼任中华微生物与免疫学会青年委员、中国医师协会移植免疫专业委员会委员、江苏省免疫学会常务理事、江苏省医学会微生物与免疫学分会副主任委员、美国免疫学学会(The American Association of Immunologists, AAI)会员等。参加国家重点研发计划、国家自然科学基金、国家新药评定、英国医学研究理事会(Medical Research Council, MRC)、奥地利科学基金会(Fonds zur Forderung der Wissenschaftliche Forschung, FWF)等科技评审工作,担任 Front Immunol 等国内外期刊编委,并参与 Eur J Immunol 等国际期刊审稿。他先后入选江苏省"333 工程"中青年科技领军人才、江苏省卫生领军人才、江苏省医学重点人才、江苏省"青蓝工程"中青年学术带头人、江苏省"六大人才高峰"高层次人才等人才项目;主持国家自然科学基金 10 项(含国际交流项目)、江苏省自然科学基金(创新人才项目)和临床医学专项等省部级课题 8 项,近年来以通讯作者在 J Immunol、OncoImmunology、Am J Pathol 等 SCI 源刊发表论文 42 篇,以合作者在 PNAS USA、Ann Rheum Dis 等 SCI 源刊发表论文 20 篇,研究成果被 Nat Immunol、Nat Rev Immunol、Nat Rev Drug Discov 等 SCI 期刊引用超过 1200 次,h-index 22;先后获省部级科学技术奖 4 项、市厅级科学技术奖 10 项,获授权国家发明专利 2 项、国际 PCT 专利 1 项,主编、参编教材 6 部。他不仅自己主持了许多项国家级科研项目,还先后与瑞典卡罗林斯卡医学院 Rikard 教授(瑞典皇家科学院院士)、香港大学吕力为教授联合申报了 3 项国际合作研究项目。他培养和指导了博士、硕士研究生 56 名,指导的学位论文获江苏省优秀博士、优秀硕士学位论文 4 篇,毕业的博士已有 3 人获得国家自然基金项目。

王胜军能取得如此辉煌的成绩与他对科学的不断追求和认真严谨的治学态度有关。追溯这位科技新星 27 载科技之路——

1998 年,他师从我国著名的微生物免疫学专家姚堃教授,从事细胞免疫研究工作。

2002 年,他师从中国工程院院士、医药学部主任杨胜利教授,进入博士阶段的深造。

在杰出导师的指导下,加上他自己的努力,王胜军在免疫学研究中走得越来越深入。

在教学方面,王胜军一直承担"临床免疫学检验"和"医学免疫学"课程的大量教学任务。除了课堂教学外,他还要带教研究生,指导他们撰写毕业科研论文……

王胜军不仅是一位严谨治学的学者,而且是一名诲人不倦的好老师,学生们都喜欢这个长得帅气的可敬可爱的免疫学老师。王胜军上课从来不需要带书,课前他总是认真准备好需要教学的内容,上课时带领学生们在免疫学知识中遨游,学生有什么疑问,随时可以找他询问,他都耐心地解答。

尽管工作比较繁重王胜军还是认真负责地带研究生。学生在科研过程中有困难,无论是自己科研小组的研究生还是其他导师指导的研究生,只要问到王胜军,他总会亲手指导学生的实验。

2005 年入学的硕士生胡正军说,当时学院只有一台流式细胞仪,并且用于流式细胞技术的相关试剂比较昂贵,许多学生对流式细胞仪的参数设置把握不了,就找王老师,王老师总是亲自安排时间与学生一起做好流式细胞分析。因为小鼠颈部和腹部淋巴结非常小,研究生取小鼠颈部和腹部淋巴结有困难,王胜军便亲自为他们示范。在王胜军的时间表里,没有寒暑假,没有休息日，没有下班时间，每晚 10 点钟，研究生回宿舍时，王老师办公室的灯还是亮着的。在王胜军带本科班主任期间，搞科研的空隙，他还不忘到学生的自习室去了解学生的学习情况，并经常与学生沟通，了解学生存在什么困难，设法为学生解决困难。

"王老师为人比较和蔼，喜欢与学生打成一片，指导学生科研思路的同时，也不时地会与学生打打趣。在研究生眼里，他就是个爱科研的大哥哥。"被他教过的崔大伟这样告诉我。

2011 年王胜军到镇江市第一人民医院担任检验科主任，从理论到临床，他始终坚守用自己的进取之心、医者仁心和诚实之心来换取患者的放心，做一个人民满意的医生。

王胜军进入医院的第一天起就严格要求自己。在检验技术上他精益求精，检验结果上要求准之又准，在为各专业科室提供检测结果的过程中严肃、认真、尽职尽责。他在患者与同事心目树立了自己可敬的形象。他平时与患者沟通时亲切自然、态度和蔼，把患者及家属当作自己的朋友一样去交谈，这样让患者又觉得可亲。

作为一名检验人员，每天面对的多是痛苦的面孔和无助的眼神，听到的是呻吟，见到的是焦躁，感到的是烦恼。也许职业的特殊性会使部分人淡漠了同情心，但是，王胜军从医以来，时刻牢记职业赋予自己的使命，始终牢记"健康所系，生命相托"的神圣誓言，始终把患者放在与自己同等的位置上，将心比心，以"假如我是一个患者"的设想去指导自己的言行，不论职位高低，不管贫富贵贱，尊重每位患者的人格。

作为一个管理者，多年来，王胜军一直把方便患者和满足患者的要求，以及让患者得到早诊断早治疗作为工作的出发点，为了缩短患者就诊时间，他先后取消了多个项目定期检查的工作方式。为了缩短病员取报告时间，一院启用检验报告自助打印报告系统。通过引进先进的信息化管理系统提高检测效率，在当天发报告的基础上又推行了动态发报告的方式，使患者不再需要等到下午固定时间才能取报告，极大地方便了农村患者的就诊，使得许多患者当天就能看完病回家。为了减少患者因为检验项目不全、来回辗转于各大城市的问题，一院启用全智能采血管理系统，不仅缩短了等候时间，而且方便患者。近年来，一院开展的项目数量位于省内同级医院前列，极大地方便了患者，同时为患者节约了大量的开支。"病员满意度"调查均在 90% 以上，检验科获得江苏省临床检验质量管理优秀奖。

在人才培养上，王胜军千方百计为年轻人创造学习的机会，鼓励他们在职攻读硕士、参加学术会议,不断提高业务能力。他还为年轻人提供从事科研和开展新技术新项目的平台,把自己的课题以各种机会和奖励让给年轻人。短短6年时间里,科室人才层次不断提高,引进和培养了5名博士、10余名硕士人才。科室现有江苏省"333工程"中青年科技领军人才1人、中青年科学技术带头人2人、江苏省卫生领军人才1人、江苏省卫生拔尖人才2人、江苏省医学重点人才1人、江苏省青年医学重点人才3人。检验科目前承担6项国家级、3项省部级和5项市厅级科研项目,主编专著1部,参编国家级教材2部,以第一作者或通讯作者发表论文100余篇(SCI收录56篇),科研成果获江苏省科技进步三等奖2项,镇江市科技进步一等奖1项、二等奖3项,省卫生厅新技术引进一等奖1项、二等奖3项。这在省内临床检验领域名列前茅。

春华秋实,有艰苦的耕耘,必有丰硕的收获。多年来,王胜军不断以新的检验技术替代传统的实验方法,使检验科的检验结果的可信性、准确度大大提高。

人才梯队结构更加合理、更加完善。王胜军带领的科室已成为一支充满活力、具有较强凝聚力的团队。"春花无数,毕竟何如秋实",今天,王胜军事业的枝头结满了成功的硕果。然而,事业无穷年,他依然脚步匆匆。

晨光，点亮生命的希望

————————————— 记镇江市第一人民医院内分泌科主任吴晨光

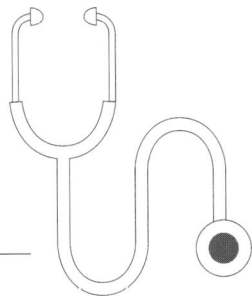

陈 洁

　　晨光熹微，古城风景怡人的小径、绿道、广场，渐次苏醒，一批批早练的人，自由奔跑，自如伸展，尽情呼吸，享受清新的空气和明媚的朝阳，感受勃勃生命力带给健康身心的愉悦。

　　你知道吗？在我们的城市里，为了守望我们的健康，还有着另一片温暖明亮的"晨光"：他和他的团队，几十年如一日，矢志不移，用心守护，以专业、热忱、耐心，为无数病患点亮生命的希望！

　　他就是镇江市第一人民医院（简称"一院"）内分泌科主任，吴晨光。

　　百度一下吴晨光，网页核心内容是这样的：吴晨光，主任医师，江苏大学兼职教授，硕士生导师，镇江市第一人民医院内分泌科主任，镇江市医学会内分泌专业委员会主任委员，江苏省医学会糖尿病学分会委员，江苏省医学会内分泌学分会常委……《医学研究》杂志审稿人，擅长糖尿病、甲状腺、垂体、肾上腺、性腺疾病、肥胖症等内分泌疾病的诊治。

　　真正接触到吴晨光本人，看到他在工作中的一点

吴晨光

一滴,才深刻体会到这些冷静字眼背后,那些攀登求索的孤独,琐碎坚持中的艰辛,为病患焦虑的仁心……都是那样的鲜活,那样的火热。

镇江医生,从溱潼古镇走来

清瘦是吴晨光给很多人的第一印象。然而奇怪的是,他并不给人文弱的感觉,而是让人情不自禁地相信他精力旺盛、智慧超群。大概是因为他有一双总是那么炯炯有神的眼睛。他身上的白大褂时时飘起,让他看上去更有一股子仙风道骨般的神气。

吴晨光说,他是在镇江读的中学又是在镇江读的大学,然后一直在镇江第一人民医院工作,此后工作单位从未换过。他确实是土生土长的镇江本土医生,然而,他记忆中的精神故乡,却是溱潼古镇。

生于1961年的吴晨光,6岁时跟随父母从福建南平迁回镇江。作为家中长子,他是在泰州的外婆家上的小学。外婆家位于姜堰溱潼古镇,古老的青石板路,浓郁的乡土风情,纯朴厚重的小镇文化,渗透在他的成长岁月里,成为他一生最珍贵和难忘的记忆,多年后谈起,依然一往情深。

1979年,吴晨光考取了镇江医学院医疗系,这在当时实在是一件令全家人为之兴奋的事,并不是因为学了医,而是因为考上了大学!要知道那个年代,上大学是一件非常难得的事。

吴晨光回忆说,他的同学很多都是读着读着就不读了,去上班、做工了。现在想来,也许是因为父亲曾做过工厂党委秘书,重视知识,才让他们兄妹一直接受非常好的教育。读书机会是如此难得,吴晨光无比珍惜。只是,当时的他可能并没有想到,他所选择的学医,恰恰是一条学无止境的求索之路。

结缘内分泌,一牵手就是一生

在很多人眼里,内分泌是不无神秘的。

糖尿病、肾病、甲亢、甲减、脱发、长痘、肥胖、骨质疏松、脾气急躁、不长高、月经不调……一个个熟悉的名词,有些在很多人心目中似病非病却令人头疼不已、束手无策的症状,都有一个共同的归宿——内分泌。

在很多人眼里,内分泌是不太"红"的。慢性病,治不好,死不了,似乎是共识。连带这个领域的医生,似乎也很难获得太大的名声和荣耀。

然而在吴晨光眼里,内分泌是一个魅力无限的神奇世界,以专业力量和敬业精神,让被病情戏弄的生命焕发神采,是他毕生醉心的事业。

1982年从镇江医学院(现江苏大学临床医学院)医学系毕业后,吴晨光被分到了镇江第一人民医院工作,他先后去过骨科、普外科及呼吸科、消化科等大内科的很多科室,4年后在当时的大内科主任顾忆贻的指导下,才初步确定以内分泌为主攻方向。

1987年,在顾主任的亲自安排下,吴晨光到上海华山医院进修内分泌,这是一个非常难得的机会。华山医院的内分泌当时代表全国最高水平,各地来此进修的多为省级医院的骨干,像他这样来自市级医院的医生非常罕见。多年后吴晨光说,去上海华山医院进修内分泌是他确立一生研究方向的关键节点,正是在那里,与全国专家的共同学习中,他充分认识到内分泌的价值和对人们生活与生命的深远影响。1994年至1997年,吴晨光在南京医科大学读内分泌专业的硕士,师从国内著名内分泌专家何戎华教授,学到了很多专业知识,提高了科研素养。从此,内分泌医学的研究与实践成了他毕生的追求。

20世纪80年代初期,当时的吴晨光在溧水做实习医生,一个患者送过来时已严重昏迷。由于当时的技术手段远没有现在发达,检测手段落后,查了半天也没有查出真正原因。医生怀疑是脑炎,就按脑炎治,却一直没有效果。过了两天,偶然检测血糖,发现达到200mg/dl,而正常人空腹血糖是70～110mg/dl,餐后也不超过180mg/dl! 再查尿酮体,强阳性。这下大家才意识到是糖尿病在作祟,患者的诊断应该是糖尿病急性并发症:酮症酸中毒。经给予针对性积极抢救治疗后,患者很快就清醒,转危为安。此事给吴晨光留下了极为深刻的印象,让他充分认识到内分泌疾病正确诊断的重要性。

后来,在更多的临床经验中,吴晨光发现,内分泌病引起的各种危象,只要及时诊断出来,控制住了,大多有着令人惊喜的愈后效果。比起心脏、肾脏病的治疗愈后,要好得多。而普通病情的患者,治与不治也有天壤之别。比如说,甲状腺功能减退,如果不处理,会引起水肿、心衰、昏迷,直至危及生命。如果干预及时、正确,虽然根治比较难,但能让患者有个良好的生活质量。

内分泌科疾病的这一特点,让吴晨光对内分泌治疗肃然起敬,也让他在专业技术追求之外,总是不遗余力地坚持传播健康知识。在上课、门诊、查房等一切健康服务的过程中,他都再三强调:内分泌病可防可治,可控可管。这是一名内分泌医生对科学的最大信任和对生命本身最真诚的敬意。

细分专业，让"疑难杂症"难遁形

在很多人的心目中，内分泌是一个很神奇的领域，事实上在医学专业领域里，也是如此。很多不明原因的病症，实在无法确诊，大多数医生都会说：去内分泌科看看吧，也许是内分泌的问题。内分泌科至此又成为一个让人柳暗花明的希望。

但是这个希望能否达成，却有赖内分泌专业医生的水平。从事内分泌研究与治疗30多年的吴晨光，正在练成此间高手。现在，除了坚持坐专家门诊，他大部分的工作集中在病房，重点破解本科室的"疑难杂症"。

不明原因的发热，请示吴主任；不明原因的血糖控制不好，请吴主任会诊；各种危急昏迷患者，汇报吴主任……在一院内分泌科，吴晨光是全科医生护士的主心骨。有果必有因，大多数病情都是在吴晨光的"火眼金睛"面前现了原形。

"贫血患者"因吴晨光的细致"多嘴"捡了一条命。2017年11月初，一院内分泌科室住进一个患者。因为血糖高在另一家医院看了一个多月也没有解决，所以转来住院。除了血糖控制不好之外，患者没有其他异象，没有疼痛，肿瘤各种指标全阴性，其他指标也正常。吴晨光在查房中发现，患者血色素只有6g/dl，贫血比较严重。吴晨光详细追问，当患者提及有时有黑便时，他立刻敏锐地抓住这个问题：仅有糖尿病不应该出现这样的症状。他立刻让相关医生详查消化道，做了胃镜和肠镜检查。这一查不得了，好几厘米的肠道布满肿瘤，有的已经出血，最终确诊是肠癌。于是，他迅速联系外科医生落实对患者的手术治疗。

患者家属事后连称后怕：如果血糖控制好了，就不会住进来；如果不住进来，就不会有多次的查房；如果查房的医生不专业不细心，问病史稍有粗心，就不会查消化道……救命是分分钟的事情，贻误病情，也真的只是分分钟的事情。

除了凭借丰富的专业知识和多年临床经验"料事如神"以外，吴晨光靠的更是极细致的问诊功夫——大家其实也都知道，这看起来是细心，实际上考验的是专业知识。只有专业过硬才谈得上细致问诊。

2004起，吴晨光被聘为江苏大学医学院内科硕士生导师，他对学生的要求，首先是专业过硬。目前他一手带过的毕业生已超过20人，大多具备较高的专业水平。他的学生除了几个留在本院，很多在苏州、南京、常州等三级以上医院任职,还有一些在外省,都是各自医院专业科室里的骨干。

唯有专业领先才更有力量。那么如何提高一个科室的整体专业水平呢?吴晨光认为,更精确的专业储备必然会提供更好、更专业的治疗。作为学科带头人,为了提升整个科室的诊治水平,吴晨光力推细分专业方向。在他的支持下,现在一院内分泌科内部已分有甲状腺、糖尿病、骨质疏松、高尿酸血症、妊娠合并内分泌病5个亚专业方向。科室12人,看起来平时什么都干,什么患者都收,但都有各自的主攻方向。吴晨光自信地说:"现在我们科,人人都是信得过的专业能手。"

事实上,成立较早、设置较全、分类专业的一院的内分泌科,目前每年门诊量超过6万余人次,出院超过1800人次,除了糖尿病、甲状腺功能亢进症、甲状腺功能减退症,其他包括痛风、骨质疏松症、更年期综合征,以及肾上腺、下脑、垂体及性腺等疾病的诊治水平都处于市内领先地位,不仅赢得越来越多患者的信任,也跻身为镇江首屈一指的市级临床重点专科。

亲近患者,细致门诊成一景

"今天找我要解决什么问题?"

"你这个问题不大,注意控制海产品的摄入就可以了,控制海产品摄入3个月,3个月后再来看。"

"糖尿病患者如有高血压,一定要控制在140/80mmHg以下,实在不行,一定不能高于150/90mmHg……"

2017年11月15日下午,初冬的暖阳下一院门诊大楼格外平静,门诊三楼内分泌专家门诊室内,吴晨光医生的诊桌前围满了人。诊桌后的吴晨光,忙而不乱,他时不时推开眼镜,看患者递过来的报告,时不时又站起来,近距离为患者做细致检查。

面对一张递过来的甲亢化验单,吴晨光语调平静:"都好的呀,指标都正常。"年轻的女患者紧张了:"可是,比我上次化验的结果高了。""哦。是这样的。化验的结果怎么看呢?同一批次误差在5%以内都是正常的,超过20%才被视为不正常。这样说吧,同一个标本,如果分成三份同时去检测,可能会有三个结果,只要没有太大差别,医生会看一个趋势。"

患者再递上一张在丹阳某医院做的B超报告,原来这是一个来自丹阳的患者。B超报告结果提示有异常,但是化验单提示正常。吴晨光表示:"如果实在不放心,可以再做一次B超检测。应该没有什么大问题。"耐心的解释,专业的态度,负责的精神,让患者终于露出安心的笑容。

有患者笑称,吴主任的问诊细致是出了名的,不仅要教你看报告、指导用药,有时连吃什么都要过问,那么大的主任,一点儿都没有架子。

身高?体重?从事什么工作?平时锻炼吗?饮食控制吗?有高血压吗?胰岛素打了几年,打的是什么胰岛素?还吃什么药吗?除了口干平时还有什么症状吗?……此刻诊室内,对一个表示最近口很干、有 5 年以上糖尿病史的患者,吴晨光不厌其烦地询问,一边询问一边还指导着一旁带教的研究生打录病历。诊室里很安静,只听到吴晨光平和稳定的问诊和患者的回答,啪啪敲击键盘打字的声音特别突出,竟让人觉得特别安稳。每一种病情都被记录在案,准确对症下单下药的方案正在专业医生脑中形成的感觉。

当听到患者说膝盖不舒服、从不锻炼时,吴晨光的脸色变得格外认真起来,他说:除非中风了,或者关节完全坏掉了,无法动弹,才可以不锻炼,否则一定要力所能及地锻炼。看着对方似懂非懂的表情,他想了想又说:治这样的病不锻炼,就像砌房子不打地基。现在的一切药物治疗都不能替代锻炼。也就是说,凭着现有的药,只要吃了,就可以不锻炼,不进行饮食控制,就指望病情完全得到控制并走向健康,根本不可能。深入浅出的话语,让患者听了频频点头。

虽然现在糖尿病患者数占到内分泌病患的一大半,但是吴晨光的门诊,并不是以糖尿病为主,大部分都是甲状腺的、肾脏的、痛风的,还有妇科内分泌的杂病,以及少量的糖尿病,还有一些其他科室看了诊断不清的病例。近年来,吴晨光的专家门诊看这样多部门无法确诊的病例变得越来越多。而看这样的病非常头疼,往往一个病例,光化验单就有厚厚一摞。一天三四十个患者,工作量可想而知。但是,这并没有影响吴晨光细致的问诊。

吴晨的医术远近闻名,,每逢周二、周三吴晨光专家门诊的日子,手持丹阳、丹徒等地检测报告的患者,纷至沓来。为保证就诊质量,实行预约制以后,吴晨光每个专家门诊日的号都是早早预约一空。

普及知识,健康课堂遍城乡

2017 年 11 月 13 日上午,镇江市第一人民医院门诊大厅人头攒动,这里正在举行主题为"糖尿病与自我管理"的义诊活动,这是为迎接第二天(14 日)的第 11 个联合国糖尿病日而特别举行的。人群中,吴晨光主任瘦削的身影被一拨拨新老患者团团围住,他看上去似乎更加清瘦了,不变的,是面对患者专注的眼神，阅读报告投入的表情，时而前后相顾交流不知疲倦的身影……

事实上，每年的这个日子，还有每年 5 月最后一周的国际甲状腺知识宣传周，吴晨光都会带领内分泌科的专家们举行各种形式的服务与宣传活动，每次都会吸引大量患者前来咨询。13 号当天上午的义诊，仅血糖检测就做了 200 多份。在 200 多份检查样本中，发现高血糖 52 例、低血糖 2 例、高血压 78 例、糖化血红蛋白高于正常 11 例。面对这一份份检测数据，他再一次真切地意识到肩头的责任依然沉甸甸的。

"骨质疏松，就是骨量减少，骨头松了，就容易骨折了。造成骨质疏松的原因有很多，其中也有内分泌问题。最多见的绝经期后的骨质疏松，跟体内激素紊乱有关。还有一些内基础病内分泌病引起的，如甲亢、甲减，或者糖尿病。钙磷补充不够也是一大原因。正常人一天需要钙 800mg，日常营养只有 400mg，青中年就需要补钙。特殊时期如更年期、孕期、发育期等更需要。而补钙最重要的是及早补，可以在饮食营养中补，外加晒太阳，帮助吸收……"不久前，在某社区课堂，面对一个关于骨质疏松的提问，讲台上的吴晨光宛如打开了话匣子，娓娓道来，完全是一副烂熟于心、常见常新的架势。而听众个个听得入了神。这些平时似懂非懂，但却并不会去用的知识，真的是跟每个人的健康都息息相关。

在吴晨光的带动下，目前，一院内分泌科的健康宣传已形成规律形成常态，每周在病区宣教室开展糖尿病健康教育讲座，每季度针对社区患者举办糖尿病防控知识讲座。他们每周去社区医院开展专家门诊，目前合作的社区除了附近的黎明社区和宝塔路社区，还有丹徒的高资、上党，句容的宝华和扬中的新坝等。除了骨质疏松，糖尿病的预防与控制、甲状腺的隐形症状等，都是他们讲课的常见内容。

吴晨光说，内分泌科的治疗，除了医生检测开药外，更重要的是生活的事，是营养与锻炼的事，这需要大众提高健康意识，合理安排饮食与运动。他深有感触地说，现在内分泌科，糖尿病是量最大、对健康危害也最大的疾病，而在 20 世纪 80 年代初他刚当医生时，内分泌还是一个小众的科，而且科内疾病也不是以糖尿病为主，而是以甲状腺、肾上腺、性腺等各种杂病为主。但是，近一二十年来，糖尿病呈现爆发增长，比 30 年前增长足有 10 倍以上。除了人口基数增长外，这主要跟生活方式有关，包括饮食结构改变、运动减少等。

许多生活、饮食习惯，还有一些疾病、肿瘤，都可能打乱内分泌系统的工作。比如熬夜会抑制褪黑素分泌；过于紧张、劳累，长期得不到缓解，就会影响神经内分泌系统，进而导致激素分泌紊乱。谈到内分泌的起因与防治，吴晨光兴致盎然，完全停不下来。

目前，各种代谢性疾病、内分泌疾病的增长，已引起大众的重视。现在，各个群体都有了主动锻炼的意识，不断普及的广场舞，绿道上的人群，就是看得见的直观变化。尽管如此，大众对内分泌疾病的危害还是不够重视。吴晨光说，他们科室这几年来，经常收治一些几年不来看医生的慢性病患者，有的贻误病情很严重。他提醒慢性病患者，除了加强运动，按医嘱用药外，定期检查也很重要，特别是出现症状一定要及时看医生。

"顶专业的人，也是顶亲切的人。"宝塔路社区一位工作人员这样评价吴晨光。因为吴晨光来自普通群众，也最能理解普通百姓的病痛。作为资深的专家，吴晨光常为患者没有健康自觉、贻误治疗时机而备感痛心，但却没有恨其不争，而是利用一切机会，不厌其烦、深入浅出地分享多年的经验，也传授专业领域的常识、知识。

追逐梦想：标准化代谢性疾病诊治中心

内分泌科大多是慢性病，所以不危急？吴晨光激动地说，错！每周都有危急患者！

一院的内分泌科曾送来一个低血糖昏迷的患者，吴晨光与护士长一起认真讨论了很久。这个患者曾在内科住院，医生开了胰岛素，后在门诊复诊后就不再来了。吴晨光他们分析，因为不是内分泌科的患者，所以没有系统的对糖尿病的完整诊治，基本注意事项也没有掌握，这是导致严重后果的主要原因。另外，治疗方案也没有定期调整。注胰岛素不是一劳永逸的事，必须根据情况随时调整剂量。

这一不规范的诊疗引起的危急病例，让吴晨光想起他心心念念的梦想：建一个"标准化代谢性疾病诊治中心"。

"标准化代谢性疾病诊治中心"将实行一种网络化、数据化的管理，建成以后，对每一种疾病的治疗就会形成一整套的流程，有接收、有方案、有追踪，对患者的治疗将更规范更合理，既有疗效更保证安全。通过数据的积累，还能发现中国人特色的发病与治疗特征，形成有价值的共识与指南。

吴晨光说："虽然我们写了不少论文，但是，我们国家很多专家共识治病指南比发达国家出台得慢，就是因为我们没有足够的数据支撑。各种慢性病的发病率、治疗方案的选择,都缺少可靠的数据。诊疗中心建成后,这一状况将得到极大改善,会为后来的患者治疗提供非常可靠的指南。"站在学科更高层次的平台上,吴晨光忧心的依然是病患规范安全的治疗。

吴晨光透露,市一院目前已有计划,那是他现阶段最大的愿望,他期待这一梦想早日实现,为更多的代谢患者带来福音。

美人之美的仁心医者

——————————————————— 记镇江市第一人民医院烧伤整形科主任徐斌

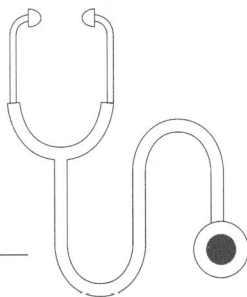

张晓波

提到"整容",你会想到什么?

千人一面的网红模样,你方唱罢我登场;

走穴的韩国整形大咖,终日在机场墙壁、公交站台,向你微笑,极具诱惑,又像不怀好意;

超声刀、等离子、微整形、光纤热塑,以及无数生硬、离奇的技术名词,乱花迷人眼,让你真伪莫辨……

或许,你还会想到屏幕上的失败案例,面对镜头的哀哀哭诉。

很多人对镇江市第一人民医院(简称"一院")整形美容烧伤外科主任徐斌的第一印象是:技术高超又温柔敦厚的医者,值得信赖、可以托付。

说到自己从医的缘起,徐斌从"一串脚印"开始讲起。

"一串脚印伸向远方"

"那是个大雪天,推开门,我看到一串清晰的脚印通往学校,伸向远方……"说起这个细节,徐斌仍有几分激动,"那是我姨妈上学在雪地里踩出的脚印。读高

徐 斌

中的她品学兼优,她就是我的榜样,我当时想,我会追着她走。"

徐斌出身医药世家,外公、舅舅都在药店"悬壶救人"。姨妈仅大他8岁,考入了医学院,如今是妇幼保健方面响当当的专家。所以,填志愿时,徐斌毫不犹豫地将所有志愿都郑重地填上了医学院。最终他被南京医科大学录取。

任何一种职业及精神的传承都需要严师的"传帮带",说到自己的成长,徐斌都是在"致敬前辈"。他提到了高一峰老主任,患了带状疱疹,刀割般的疼痛让他无法正常生活,可是为了一例疑难症病例手术,他一定要上台指导。怎么去做?这位70岁高龄的外科泰斗,让同事给自己打上镇痛泵,最终完成了这台高难度手术。

他还提到实习时手术室的一位年轻医生,术前一个小动作,纯属无心之失,却因违反了操作规程而被赶出去重新消毒。

在徐斌心中,前辈走过的路、留下的经验,都如童年时看到的"那一串串脚印"一样引领他向前。

"仁心""严谨"——徐斌把这两个词始终贯穿于自己从医的每一时、每一天、每一件事、每一台手术中。

"爸爸，你又要做皮瓣了吗"

10多年前,徐斌的女儿尚小,某天看到沉迷于书本的爸爸,就跑过来,奶声奶气地问:"爸爸,明天你又要做皮瓣了吗?"徐斌猛然惊醒,一把抱住女儿,转了个圈,又放下。"爸爸,我自己玩,你看书,乖乖的哦。"一向"捧书即入迷"的徐斌不淡定了,心里被满当当的喜悦和激动塞满了。

从见习期手术起,徐斌就养成个习惯,一直保持到今天。手术前,他一定翻阅相关书籍,设计好流程后,再翻一遍教材或相关书籍。切口从哪里进去,进去后主刀者走什么路线,会碰到什么血管神经,会遇到哪些突发情况,该怎么处理;手术完成后,患者会是什么状态。前一晚,徐斌都要完成这个"纸上动刀,脑中演练"的过程。第二天早上,上班前,他还会再看一遍。其实,徐斌对所有手术程序早已烂熟于心,这么做,除了遵循古训"温故而知新",他还希冀达到"无他,唯手熟耳"的出神入化的境地。

在工作中,徐斌既注重创新,又勇于闯关;既大无畏,又小心求证。"始于细微,臻于至善"是徐斌永恒的课题,他一直在摸索如何减小整形手术的患者耐受及创伤面积,如何缩短手术台时间、加快手术恢复时间,如何进行整体美学设计、以最小的代价获得期待中的美。

夜深,俱寂。

"爸爸,又做皮瓣吗……"女儿稚气的语音,又回响在刚放下书本的徐斌耳畔,他情不自禁地吻了吻熟睡的女儿。

明天,他会信心满满地应对各类复杂的情况;

明天,他会驾轻就熟地拈起那枚锋利的柳叶刀;

明天,他就是病患信任、口碑卓著的"徐大夫"。

"我终于可以痛快洗个澡了"

保存病患治疗的照片,这是徐斌的职业习惯。但每次看到其中一张,徐斌的心中总是五味俱全:画面上那位年过半百的阿姨,面色憔悴,身形瘦弱,紧紧依偎着徐斌,目光中满是喜悦,满是安慰。

"那几天,我发现这个阿姨总在我办公室门口转,问她什么事也不说",徐斌不急不缓地讲述,故事便开了个头,"有一天,阿姨终于开口了,原来她是想和我合个影。这有何难?我就用手机请她爱人拍了几张。这个阿姨很激动,仿佛完成了一个大心愿。"

原来,这位阿姨做过乳腺癌手术,后来,伤口处有个碗口大的溃疡,一直不得痊愈。徐斌带领助手给她做了个背后肌的皮瓣,两年多不愈的溃疡修复了。阿姨长吁一口气,说:"我终于可以痛快洗个澡了。"

可是,可是奇迹并没有出现。半年后,阿姨离世了。

稍有空闲,徐斌就会不由自主地打开电脑,再看一看自己和阿姨的合照。似乎想得很多很远,又似乎什么都没想,仅仅是"清空"自己。"这句话,这件事,这张照片,常常提醒自己,不是我帮助阿姨解除病痛,而是这位阿姨成全着我,激励着我……"

"我决心竭尽全力除人类之病痛,助健康之完美。"医学院学生会有这样的宣誓。"这么多年,誓言已经融入我的血脉,成为我自己的一部分。"徐斌说这话时,像是自言自语,目光幽远,神情却十分坚定。

"给你带了一瓶新菜籽油"

"徐医生啊,新榨的菜籽油,我给你带了一瓶。"

"哎呀,太好了,这个烧菜可香了。"徐斌接过,一改往日严肃的模样,笑得如室外温煦的秋阳。

——第一次对话,在菜籽油的收赠之间,仿若多年老友。

"怎么样啊,来,帮你再检查下。"

"我上次手术后,好多啦。后来,从来没有复发过。"

——第二次对话,在主任徐斌和病患之间。

曾经的病患拎着重重的菜籽油,辗转倒几次车,一定来送给"好朋友"徐斌。徐斌说:"我不能不收,他上一趟城的花费,也许远远高于这桶油钱,这是满满的心意啊!"

还有一个乡下老奶奶,得了皮肤病,在当地诊所医生的建议下,用这种新药、那种新法子,花了几千块钱,仍不见好转。到了一院,医生根据老人的身体情况,用仅仅20几块钱的膏药就治好了老奶奶的病。

"只要对症,肯定见效。"说话间,徐斌展现了一个医者充足的睿智和满满的自信。

"农民从地里刨生活,多么不易啊!稻、麦、山芋能卖多少钱一斤?几千块钱,是怎么辛劳得来的?心不忍哪!"

后来,这位老奶奶也成了徐斌的忘年交。她家老爷子得了鼻咽癌,也找徐斌咨询安排；她侄子有病，徐斌也伸出援助之手。

"她带玉米来，总是挑最新鲜的、个头最大的，"徐斌比画着，"我不能拒绝，这是人家捧出的一颗热乎乎的真心啊！""我是从小眼看着农民劳动长大的，更能体恤他们的不容易。"厚道的徐斌，总会以各种不显山不露水的方式，回报给为他带来田间礼物的病患。

"我将要凭我的良心和尊严来行使我的职业。"（日内瓦医生宣言）

因为良心，徐斌获得了医者的尊严；因为医德，徐斌获得了患者的感念。

"平均一天做 10 台手术吧"

说到工作量，我们看看几幅"连环画"吧。作者是徐斌的女儿，这是她的实践作业：跟爸爸上一天班，用图画形式表现出来。

连环画（一）

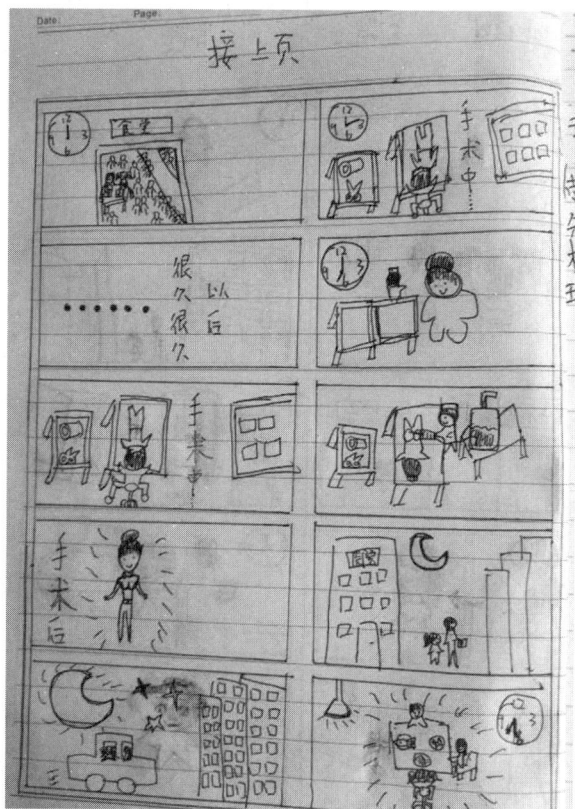

连环画(二)

说到具体数据,徐斌笑了:"我们科室每人年均 2000 多台手术。"我飞快心算:"平均一天 6 台以上?""不,"徐斌纠正,"除去外出开会进修的日子和难得的节假日。在岗时,一天不少于 10 台。"

对啊!这也就印证了他女儿画的"连环画"。

说到手术难度,就以即将康复出院的一个扬中小男孩的手术为例吧。一个多月前,这个男孩遭遇了一场严重的车祸,最有经验的专家都心里忐忑,恐怕救不过来,光血就输了 12000ml。徐斌和泌尿外科、普外科、骨科三位专家,一起赶到扬中,手术从下午一直做到第二天凌晨 2 点,那是一场与死神掰手腕的决赛啊!

"手术过程我们不需要赘述,"徐斌说,"即便前一天再累,即便自己觉得体力严重透支,但是一上手术台,立即精神高度集中,不容自己有一丝疏忽。

抢救小男孩的那一场艰苦卓绝的综合战役——最终打胜了。"

即便只有一线希望,医生们也愿意付出自己毕生所学,付出自己最大的努力。

"现在,这个小男孩在我们病区,马上要出院了,基本康复。"徐斌说到这话,跟提起自己的孩子一样,眉飞色舞,目光清亮。

"你看到的网络上传的照片,有个手术医生自己瘫倒在手术室里,那是真的。而且,这在我们医生身上很普遍。"徐斌依然平静地说:"如果医闹者跟着我们做一个月的医生,他肯定就不会再闹了。"

对于当下医患关系的种种,徐斌不仅宽和,而且乐观。他一步一步走来的足迹,何尝不是引领后辈的"那一串脚印"?

人生,被健康美丽点亮

"医学美感是以生命活力美为核心,形态结构完整,生理功能健全是构成人体美的两个基本要素。"这是医学美学课本中普通的一句话。18 年来,徐斌正是这句话语的践行者。

2014 年,一个被水泥罐车碾压的 22 岁的女孩,腿部受伤极其严重,参与抢救时,徐斌力主保腿治疗方案。那一个多月里,徐斌自觉重任在肩,不敢有一丝一毫的马虎。他常常走进病房,就是为了给这个小姑娘打气:"你,今后一定是走着来看我的。一定!"

这句话,坚定了女孩与伤痛搏斗的信心。

果然,小姑娘的双腿恢复了大部分功能,能自己走来看望徐大夫了。

整形先整心。一个优秀的整形医生,一定是可以交心的朋友,洞悉求美者心绪,从经历、审美到手术要求才会有更好的方案。

徐斌正是这样的医者。

在他手机里,有一张胖丫的照片,胖得怎么样呢?就是漫画书中的胖人的夸张模样。这个胖丫家境殷实,母亲却向徐斌哭诉:"她有抑郁症倾向,徐医生,徐医生,你说怎么办?"

而丫头确实一副"生无可恋"的模样,仿佛"万物不关我"。

"这又是一个新的挑战。"徐斌和同事们大都接触的是满怀期待、满心憧憬的要求美容者,手术后,他们看得最多的是宛若新生的欣喜若狂和千恩万谢,然后,仿佛被点亮了小宇宙般披着一身阳光出门。

"把这个难题攻克,或许比做多少台常规手术都有意义。"徐斌开始一种新的忙碌。"谈心、交流、讨论方案",三年间,徐斌先后为胖丫做了双眼皮,鼻子、下巴脂肪填充。仿佛动画效果,胖丫的脸渐渐立体、漂亮起来,加上有效的饮食控制,胖丫变了一个人。

"啊,这不就是常见的韩式整容效果图吗?"笔者看到胖丫近照,不禁惊呼。徐斌提示:"注意看她的眼神。"

果然。世界和她,互展欢颜。

胖丫从无所事事、厌弃人生,成为现在的家族企业管理者。

变了。变的不仅是容颜,还有她的人生道路。

徐斌做过大大小小的整形手术3万多台,整个团队大约做了十几万台。10多万人次的改变,那是怎样的"变化当量"啊! 正在笔者盘算这些美丽核裂变时,徐斌抛出的一个话题转变了谈话思路。

"某种程度上来说,化妆比手术更重要。"这是他2015年青年节发的朋友圈。"作为外科医生,能用非手术方法解决的问题,不用手术;能用微创的方法,不用创伤性大的手术;能用简单的方法,不用复杂的……"徐斌一连串的排比句,阐明了他的美容观点。他强调:"我最喜欢的词是优雅。"

行进在追寻美的途中

"臻于至善",这个条幅高悬于徐斌的办公室,这与他本人的谦谦君子之风相得益彰。"徐斌大夫网上工作室"的二维码,悄然静立;最显眼的是办公室里一面高清的双面镜,让你莞尔……同时,也无声地提示着主人的身份与情怀。

"美人之美",徐斌一直行走在的这条大道上。人到中年的他,对此又有新的感悟——自己所有的努力,原本也是"美己之美"。在他的工作词典里,早就镌刻了"美美与共"这个词。

生活中的徐斌更"爱美"。他讲述了那些走过的落日、看过的山川,以及与一朵花相遇的春天。摄影是徐斌最大的爱好。捕捉、记录自然之美是他最倾心的事,"今年去青海湖。那是无以言表的大美,震撼级的自然风物之美"。

"而整形,是手拿一把美学思维手术刀,在人的身体上创作。用自己的快意与神雕,让东方美之面孔,天质自然,风姿绰约……"

这个与美打了10多年交道的医生,对内在美也有着独特的见解:"一有空,我就会带上女儿,跟着助学公益组织,实地去慰问贫困学生,哪怕跑很远。我最早资助的一个孩子,已经大二了。"徐斌很是自豪。

说话间,徐斌抬腕看表,抱歉地说:"今天还有两个患者,一个上海的,一个淮阴的,都在做双眼皮手术。"

最后三分钟,徐斌讲了讲对自己团队的愿景。

"不只有一个徐斌"

"不只有一个徐斌,要让所有人说到镇江康复美容医院时,都认为每一个医生都能独当一面。"徐斌顿了顿,"客观地说,这个想法还没有达成,但我们永远行动在路上。"

如果你以为徐斌只是专家型医生,那就有失偏颇了。他2009年6月被任命为美容外科主任,年方33岁,离博士毕业还有三个月。他所在的科室从2009年总收入120万元,到2012年的700万元,再到2014年的2200万元,从4个人到今天11个专业医生(博士1名,硕士6名),再到科研成果的节节攀升。而且今年就有两篇论文,评分6.0分。徐斌作为康复美容医院的"少帅掌门人",交出的是一份让院领导、更让社会各界满意的答卷。

说到自己科室的优势项目,徐斌的眼神温柔起来,如数家珍,又如介绍自己最心爱的"孩子":"我们科室领先的项目有微创法双眼皮,内窥镜下隆胸,瘢痕的治疗,慢性创面的修复及大面积危重烧伤的救治,其中,大面积烧伤患者重要器官的功能早期保护,曾获得镇江市卫生局新技术引进奖。"

临别握手,徐斌恳切地提了一个要求,"希望您写的文章……"笔者秒懂,接话"内敛、低调",不过又补充说,"实事求是"。

——行者无疆,思者无涯,志者则达天下。

好吧,对徐斌这样一直孜孜以求的仁心医者,无须亢奋般歌之颂之。

笔者打算用网络截图,以一个患者的心声,来结束本文。

患者: 221.181.181.*(来自江苏省镇江市)　　　　　时间:2011年08月13日17时17分

疾病: 隆鼻　　　　　态度: 很满意

疗效: 很满意

镇江市第一人民医院美容烧伤外科主治医师:

　　徐斌医生,您好。首先对您表示感谢。我是2011年8月6日您医治过的一名患者。您早上9点钟为我做了一个隆鼻+下巴的手术,手术时我非常紧张和害怕,是您鼓励我安慰我。术后效果非常好,我摆脱了自卑的阴影,未来我可以自信地面对人生。

　　徐医生您为人很正直,相较于有些医生为了一己私利而让病人做些无关紧要的检查和开些疗效一般而昂贵的药,您会了解病人的真实情况,进而制定合理的治疗方案。是的,医术精湛,为人真诚也是您留给我的印象。您的工作,看似平凡却非常伟大!您对工作尽职尽责,一丝不苟,对医术精益求精,对病人就像对亲人一样,我从心底真心感激您。您平时那么忙,请注意休息。我没有什么可以留给您的,但我把感激的心留在这里!

　　祝您家庭幸福,万事如意,好人一生平安!

捉"妖"者说

————————————— 记镇江市第一人民医院消化内科副主任姚俊

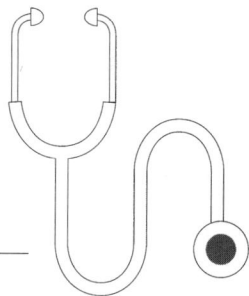

潘金陵

　　找姚俊医生采访很难，因为他太忙了。每天一进医院大门，他就在大楼里"上蹿下跳"，走路都是小跑。没空看手机，没空浏览网页，甚至喝水上厕所也是急急忙忙。约他采访，说好时间地点也找不到他，给他发信息，也不回，正在无奈时，他来了，说："不好意思，你再给我5分钟，有个紧急患者在手术，我要去下。"夕阳西下，医院的人渐渐少了许多。

被逼从医路

　　我的老家是今天的常州金坛市，父母都是普通的农民。我还有个弟弟，父母供两个孩子读书很不容易。好在父母都是通情达理的人，只要我们愿意读书，都是支持的。我在初中、高中的成绩一般，也没有什么远大的理想抱负，读书考大学也就是跳出"农门"，有个职业和饭碗，压根没想过做一名医生。高考那年，我因成绩不理想甚至想放弃考大学。父母没有责骂，只是问我以后靠什么生存。我说我会写文章,以后给报纸投投稿,也是能养活自己的。父亲无奈地叹了口气,不管我了。1990年,那年的夏天特别炎热,不考大学了,总要帮家里干活。田里的秧苗由于干旱,死掉不少,父亲就叫我下田补秧苗。我家共有4亩地,这头到那头有近150米长。我弯着腰,按父亲的要求补秧苗,头上是热辣辣的太阳,脚下是发烫的泥水,汗水从头上顺着脖子往下流,衣服全都湿透了。因为从没干过这样的农活,我一会儿便腰酸背疼了,干了几个小时,一行秧苗才补完。此时,我才知道脸朝黄土背朝天的农村不容易,要改变自己,不一辈子做农民,唯一的出路还是考大学。半年的劳动,我感觉自己不是种田的料,得不到半点劳动带来的快乐。于是我怯生生地向父亲提出还是去读书吧。父亲笑了,爽快地答应了。1991年,我参加全国高考,考了380分。那时是先报志愿后考试,我填过警官学校、上海海运学校、北方大学等,镇江医学院不是我最想上的学校,但最终还就上的这个学校。父母认为做医生就是有手艺的人了,毕竟俗话说得好,荒年饿不死手艺人。对于农家子弟来讲,做个医生旱涝保收,哪怕平平凡凡也很幸福了。

离开还是坚守

1996年,5年的大学生活结束了,当时是指令性分配,我有两个地方可去:一是常州的一家医院,去做医学影像;二是到镇江市第一人民医院(简称"一院")的内科。我喜欢能自己动手的工作,能与患者直接打交道,成为一名有积累经验的医生,于是选择到一院工作。当时医院的岗位有这样的说法:金眼科,银外科,普普通通是内科。其实,当时的一院内科还是很有名气的,有两位很著名的消化诊治医生,每年仅肠镜检查就2000多例。可这两位医生一退休,就立刻出现了医生青黄不接的状态,肠镜检查每年下降到200多例。内科一下一蹶不振,连奖金也发不了了。特别是这项工作又脏又累,有时,自己正在吃饭,一个患者拿着便盆到你面前,让你看看,你会立即一点食欲都没有了。还有胃大出血的患者,也会溅得医生一身是血,刚工作的医生肯定受不了。走还是留?我开始动摇。这时,内科的方明馨医生启发并鼓励了我。她给我讲她小时候选择学医的原因。原来在她读初中时,她的小妹妹得了胆管方面的疾病,家里人不知得的什么病,到医院也查不出病因,慢慢给耽误了,后来小妹妹就死了。她在考大学时,毫不犹豫地选择了学医。她建议我继续留在内科,她说:"内科目前之所以不景气,是因为没有技术精湛的医生,我们内科得不到患者的信任,患者才跑远路到南京、上海等城市做检查。要重振内科只有培养出这方面的专家。你还年轻,好好专研、坚持,不久的将来一定会挑起内科的大梁。"方医生既是我的同事,又是我的师傅。

说实话,要说我们一院消化科之所以能有今天的成就,有一个人是功不可没的,那就是我们主任许亚平,他是公认的"老黄牛"。在他的努力坚持下,我们消化科的各项工作才得以迅速发展。目前,我们科有主任医师 3 名,副主任医师 3 名,主治医师 3 名,住院医师 2 名,消化专业护士 8 名,其中硕士 2 名,一名正攻读博士,是镇江市率先开展胃镜、肠镜及 ERCP(Endoscopic Retrograde Cholangio-Pancreatography,经内镜逆行胰胆管造影)等检查术的科室。现在胃镜年检查人数超过 10000 例,肠镜超过 1000 例,ERCP 检查达 300 余例。许亚平主任对消化内镜的诊断及治疗,尤其胰胆管内镜的研究具有较高造诣。内镜下上消化道早癌的研究和十二指肠镜下治疗性 ERCP 技术的开展在镇江乃至江苏省都有独到之处。在这样的团队里,不学习、不努力、不刻苦,那是跟不上前进脚步的。我的每一点进步都离不开我们消化科这个团队的帮助和合作。

以亲人及天下人

1999 年的一天,我回家看望父母,父亲说胃不舒服,不想吃饭,我便带他到我们医院做胃镜,是别的医生帮他做的。结果,发现他的胃上有一个红斑,同事提醒我,父亲可能是胃癌的前兆。可是,当时我才工作 3 年,没有积蓄,弟弟还在上学,拿不出钱给父亲做手术。现在想想,这是一生中最对不起父亲的事情,要是当时做了手术,父亲就不会几年后吃那么大的苦。父亲手术后,瘦了几十斤,生活质量大大下降。每次看到他体弱无力的时候,我心里都特别难受。我是做医生的,怎么就没意识到胃癌早期发现治疗是多么重要。癌症并不可怕,只要早期发现,康复的可能性是很大的。我国只有 5% ~ 10% 的胃癌能被早期诊断。

目前我国胃癌死亡率为 25.2/10 万(男性:32.8/10 万,女性:17.0/10 万),占全部恶性肿瘤死亡的 23.2%,是恶性肿瘤死亡的第一位。每年约有 17 万人死于胃癌,几乎接近全部恶性肿瘤死亡人数的 25%,且每年还有 2 万以上新的胃癌患者产生。胃癌确实是一种严重威胁人的身体健康的疾病。

再给你介绍下胃镜技术的概况:1868 年有一德国学者研制出世界上第一台胃镜,使医生得以直接观察到胃内的情况。该胃镜是用直的金属管做成的,并利用燃油灯的反射光照明。这种硬管式胃镜镜身硬、大,导致插镜困难,易于损伤咽喉部、食管和胃壁，被检查者难于耐受。我国的胃镜发展经过了三个阶段，即旧式内窥镜时代、纤维内窥镜时代、电子内窥镜时代。我国的内窥镜技术起步较晚，20世纪五六十年代虽然已经开展胃镜检查，但由于使用的半可曲式胃镜检查视野有限，操作易损伤，因此仅限于北京、南京、上海等地少数大医院开展。70年代初期，纤镜技术由日本传入我国，先在一些大医院开始运用。目前临床上普遍使用的是纤维胃镜及电子胃镜。它们都是将照明光源导至镜身的前端以达到最佳的照明效果，而且具有镜身柔软、可向各个方向屈曲的特点，因而插镜容易，被检查者易于耐受，同时检查图像清晰、逼真。电子胃镜则通过光电转换，以电子信号的形式于电视监视屏上显示清晰的彩色图像，供多人观察、会诊之用。同时还有同步录像及照相功能，以及对检查资料进行存储、记录的功能。

据了解，目前我国已拥有世界最新技术新型磁控胶囊胃镜，患者只需要口服一粒直径约1厘米的胶囊，通过体外磁场对胶囊在胃腔内进行五维全方位控制，使其自由翻转进退，便可全面观察食管及胃部状态及病变，具有无痛、无创、无须麻醉、无交叉感染、检查快捷等优点，为恐惧、排斥及因身体状况无法耐受传统胃镜检查的患者提供了非常好的胃部检查手段，对提高早期胃癌的检出率具有很高的临床价值。

2007年，上海中山医院开展了 ESD（Endoscopic Submucosal Dissection，内镜下黏膜剥离术），我感到这是一门比 ERCP 更有成就感的操作，在这之前，我已经单独做了 2000 例 ERCP（Endoscopic Retrograde Cholangio Pancreatography，内镜下逆行胰胆管造影术）患者。2008年我先在一头猪身上做试验，在猪的胃部和食道做了剥离，结果猪因食道穿孔死了。但是就凭这水平，我们还是做了两例直肠剥离手术（风险小），一个患者做了 5 小时，一个患者做了 4 小时，结果有一人剥了一半后还是做了 EMR（Electronic Medical Record，电子病历）。2009年我去上海拜了姚礼庆、周平红和徐美东等高手为师，认真学了一个月。其间我单独做了两例手术，是胃平滑肌瘤和早期胃窦癌。回来后我又请上海教授来我院指导了几次。我们现在已经独立开展了 30 多例，碰到过出血、穿孔的病例，现在想来还是从中收获颇多。胃穿孔用钛夹夹闭创面，放置胃管就行了。第一例时我特别紧张，两晚没有回家，当时外科医生也是头回遇到，多次建议手术，压力真是很大啊。食管穿孔比较恐怖，那个患者本来就瘦得不行，拔除气管插管后脸比大南瓜还大，胸腹部皮下全是气，好几天才消失。那几天我真是如坐针毡，如履薄冰，不知晨昏，不觉饱饿。但是看到患者一天好似一天，五六天后安全出院了，那种感觉还是挺美的。救了一个人，

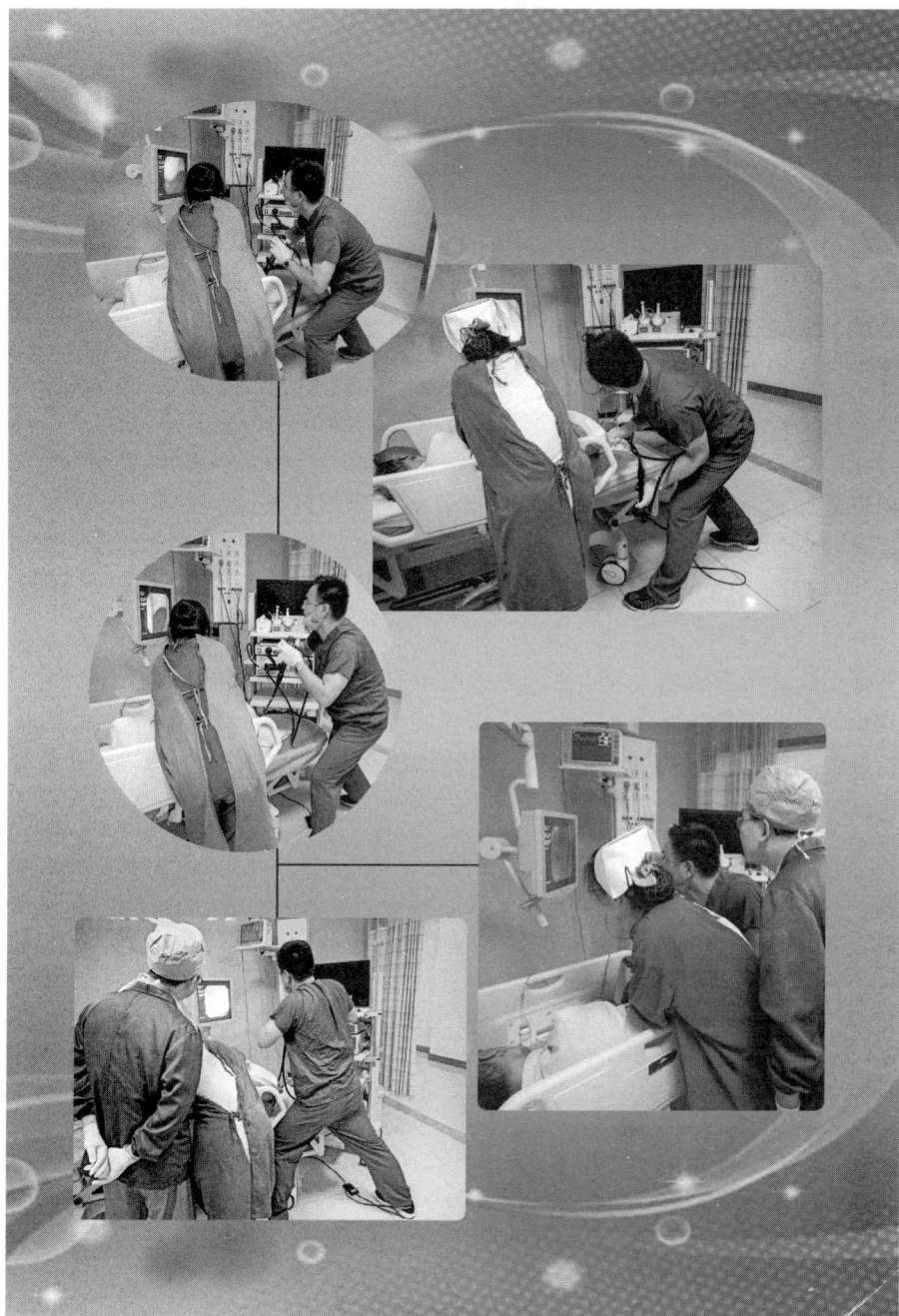

做胃镜的瞬间———————————————————————————————

其实是救了一家人或者说救了一个家族。看到患者通过我们的努力化险为夷，延长了生命，我感到无比欣慰，觉得自己是个有价值的人，是个被人需要的人。

我现在每天的事务排得满满的，门诊、病房、给学生上课。有时刚到家，医院有紧急患者，一个电话，拔腿又要赶到医院。这样说吧，我们只有上班时间，没有下班时间。我再给你讲个故事吧，前不久，一个因车祸导致高位截瘫的年轻人，突发进食呕吐，去了丹阳某乡镇卫生院就诊。初步检查发现，患者还伴有肺部感染，但呕吐的病因需要做胃镜检查进一步确定。可是，给高位截瘫患者做胃镜难度太大，需要克服三大难关。一是医生难操作。高位截瘫患者只能依附在轮椅上，无法搬动，更谈不上配合，这对医生的技术要求极高，操作过程中小小的错位就有可能引发骨折。二是患者情况难把控。在检查过程中患者可能发生的突发状况难以预料，如果患者突发呕吐，必然会带动身体异常扭动，从而可能引发颈椎的二次损伤，危及生命。三是麻醉难。如果要做无痛胃镜，那么难度更是上了一个等级。由于此类患者神经反射差，麻醉极有可能引发呼吸、心搏骤停。这可把乡镇卫生院难住了，南京多家大医院也都一致建议保守治疗。患者家属看着年轻的患者由于不停呕吐、无法进食而日渐消瘦，急得不得了。卫生院医生把这个患者带到我面前，打算碰碰运气。经过详细问诊和检查后，我准备打破常规，冒点风险给他在轮椅上做胃镜。在做了充分准备的基础上，我和麻醉医生张大鹏通力合作，一点不敢马虎，终于为患者实施了胃镜检查，最终确定了患者病因。原来患者胃部长了一个肿瘤，致使幽门梗阻，部分食物反流到肺里，引发了呕吐和肺部反复感染。找对了病因，就能对症治疗，患者的"死亡警报"解除了，家属眉头舒展了，我心头的一块石头也落地了。

"明月计划"

宋朝诗人苏轼有一首词《江城子·乙卯正月二十日夜记梦》，是悼念其亡妻的：

十年生死两茫茫，不思量，自难忘。千里孤坟，无处话凄凉。纵使相逢应不识，尘满面，鬓如霜。

夜来幽梦忽还乡，小轩窗，正梳妆。相顾无言，惟有泪千行。料得年年肠断处，明月夜，短松冈。

这首词的每一句都体现了苏轼对故去的妻子的怀念。对故去亲人的思念和亲人去世带来的伤痛是每一个人都有的。而作为医生，就是尽可能地发现疾病、治疗疾病，哪怕不能使患者彻底康复，也要尽力为其延长生命。有一天晚上，在下班回去的路上，我看到一轮明月高高地挂在天上，月光是那么皎洁，那么柔和，心里突然一激灵，我天天在做胃镜的时候，在患者体内游动的光不也是和这冷冷的月光一样吗？胃镜中的冷光是为了捕捉身体的妖魔，而大自然的月光是告诉人们天地在转动，时光在流逝。为了更多的患者能看到一年年最圆最亮的明月，我们应该在更早地发现早期癌症上下功夫，一个"明月计划"在我脑海里产生了。这个计划简单地说，就是利用业余时间在镇江城乡开展早期胃癌的筛查，每年不少于 1500 例。然而，这个计划我一说出口，就遭到许多人的反对，不是计划不好，而是担心我太累太辛苦。我本身工作就安排得很满，难得星期天陪陪孩子，放松一下心情，如果出去搞筛查，一大早就要出发，平均每次检查 30 个左右，还要建档案、做病理报告等，工作量很大。但是，我还是坚持要做，不为别的，就为更多的老百姓能及早发现疾病，及早接受治疗，能健康地活着，让更多的家庭能年年明月夜，花好月圆充满快乐。一晃 5 年过去了，筛查范围从一个乡镇发展到目前的 5 个乡镇、2 家县级医院，筛查总数达到 9500 多例，发现早期食管癌和胃癌 122 例。这些发现的早期癌症的患者，一般都会在我们内镜下手术后很快恢复，生活质量没有受到任何影响。我们还帮助很多社区建立了一整套早期消化道肿瘤的筛查流程，包括宣传、早期胃癌的内镜下诊断、消化道内镜的消毒等。

我一个人的力量是有限的，只有更多的医疗机构的医务人员一起努力，这项"明月计划"才能按照我们的预期一步步实现。举个例子，有一天，我在门诊时来了一位普通患者，主要是上腹部不适，看他面容憔悴，并有焦虑、失眠等情绪，我问了他的病史后发现他已经是医院的"常客"了，3 年前上腹部就不适，多方求医，包括外科、呼吸科、心血管科、五官科等，并做了医院几乎所有该做的检查，均未发现明显异常，有的医生也建议他放弃频繁的检查。但是这个患者坚持认为自己身体有问题。经过耐心问诊，我发现患者除了有萎缩性胃炎病史外其他均未见异常，于是，我给他做了一次针对胃部的检查，在胃内发现一处早期癌，病灶只有米粒大小。随后，我在内镜下用目前最先进的内镜下黏膜剥离技术给患者做了手术，手术后 4 天，患者康复出院。出院时，患者家属一个个喜笑颜开，只有患者满含眼泪，他说我救了他一命，从心里感谢我。我也挺高兴，让早期癌患者能看到一年又一年升起的明月，正是我们"明月计划"的初衷。

风雨兼程

　　小时候很喜欢诗人汪国真的那首《热爱生命》："我不去想是否能够成功,既然选择了远方,便只顾风雨兼程。"我来自农村,知道农民对医疗知识的缺乏和经济能力的有限。俗话说,穷人无灾便是福,这个"灾"大多指的是生病。也有人讲,一个家庭,医院里没患者,监牢里没亲人,就是幸福。许多家庭的贫困都是疾病造成的,特别是癌症到了晚期,不治吧,对不起亲人;治吧,几十万下去也是人财两空。

　　中医讲,医生的最高境界是治未病,就是预防疾病的发生,我现在的工作是将消化道的癌症消灭在萌芽状态,而且是检查、治疗一手解决,不需在患者腹部划开一个口子,恢复快、痛苦少、费用少。

　　你问我后悔选择做医生吗? 我的答案是不后悔,但是我也不希望我的女儿学医。简单讲,我不后悔做了医生,因为这个职业太重要了,没有一个人是一辈子不与医生打交道的,有时真的是把命交给医生。一开始我把医生当职业,多年后,我把医生当成事业。职业只要尽心尽力就可以,而事业是要有一种情怀和担当的,要让自己的工作惠及越来越多的人。我虽做得不完美,但这是我的向往和理想。在我的眼睛里,每一个患者都是尊贵的,我痛苦着他们的痛苦,快乐着他们的快乐。我不希望女儿也从医,是因为做医生太辛苦了,真的需要坚强的毅力和"老牛"般的体力。医生没有真正意义上的假期,一个电话,风雨无阻,就要火速赶往医院。我和女儿常常多天见不着面,她对我的评价就是说话不算数,现在我已不敢再给她任何承诺。她是个女孩,如果将来也像我这么忙碌,我真有点不忍心。就聊到这儿吧,我要去病房了。

为了"明珠"的闪耀

—————————— 记镇江市第一人民医院心胸外科主任尹俊

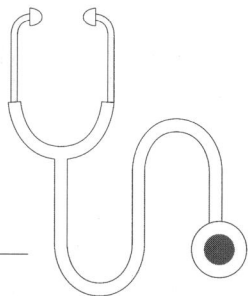

蔡　炜

引子

青年,是社会大海中翻滚在最前端的浪潮,是社会的中坚力量;

外科,英语中的单词 SURGERY,意思是"手的技术";

外科学,是一门科学、技术和艺术的综合;

心胸外科,据说是外科里面最累、风险最高的科室,被誉为"外科皇冠上的明珠"!

镇江市第一人民医院心胸外科主任尹俊,就是一位青年才俊,一名临危不乱的心胸外科医生。

成长与成才需要经过多么漫长而艰辛的历练?

翻开尹俊的求学与工作履历,就知道他一步一步都走得足够坚实!

"海归高层次医学英才"

2016 年 5 月 3 日上午,阳光特别和煦,空气中弥

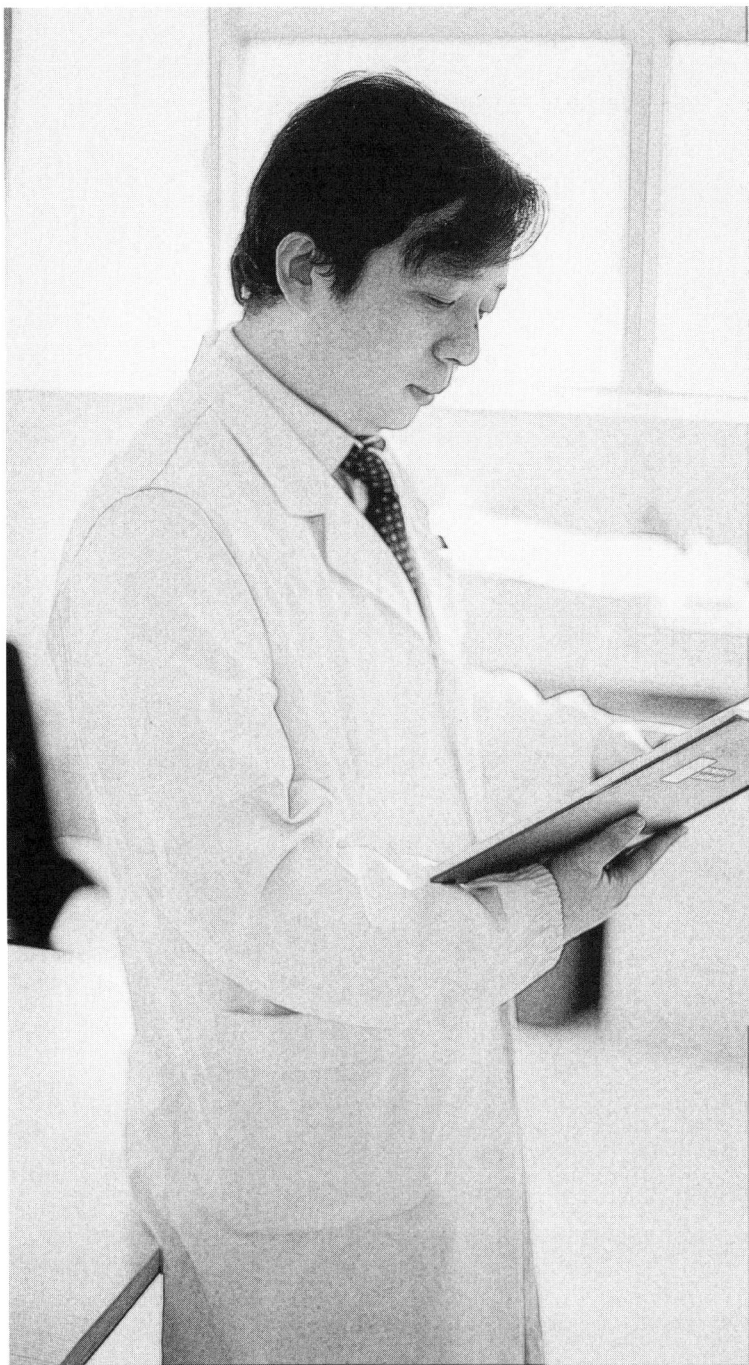

尹　俊————————————————————————

漫着春夏之交特有的馨香。尹俊穿得非常正式,隆重得如同他这十年来无数次在国际会议报告厅作大会发言时一样。甚至,他觉得今天的自己更加心潮澎湃。

尹俊一贯沉静、不苟言笑的脸上激情飞扬。他目光如炬,也难掩喜色,参加评选的一幕幕在眼前闪现。

三个月来,组织上公开公平公正公示,充分考察并肯定了自己服务重大项目的突出贡献和坚持创新的明显成果;55000名网友参与微信风采展示活动,"点赞"自己崇尚实干的品格和追梦圆梦的执着;评委会在新媒体风采展示、现场演说、终审答辩后郑重投票,高度评价了自己关注社会民生的切实举措与能力。

市委书记夏锦文代表市委、市政府,为第11届"镇江市十大杰出青年"获得者颁发荣誉证书!

会场洋溢着青年的朝气,创新的热潮和向善的力量。耳畔是热情洋溢的颁奖词:"海归高层次医学英才,掌握高精尖手术技术的镇江市第一人民医院心胸外科尹俊!"

捧在手里的是人民的信任与重托!回国三年多,他日日夜夜奋战在工作岗位上,分分秒秒为患者揪心或舒心。一切付出的汗水与智慧都是值得的!

还有什么比在自己热爱的工作岗位上得到社会公认更让尹俊欣喜?!

"拿到了最高奖项"

另一次获奖经历也清晰地浮现在尹俊的脑海:

2010年,法国巴黎,在欧洲微循环学会大会上,一位华人青年正满怀豪情地参加会议,用流利的英文作大会发言,神采飞扬、字字珠玑、条分缕析、高瞻远瞩,获得SERVIER成就奖。

"该奖项为世界范围内该领域最高奖项!每两年一次!每次仅一人得奖!"

每当说起这段光辉历程,尹俊都难掩激动。奖项有力证明了这位青年学子在微循环方面的研究工作及发表的论文获得了国际学术界高度认可,这对于一名立志于科研进步的青年无异于强心针!他前进的步伐更为坚定有力。

这一切的获得都是有本可源的:

2005 年 1 月至 2009 年 9 月,在欧洲规模最大、世界排名第三的德国柏林心脏中心进修 4 年,师从翁渝国教授、Roland Hetzer 教授等国际一流心脏外科专家,并在欧洲历史最悠久、最古老的医学院德国柏林洪堡大学夏立特医学院接受医学培训;

2009 年 9 月,以"summa cum laude"的最高成绩获得著名的柏林洪堡大学和柏林自由大学联合授予的博士学位;

2009 年 10 月至 2012 年 9 月,在蜚声世界的加拿大多伦多大学 St. Michael's 医院接受博士后培训;

"德国柏林、慕尼黑,荷兰阿姆斯特丹,法国巴黎,美国华盛顿、圣地亚哥……"尹俊如数家珍。从 2008 年至今,他多次参加国际学术会议并受邀做大会演讲以及海报展示,或发表病理机制方面新的发现,或探讨医学心外科及病理生理研究攻克的难关! 其表现获得了该领域国际专家们的一致认可,研究成果和大会表现获得了国际专家们的普遍好评,迄今已经获得了多项国际、国家学术性奖励。他的研究成果多次发表在 Circulation Research、Journal of Clinical Investigation 等国际著名杂志上。

2012 年年底,在年味渐浓的日子,尹俊迫不及待地整理好行装,意气风发地出现在国际机场:"镇江市的临床心胸外科的建设发展需要我的归来!""我有足够能力促进我国医疗科研水平。"

学成只为归国效力!

"患者的利益高于一切"

尹俊回到了祖国,回到了亲人身边,回到了镇江市第一人民医院。

曾几何时,外科大夫互相比拼的是谁挥刀挥得快,谁切得干净,谁的刀口光滑漂亮。青年人,谁不爱耍帅? 谁不爱拼技术?

"外科只凭一把刀走天下的时代已经过去了。综合治疗,是眼下对外科大夫提出的一个新的理念和要求。"尹俊说,"外科医生需要建立全局的观念,给出一个合理、全面的治疗方案,给患者更好的选择。"

"手术与否是根据患者病情决定的。"尹俊说,"接受了多年系统、严格的国外医学专业培训,我在心胸外科专业,尤其是心脏外科领域具备了扎实的理论基础,对心胸外科疾病有了较为全面的认识。对于心脏外科各种常见疾病的术前诊断、手术方式、围手术期管理等均积累了一定的经验。我有信心准确判断。"尹俊把多年的所学毫无保留地投入到临床工作中,赢得了同事和病员的尊重和好评。

尹俊面对病患，秉承"一切为了患者"的宗旨。心胸外科的患者多是患包括胸部外伤、肺及食管疾病、纵隔肿瘤、先天性心脏病、心脏瓣膜疾病、冠心病、心包疾病、心脏肿瘤和大血管等疾病，治疗花费巨大，而且药物多为自费药。

对公费医疗的患者，尹俊严格遵守"以最低廉的费用提供最有效的治疗"原则，在同等的情况下，绝不滥用昂贵药品，而是用最对症的药物来治疗。

"辛辛苦苦三十年，一病回到解放前。"这是对大病重病突袭一个家庭的形象描述。一人一旦患了大病，会给一个普通家庭的经济状况带来灾难性的压力。

尹俊尤其关心最普通的老百姓。

"这里有几种方案。每一种的利弊……"无数个早晨与夜晚，尹俊不厌其烦地与病患及他们的陪护沟通，以期更有效、更经济的治疗方案。

"患者的利益高于一切。"成为患者最信赖的外科医生，这才是真正的帅气！

摘除一枚"定时炸弹"

尹俊深深地知道，一个好的外科医生，不仅要有科学的思维，还要有熟练的操作。他仁心仁术，团结科室共斗病魔。

"近两年，主动脉瘤的发病率呈增长趋势，40～50岁为高发人群，科室每年要做几十例手术！"尹俊面色凝重。

2014年8月14日，是41岁的王先生终生难忘的日子。正常人的血管直径一般为15mm～18mm左右，而在他体内，这个数字被一个100mm×180mm的肿瘤"撑"到几近炸裂。从X光片看，患者的腹主动脉瘤的大小已经超过心脏。

罕见！巨大！手术迫在眉睫！

紧急成立会诊组！共同商定手术方案！陈锁成主刀，尹俊等10名医护人员共同参与手术！3小时35分钟！王先生腹部的"定时炸弹"被摘除！手术成功！

"风险很大。"回忆起那场手术，尹俊忍不住感叹，"手术中要分别在左、右髂总动脉近端阻断，在腹主动脉的远端阻断，将此段腹主动脉瘤切除，植入

'Y'型人造血管,并分别与左、右髂总动脉和腹主动脉进行吻合。如果术中稍有偏差,后果不堪设想。"

半个多月,王先生行动自如,可以出院了。坐在病床边的王先生的妻子看在眼里,脸上笑容浮现。往事不堪回首,她沉浸在回忆中。

"8月11日入院前一个月,他的腰就有明显的疼痛感,当时我们都以为是普通腰伤,就没放在心上。直到后来发现他肚子渐渐隆起,平躺时,都能看见肚皮有明显的搏动,我们才紧张了。"王先生的妻子心有余悸,"在丹阳的医院检查,结果吓了我们一跳:腹部主动脉上有个瘤子。那段时间,他被这个瘤子疼得吃不好、睡不香,考虑到瘤子还蛮大的,家里人商量后,决定到镇江来检查、治疗。"

"多亏了陈主任、尹博士他们,现在我再也不用担心肿瘤撑破我的血管了。"王先生说话中气十足,内心感激不尽。

对于这位患者来说,可怕的一切已成历史。镇江市第一人民医院心胸外科全体科室人员团结奋战、勇斗病魔,就是这样不断刷新历史、创造传奇!

2014年,尹俊晋升为副主任医师,擅长心胸外科常见病的诊治。

"他是我最小的患者"

"亲自主刀多少台手术了?"尹俊沉吟良久,还是很抱歉地笑笑说,"主刀台数实在记不清了。不过,有个很乖的孩子形象还记忆犹新。那台手术是南京儿童医院莫绪明院长主刀。那个孩子只有一岁多。"

孩子因为反复咳嗽,怀疑肺炎就诊,诊断为室间隔缺损。

"先天性心脏病?!"这个噩耗对于年轻的父母不啻晴天霹雳。绝望的父母以泪洗面,孩子却好像知道救命恩人就在眼前,几乎不哭不闹,配合医生的检查等各项准备工作。

没出现意外情况!又是一台近乎完美的手术!心脏外科手术恐怕是需要团队协作最多的手术了,尹俊全程参加了手术。

心胸外科手术是名副其实的惊心动魄,心脏外科手术考验的不单单是主刀医师的手术技巧,而是整个手术团队的协作水平,术后监护恢复很大程度上决定了一个患者的未来。术后监护管理丝毫不能放松!经验丰富的他又全身心地投入到新的战役中。

手术后的改变是立竿见影的,小病号恢复很好,顺利出院!幸福与安宁又回到这个家庭。

"患者到本院就医就是对医院和医生的信任,我们要不惜一切、竭尽全力!"尹俊工作着,辛苦着,也快乐着。心胸外科医生心理素质很强大,劳动强度也很大,平均每天工作十多个小时!

作为"开心的人",对别人家孩子牵肠挂肚。他天天跟患者们照面,跟自家孩子的老师却从来没见过面。

"一年365天无休,包括春节都要查房看患者。手机二十四小时开机,随时准备向医院冲刺。"尹俊主任觉得最亏欠家中老人和孩子,"我对家庭贡献太少,基本上不能指望我。父母辛苦了,孩子受委屈了。"

"最早的心胸外科,也要做最好的"

尹俊一直以做一名全方位发展的科主任为目标,肩负重任,为整体提升科室医护实力尽职尽责。

镇江市第一人民医院心胸外科创建于1955年,是江苏省建立最早的心胸外科专科之一,也是苏、锡、常、镇江地区开展心胸外科手术数量最多的专科之一,已开展各类心胸外科大手术两万余例。科室1997年被确认为镇江市胸心血管外科中心,1999年被确认为镇江市医学重点学科,2001年被江苏省卫生厅确认为首批省级临床重点专科,2004年经江苏省卫生厅批准成立中德(江苏)心脏中心。

心胸外科近年来在业务上取得了卓越的成绩,已成为镇江市的一大特色专科,在省内具有较高的知名度,心脏瓣膜置换已达1000余例,单瓣置换手术成功率达97%以上,在省内处于领先水平。此外还开展了数百例各种复杂性心脏病的外科治疗,其中有30余项手术技术填补或达到省内先进水平。1992年在省内率先开展主动脉瘤的外科治疗,包括马凡氏综合征、I型夹层主动脉瘤等,至今已达350余例,正在申报江苏省医学重点学科。近年来在胸腔镜下开展了肺癌及食管癌根治术、纵隔肿瘤切除术、选择性心脏手术如二尖瓣置换等,成为全省医疗界一道亮丽的风景线。

科室开展的多瓣膜置换、复杂性先天性心脏病诊治、主动脉瘤外科治疗、不停跳冠状动脉搭桥、胸腔镜下开展食管癌、肺癌根治术、纵隔肿瘤摘除已成为常规手术;心脏移植作为挽救终末期心脏病患者生命的唯一有效方法,科室已开展了15例心脏移植、3例心肺联合移植,全部获得成功,心肺移植达到国内领先水平;科室开展的1例全心脏移植加升主动脉及其弓部移植加降主动脉术中支架植入治疗扩张型心肌病合并Stanford A型夹层动脉瘤手术,填补了世界空白。

目前,镇江市第一人民医院心胸外科拥有专科病床 65 张,其中 ICU 床位 12 张,专科实验室 150m^2,设备一流。现有临床医生 16 名,其中主任医师 4 名,副主任医师 4 名,主治医师 4 名,住院医师 4 名,硕士生导师 3 名,博士生 2 名,博士后 2 名,硕士研究生 6 名。该科还先后派出 15 名医护人员在欧洲一流的德国柏林心脏中心进修学习,已经全部学成回国,成为科室业务骨干。目前在研项目:国家自然基金 3 项,省自然基金 3 项,市厅级项目 4 项。尹俊正带领着这一批高学历、有较丰富临床经验的中生代骨干力量,在省级临床重点专科的基础上,继续向更高级别的重点专科发展。

面对科室发展,尹俊积极探索,严格要求科室成员,带领他们搞科研,写论文,研究和探讨解决临床难题,使心胸外科的整体水平明显提高,成为一个积极向上、团结一致的战斗集体,在他的严格管理及以身作则的行为感召下,全科同志努力工作、积极科研、热情服务,得到领导及病员的一致好评。

摘取“外科皇冠上的明珠”

我国著名外科专家裘法祖院士曾经说过这样的话:“如果一个外科医生只会开刀,他只能成为开刀匠,只有会开刀又会研究才能成为外科学家。”这是裘法祖院士对从事外科工作的医生的期望和忠告。尹俊牢记着裘院士的教诲,他不想做一个开刀匠,他要做一个摘取“外科皇冠上的明珠”的人。

早在严格的海外培训期间,尹俊就潜心研究,作为主要完成人协助导师完成多项研究项目,积累了丰富的研究经验和相关知识,研究方向是充血性心衰、肺水肿、肺动脉高压以及急性肺损伤、呼吸窘迫综合征等病理机制、治疗方法、分子信号传递通路等。

回国后,他继续从事科研工作,目前作为项目负责人,主持国家自然科学基金、江苏省自然科学基金、江苏省卫生厅指导项目、镇江市级科技发展计划等多项科研项目,总研究及配套经费接近 6400 万元,共发表 SCI 论文 50 余篇,总影响因子超过 200,其中第一作者、通讯作者(含并列)影响因子 145。

尹俊熟练掌握了心胸外科各种多发病、常见病的诊断及治疗,主持国家级课题 3 项、省级课题及市厅级课题多项。他所在的手术团队完成世界首例心脏移植合并主动脉全弓置换手术及多例心肺联合移植、心脏移植等高难度手术，在江苏省内手术类型及技术难度上均位于前列。

读医不易，从医更艰辛，一个医生的培养时间长，压力大，并且在如今医患矛盾日益严重的情况下，在选择医生这个职业的人越来越少的时代，人民需要医生，需要值得信任的出色的医生。尹俊不管是在求学期间，还是在工作及科研领域，心系患者，胸怀全球。付出多多，硕果累累！让我们充满敬意地数一数尹俊成才路上一串串的闪光脚印：

中国教育部"国家优秀自费留学生"；

德国麻醉和危重症协会颁发的大会表现第二名；

欧洲微循环学会"Lars-Erik Gelin"奖；

第 11 届国际心胸血管麻醉会议最佳表现奖；

研究项目"TRPV4 离子通道在急性肺损伤中的作用及机制研究"获奖；

入选江苏省委组织部"境外世界名校博士集聚计划"；

入选江苏省六大人才高峰培养计划；

江苏省卫计委"特聘医学专家"；

第一批江苏"卫生拔尖人才"；

"镇江市重点医学人才"；

江苏省 333 高层次人才培养工程"中青年科学技术带头人"；

"江苏省免疫学会委员"；

"中国医药生物技术协会心血管外科技术与工程分会委员"；

……

最近，市一院捷报频传！省人才办和省科技厅联合公布了 2017 年度江苏省第五期"333 工程"科研项目资助的评审结果，尹俊主持的"连接蛋白 40 在急性肺损伤中的作用及机制（BRA2017129）"获得资助 20 万元！

尾声

在浩如烟海的现代医学殿堂中，由于极度复杂的生理特征和在人体生命维持中无可替代的重要作用，心脏曾一度被视为外科手术的禁区。随着医学知识的发展和医疗技术的进步，曾经的禁区一再被突破。在全世界范围内，心脏外科被公认为代表了现代外科技术发展的巅峰，其发展水平也成为衡量一个医院和地区综合医疗水平的重要标志。

尹俊深知，心胸外科是个新兴学科，发展很快，不停地有最新的技术应用到这个领域。只要是患者需要的,就是尹俊努力的方向,他将一如既往地站在国际前沿,力争用最精湛的技术、最尖端的知识,给患者提供最好的医疗服务。如今,尹俊正带领镇江市第一人民医院心胸外科全科同事,不断进取,在心胸外科疾病领域里开拓新的局面!

在你的眼前,是否出现了尹俊光彩熠熠的学者形象?其实尹俊自身为人处世是谨慎低调的,他坚持认为在这个领域,要胸怀敬畏、切忌浮躁。他愿倾尽全力,让自己所热爱的心胸外科事业——"外科皇冠上的明珠"光芒闪耀!

"夕阳红"里迎朝阳

————————————记镇江市第一人民医院老年医学科主任朱灿宏

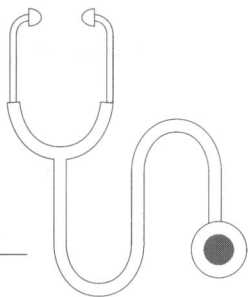

张晓波

医院所有病区都安静,但各有特点:

小儿科,或许有大大小小婴幼儿此起彼伏的哭闹声;

产科里,来往者的语调都带着喜悦的上扬声调;

其他病房里,或多或少有低声的亲密交谈,脆生生的说笑……

当你走进镇江市第一人民医院(简称"一院")B楼23层,能感觉一种静,一种异乎寻常甚至让你有点无所适从的静。那种安静,如老树枯立,又仿佛时钟停摆,再看病者,大都表情单一、目光凝滞、如思如虑,他们或坐或躺,或昏睡榻上……这里,是一院老年医学科病区。病患是清一色65周岁以上老者。

此情此景,让人想到"助孕助育"广告喧嚣至上,"优生优育"的科普宣传红红火火,而与之相应的另一个极点——临终阶段,几乎没人愿意谈起。再看这项报道,让人心情沉重:"在全球80个国家和地区'死亡质量指数'的排名中,中国大陆排名倒数,位列第71位。"(凤凰网江苏网2017年5月18日)

好在，每个时代都有逆流而上的开拓者，他们集仁、智、勇于一身，老年医学科的医者就是其中之一。

来吧，让我们走进一院的老年医学科，走近科主任朱灿宏，感受这无边安静中蕴含着的生命的温情与喜悦、安宁和尊严。

自豪：听朱主任忆昔抚今

让时光回到 1998 年，阳光安静地照在崭新的"老年医学科主任室"的牌子上，边缘散发着瓷质光芒。

"当时有顾虑，不愿到这个新科室。"朱灿宏 1987 年从苏州医学院毕业后，就被分配到一院，科室轮转后落脚在呼吸内科，正是年富力强，可以放开手脚勇攀科研高峰的年纪。"都称老人为'夕阳红'，他们身体机能每况愈下，都集好几种基础病于一身，随时都有突发的、难以预料的疾病发生，可以说是'危机四伏'，医者常是'劳而无功'。让我放弃自己 10 多年搞的臻于成熟的专业……太可惜了不是？"

"愿天下苍生，皆有医药。"医者本仁心，不计一己得失。"医院，本就是见'离别'最多的地方。我全力以赴，定不负院领导重托，不负病患及家属的期望，让一院的老年医学科成为病者重生、家属重见的福地。"站在门口的朱灿宏，下定决心："要么不做，要做就做出个样子来。"

朱灿宏接下重任，立即投入紧张有序的组建工作中去。

原先一院的老年医学科都是医生轮转，并不固定。朱灿宏上任伊始，就招兵买马，固定好人员，分专业加大培养力度。从当初科室仅 2 人，到时下 21 名医生，其中主任医师 3 名，副主任医师 5 名，还有主治医师 5 名，住院医生 5 名，2 名医学博士，16 名医学硕士。临床骨干都具有一专多能的技术特点。病区的床位也从 40 张发展到了今天的近百张，住院区域占两层半楼的规模。而朱灿宏给自己的定位很明确：既是指挥员，又是战斗员，哪里有危险，哪里最忙，哪里有危重患者需要抢救，自己就会出现在哪里。

有人开玩笑，在这里随便扔个"苹果"，砸中的"白大褂"都是高学历，他们英姿勃发、经过严苛训练才取得执业资格；而病者，有些是垂垂老矣，有些神志不清，有些昏睡于病榻，人事不省，甚至诸病缠身，散发异味……所以，这里的医生也有一种异乎寻常的镇静。他们躬身床头，耐心听着患者或许语焉不详又长篇大论的主诉；他们与家属交流，在医学道德伦理中艰难而又清晰地决

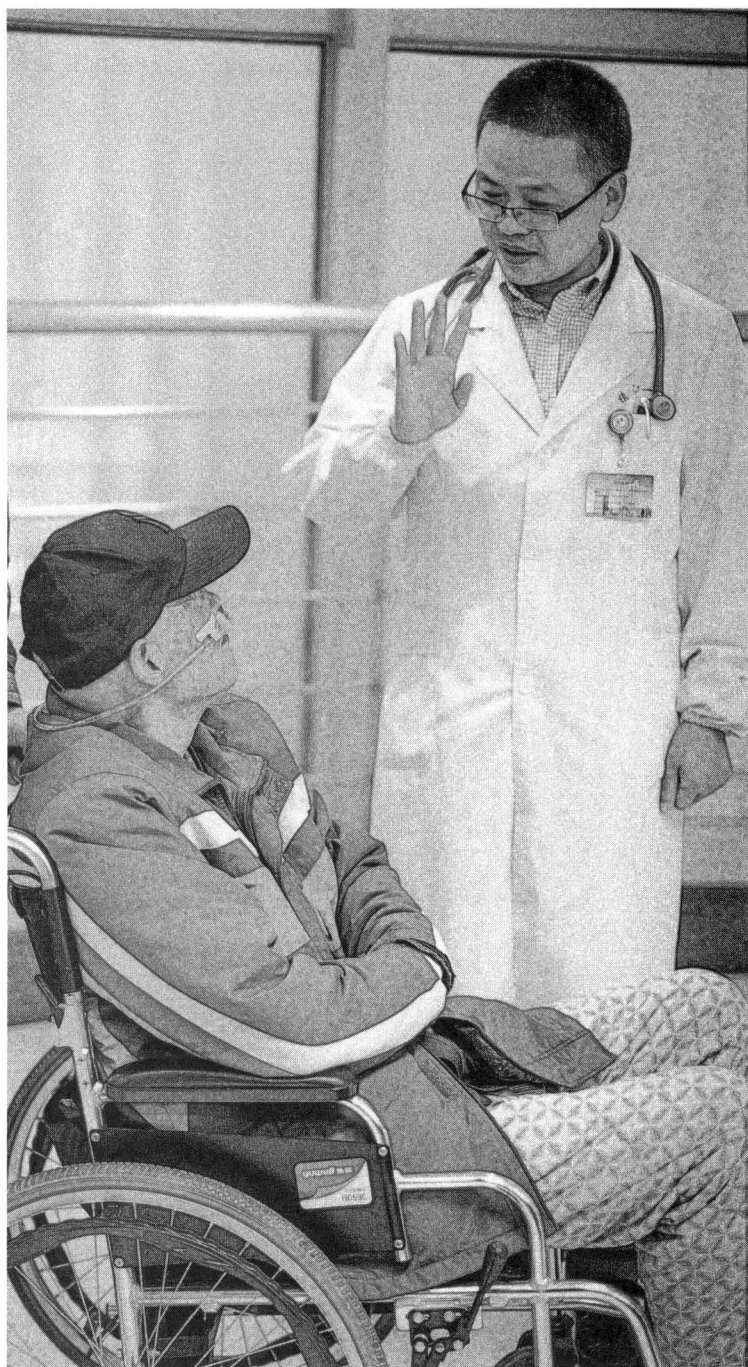

朱灿宏

断；他们书写医嘱时，提笔慎之又慎，因为面对的从来不是单种病因的年轻肌体……这些老人大多行动不便，身患多种慢性病，常常还是疑难重症，病发凶险，医生必须更注重整体医治，多病同治；或主治一病，兼治其余。同时，需要更多时间和精力，更多的耐心与爱心。

他们对病患，不再仅仅以治愈疾病为目的，而是更专注于患者本人，以提高患者生活质量为目的；他们主要通过预防和治疗，最大限度地控制疼痛及相关症状；他们还要更多地与家属沟通，和他们共同面对"家有老病患"的困难和问题，为患者和家属提供身体上、心理上、精神上的抚慰和支持。对于朱主任和他的团队来说，此话再贴切不过：

To cure sometimes；To relieve often；To comfort always.（有时，去治疗；常常，去帮助；总是，去安慰。）

洞见：听朱主任"讲经说法"

"所有的老年人都是老年医学服务的对象。"朱主任开宗明义。

交谈开端，就听到朱主任打了个形象的比方："用得时日久长的汽车，发动机、轮胎、车门、油路、电路，总有不同程度的损耗，技术高超的修车人，能针对性地解除一些障碍，让车子继续上路跑跑。老爷子（老奶奶）就和老爷车一样。"

对年轻人来说，患病与健康有明确的界限。而 70 岁以上老年人常规体检，极少有完全健康、没有任何主诉、各项检查指标全部正常者。因此诊治老年人的疾病和对老年人的综合评估，包括衰弱、肌少症、营养状况、跌倒等，都是老年医学的内容。老年人衰老和患病过程中，情志因素明显，往往出现笨拙、痴呆、健忘、烦躁、抑郁等病状。给予正确的指导，普及科学的养生方法，提高养生的效果，是老年医学的重要方面。

朱主任语速不疾不徐："老年病分三类：老年期特有疾病、老年期多发疾病与其他年龄段共有疾病。特有疾病如老年期痴呆、老年性白内障等。老年期多发疾病如脑梗死、骨质疏松、脑萎缩、高血压、高脂血症、糖尿病、颈椎病、肿瘤等。即使是各年龄段的共有疾病，老年患者也有其特征。这些均是老年医学的研究内容。"

一番话说得采访的"门外汉"连连点头。

介绍起自己科室，朱主任更是展现了他作为一名资深医者的表达严谨、条理清晰、措辞准确。"我们的老年医学科，设有专科、专家、专病门诊。现在有老年呼吸、老年神经心血管、老年糖尿病（骨质疏松）、老年肿瘤（康复）、老年重症感染等五个亚专业组；专病有阿尔茨海姆病（老年性痴呆）、老年骨质疏松、老年糖尿病、老年综合评估；还有老年科医生、药剂师、营养师的特需老年多学科门诊。其中，老年综合评估在我市、省内开展得最早，为提高老年人手术成功率起到明显效果。

"说起我们与专科最大的区别,前者以疾病类型划分,我们以患者作为整体进行综合评估。对的,具体就是指 65 岁以上的老人。我们的目标是预防和治疗老年相关疾病,主要有四大任务：疾病预防、疾病诊疗、贯穿始终的健康教育、临终关怀治疗。"

前不久,著名作家琼瑶因为丈夫失智是否插管抢救,与继子发生一场争执,人尽皆知。其实,这种矛盾在生活中比比皆是。可以说,医院所有的科室都是为"生"而存在。无须讳言,老年已是"近黄昏"之期,但是,有了技术精湛的老年医学科一干医生,谁说"夕阳"不能"无限好"呢?

要义：坐拥夕阳迎曙光

看老年科有许多人所不知的好处。

人所不知? 对!

大家可以把老年病科看作一个综合内科,能根据疾病的复杂状态,抓住疾病的主要矛盾,提供综合、全方位的诊疗策略。如老年病科医生在给高血压合并痛风的患者开降压处方时,一般会选用不含利尿剂的药物,以免药物引起痛风加重;对冠心病、心力衰竭的男性患者,会兼顾治疗前列腺增生及睡眠障碍,因为老人排尿通畅、睡眠改善对心功能的改善和血压控制都有帮助。

还有很重要的一点,专科负责加药,老年科负责减药。在"一加一减"之间,满满的都是对老人的关爱与体贴啊!

老年人大都同时患有不同的疾病,意味着他们要同时吃很多种药物,如果同时使用 4 种以上的药物,药物之间的副作用概率就会增加到 50% 以上。生活中一天吃七八种药的老人比比皆是,加重了本来就不好的肝肾负担,很容易产生不良反应。老年科可以兼顾不同疾病,根据患者情况,适时增减药物,做到用药个体化。

朱主任说:"生命有尊严,临终还要有品质。"老年医学科还有一大要义：生命教育观。

"不知死,焉知生",直面死亡,才能真正领会"活着"。

朱主任将他的"生命观教育"娓娓道来,越发让人起敬。民间对于死亡总是讳莫如深,"不吉利"一词就可以阻止所有关于死亡的讨论。朱主任和同事们不仅了解老人的健康愿望,更帮助他们建立健康遗嘱,让子女遵从他们的意愿。对预期生命在半年之内的患者给予临终关怀,关心患者和家属的情感需要,帮助他们减轻痛苦,减少支出。

同样,停止对生命的撕扯,最大限度地减轻痛苦,帮助患者和家属平静地完成这一场生命之旅。逐步开展家属参与的护理,指导家属进行有效的陪伴,比如一起回忆过去的美好、看老照片,经历最后的道谢、道爱、道歉、道别。对家属而言,最后时光参与得越多,就越容易从哀伤中恢复,继续自己的生活。

朱主任也毫不避讳医学的局限性:"医学和医生都不是万能的,医学总是落后于现代科技的进步,事事难以预料,但老年医学科医生有一股韧劲,总是力争尽善尽美。尤其是我们老年医学科,可以称得上是'飞速发展'了。"说起抢救急难危重老年患者的成功案例,朱主任一改气定神闲,他滔滔不绝的言语、眉飞色舞的神态,让我们感到了一名医者精诚专业的医术,以及救死扶伤的一片仁心,还有将老人从"鬼门关"一次次拉回来的惊喜。

庆幸:107岁老者起死回生

说起107岁的吴老,朱主任连称是个奇迹。其中,"称奇"的原因有二:一是男性活过百岁本就不易;二是这四五年来,吴老每年在一院的老年病科,都是"几进几出",险象环生。

2017年7月,这老爷子又一次进来了。高烧、神志不清、双叶肺都大面积感染,就连经验丰富、对危重病情见多识广的朱主任也是倒抽一口冷气,毕竟老爷子的年龄摆在那里。

况且,这老爷子的基础病,朱主任也是了然于胸:慢性支气管炎、心脏病、前列腺增生、高血压、吞咽困难等。老爷子的家属都已经不抱希望。毕竟,他的儿女也是八十岁左右的老人。

这是一场生死较量的战场,朱主任和同事们,执锐前行,争分夺秒与死神抢夺一个百岁生命……对老人进行综合评估,经多学科会诊讨论,制定了一套符合老人情况的综合诊疗和护理措施。经过临床医生和护士、护理员的积极配合,一个月后,吴老爷子又坐上轮椅,面色红润、精神矍铄地跟所有人打招呼、告别。这个消息,像长了翅膀,在病区内外传递。

惊心动魄远不止这一回。

那年春节,一院 B 楼的 23 楼上,可以清楚地看到每一朵烟花的绽放和消散。医者,可不轻松。一下子来了四个骨折老者。就说其中一位吧,钱老太太手术非常成功,第二天已经能下床,这让朱主任感到振奋,所有的辛劳也烟消云散。可是,狰狞的病魔什么时候悄悄降临,医生也防不胜防。第三天,钱老太太昏迷不醒,一系列检查、会诊后诊断是脑梗死,立即对症而治……

钱老太太,不,这四位骨折老者,全都痊愈出院了,他们的身影,再一次沐浴在初春的阳光中。

"朱主任,这个您一定要收下,三番五次请您吃饭,您不肯,我也知道您忙,这个心意,您一定收下。"朱主任再一次温和地拒绝了患者家属的购物卡。来者是一位患者的儿子,看朱主任态度坚决,只得再一番千恩万谢。朱主任清晰地记得,那位 86 岁男性患者门诊时,极度消瘦,不想吃饭,已经不认识人了。朱主任建议住院,经过一系列检查、评估,提着的心,总算轻轻放下。他确诊这位大爷没有大病,症结在营养不良、低蛋白、电解质紊乱,有精神方面的症状。另外,子女关心少也是原因之一。朱主任和医生们对症处理,经过两个星期的治疗,老爷子能自己下床,能独立行走,还能大声跟医护人员打招呼,大家都忍不住要提醒他:"老爷子,悠着点。"能自主地控制自己的语言行动,在年轻人看来不值一提,可是,对一个短暂失能的老人,不啻"死而复生"啊!

这样的例子太多了,有许多外地病患辗转来到一院老年科求治,那是因为医者在自身医术和医德上的"双保险",给患者和家属提供了"终点站"式的服务。

10 多年来,老年医学科门诊 2 万人次左右,出院人次近 4000 人次,治愈率、好转率达 95% 以上。

作为资深老年医学学者,朱主任也有困惑:"对待老年病,我也有许多纠结的地方。"对一些肿瘤晚期的高龄患者,医生其实更倾向减轻病痛,保证患者的生活质量。但有些家属并不理解,想采取一些很极端的措施。"医生没有权利放弃任何人的生命,但我觉得有些时候减少痛苦比延长生命更重要。"朱主任说。

"瞧,患者熙熙,患者攘攘。三甲医院总是这么忙,也是个严峻的问题啊。"朱主任指着窗外求诊的患者流,谈到自己关注的另一个问题:"全科医生的培养"。在他众多的头衔中,有这么一个头衔——"全科医生教研室主任",他的心中,还有另一幅清晰而美好的蓝图。

蓝图：社区全科医生的培养

"瞧，要解决大医院始终的'战时状态'，合理分流患者，分级诊疗，这也是当务之急啊。"朱灿宏眉头微蹙。

在镇江全科医生发展艰难爬坡的关键时期，朱主任担负着培训镇江市全科医生的重任，他拿出一张统计表，镇江全科医生占医生总数比例约为5%，而欧美发达国家这一比例达到30%～60%。所以，他就一直以医学普及教育为己任，经常参加咨询义诊、送医下乡、乡医培训、社区讲堂、广播宣教等公益活动，为全科医生发展鼓与呼，奔与走。在镇江某某社区、某某福利医院，都能见到朱主任忙碌的教学与示范……未来，镇江会有一支经过正规医学教育、全科培训的队伍，能顺利推进家庭医生签约服务，让优质医疗资源有序有效下沉，医疗资源利用效率和整体效益能进一步提高。"基层首诊、双向转诊、急慢分治、上下联动"，镇江的就医秩序将更加合理规范，在优质医疗资源普惠群众的同时，能更好地惠及老年患者。

网络上一则来源于《健康报》，深深吸引了笔者。

"我也有一个中国梦"
——陈冯富珍访华媒体简报会侧记

2014-07-10 09:25:39 | 来源:健康报 | 分享 ⟨ | ★关注 3446　　　　A+ A-

"作为一名中国人，作为一位已经在卫生领域工作了30多年的人，我也有一个自己的中国梦。"世界卫生组织总干事陈冯富珍深情地说，"在我退休时，当我回到中国生活时，我希望能有一位训练有素、受人尊敬、工资薪水合理的家庭医生，照顾我的健康；医生和家庭诊所能够提供所有的基本医药，有专职人员能照顾像我这样的老年人，我们能够用上安全、有效、有高质量保证的国产药物。当我的中国梦梦圆时，中国的医改经验将对全球卫生发展提供借鉴。"

"健康老龄化"——这不仅是联合国卫生组织前总干事陈冯富珍的心愿，也是你，是我，是他，是已老和将老的所有人的心愿……为了这个目标，朱主任和他的团队，付出了不懈的努力，他们蹄疾步稳，一直行走在洒满阳光的大道上。

结语：一直向着朝阳行走

下午5点多钟，回望老年医科病房，依然非常安静，夕阳透过洁净的玻璃洒在走道上,医护人员在金色的阳光中,步履匆匆、她走向一个个病房,给老年病患和他们的家属带来一次次新的希望、一个个好的消息。

"大医精诚""惟是惟新",在 23 楼不显眼的拐角处的锦旗上,镌着患者这样的评价,你觉得是恰如其分吧? 在这里,你可以清晰地感觉到所有医护人员对生命的尊重与敬畏,对生命的不离不弃。

镇江第一人民医院的朱灿宏和他的团队,就是"坐拥夕阳红",却一直向着朝阳方向行走的探索者、耕耘者。

> 晚星带回了
> 曙光散布出去的一切,
> 带回了绵羊,带回了山羊,
> 带回了牧童回到了母亲身边。

在这无边的安静里,以萨福的诗句,致敬朱灿宏主任和他的团队。

2

身 边 的 感 动

王金萍，忠孝难两全

季春兰

神经内科二病区护士长王金萍，是个干练、果断、雷厉风行的人。自担任党支部组织委员以后，她各项工作都做得很好。交给她的事，她都会爽快地回答："行，没问题""好，你放心。"

2016 年 5 月 20 日，医院的每位职工都不会忘记这个特殊的日子，等级医院复评正在紧锣密鼓地进行。通过等级医院和 JCI（Joint Commission on Accreditation of Healthcare Organization，国际医疗卫生机构认证联合委员会）复评是医院的努力方向，是 2000 多名职工的共同愿望。然而这个日子却成了王金萍终身遗憾、自责和难忘的日子。下午 3 点多，王金萍突然接到父亲的电话，父亲告诉她，她的母亲已经进入弥留之际，即将离开人世，希望她立即赶回去和母亲见最后一面。放下电话，王金萍的泪水"唰"地流了下来，一幕幕往事浮现在眼前：儿子刚刚出生的时候，母亲为了支持自己的工作，承担了所有的家务并照顾她和年幼的儿子；产假结束后，母亲为了不影响她的工作，将她的儿子带到了南京自己的家。每到周末，母亲就背着个大包，抱着外孙从南京赶来，让她们母子团聚；工作日，再

王金萍 ————————————————————————

把外孙带回南京。就这样，一直帮她把儿子带到了上幼儿园……没有母亲的默默支持和付出，自己怎能从一名普通护士成长为护士长？母亲被查出患有癌症以来，正是医院迎检的关键时期，参加医院的培训学习、病区的各项管理工作、新同志的传帮带都离不开自己。怎么办？一边是即将离世的生她养她的母亲，一边是评审组即将到病区的通知，作为护士长，这个时候怎么能离开自己的工作岗位？王金萍擦干脸上的泪水，镇静地通知着科里的同事，有条不紊地准备着迎检事项。下班后，她立即驱车赶往南京，可是，她已经再也见不到自己的母亲了。

此时，我突然想起了很多的词语，"忠孝不能两全""顾全大局""甘于奉献"，这些用在王金萍的身上再恰当不过了。王金萍是党支部的组织委员，需要她协助工作的时候，她从来没有二话，无论病区的工作有多么繁忙，即便是发学习材料、通知开会等这样的琐碎小事，她都会愉快地接受。

"披星戴月"药配忙

昂之飞扬

静配中心有那么一群"披星戴月"的"大忙人",不过他们"披"的是凌晨还未隐去的星星,"戴"的是正在与太阳更替的月亮。

每天清晨6：45,大多数人还在暖和的被窝里酣睡时,静配中心的调配间里,药师们已经开始忙碌了。静配中心负责门诊、急诊和全院内科病区与部分外科病区的输液调配,为了保证所有病区的患者在8：30能够准时用到药,静配中心自加压力,统一6：45到岗,提前做好调配工作。有句话说的是：做好事不难,难的是一直做下去。静配中心的"大忙人们"做到了,他们默默耕耘、提前上岗,坚持快3年了,无一延迟。

孩子，请原谅我不能多陪陪你！

沈丰,这群"大忙人"的"头儿",也是一名党员、党小组长。他经常说："党员就要事事做在先,更要做得好!"科里统一6：45上班,他要求自己6：40必须到岗。沈丰每天的工作任务非常烦琐,大到制订药品计划、管理特殊药品，小到修理紫外灯、补充擦手纸，事无巨细都要他这个"头儿"管，忙起来，家都没时间回。他的孩子抱怨过："早上我没起你就走了，晚上我都睡了你还没回来。我今年要中考了，你能不能多陪陪我！"孩子需要他，但是科室的同事也需要他，科室里大大小小的事务更需要他。这里平均每天有 2000 袋成品输液需要及时、准确地送到各病区，这都是患者的救命药。所以，"孩子，请原谅我不能多陪陪你"！

小鲜肉是个老师傅

张雷，从年龄上算，是静配中心的"小鲜肉"，但在细胞毒药物配置上可以算是"老师傅"了。打开生物安全柜、75% 酒精全面消毒、铺垫单、加药……最后清场，一整套动作规范娴熟。当你感叹他操作规范时，他会告诉你，这是作为静配中心药师的基本要求。静配中心的所有人员上岗前都必须经过严格的培训及考核，所有操作严格遵守无菌操作技术。最初"小鲜肉"也曾抱怨有太多的制度、操作规程需要学，有太多的培训、讲座需要听，有太多的知识考试、操作考核需要准备，但是百炼成钢，现如今的"老师傅"在学习、考试中甘之如饴。

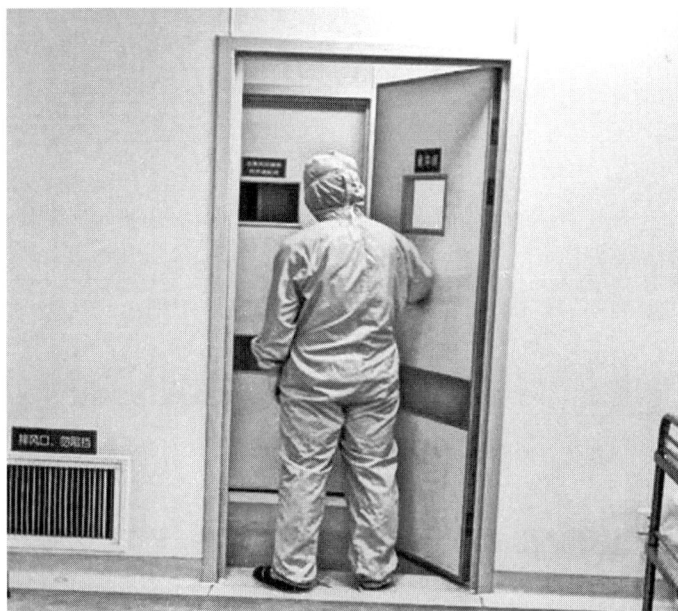

张雷穿戴合规后准备进入细胞毒药物配置间 ————

"火眼静静"

　　调配工作的关键就是要细心,一点点小失误,哪怕是混合顺序的不同,都会造成全静脉营养液中不溶性微粒的增加,患者静脉栓塞的风险也随即增加。为了保证患者用药安全,马静静要求自己"零失误",平时苦练本领,努力钻研全静脉营养液各种成分比例对全静脉营养液的影响,配置时,更是一丝不苟,不放过一丝一毫的细节,科室人送外号"火眼静静"。你看,她将脂肪乳、氨基酸、葡萄糖、维生素、电解质等按比例混合,动作如行云流水,准确无误地调配出一袋袋成功的全静脉营养液。

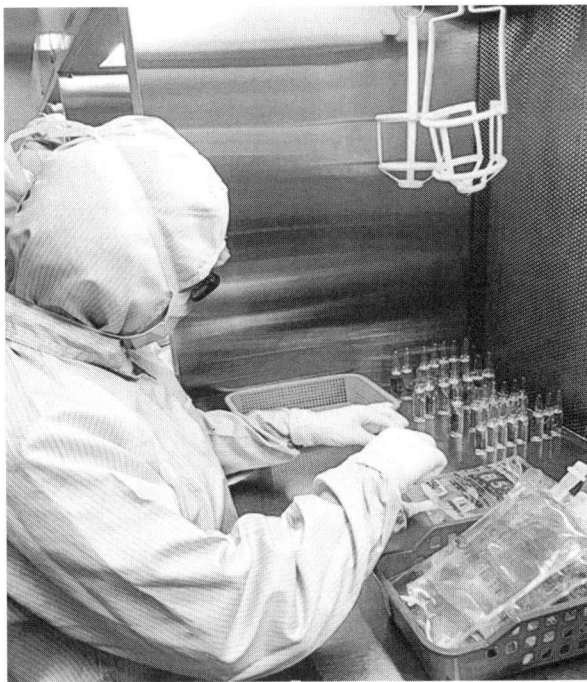

马静静正在配置全静脉营养液 ——————————

摆药是个技术活儿

　　摆药是个讲究的活儿。面对红、黄、蓝、绿、橙、白等各种颜色,不同颜色代表不同批次的摆药筐,一般人处理 10 个处方就要眼花缭乱了。昂燕每天需要处理近千份的处方,每一份处方都严格根据输液标签结合"四查十对"进行摆药,必须一丝不苟,不放过任何一个审核医嘱后可能产生的漏网之鱼。有一次摆药过程中,昂燕发现了一份奇怪的处方:0.9%氯化钠注射液 500ml + 紫杉醇酯质体 90mg。要知道,这两者混合轻则药品失效,重则影响患者身体健康。昂燕赶紧与审方人员和相关医生复核,及时避免了一场事故。

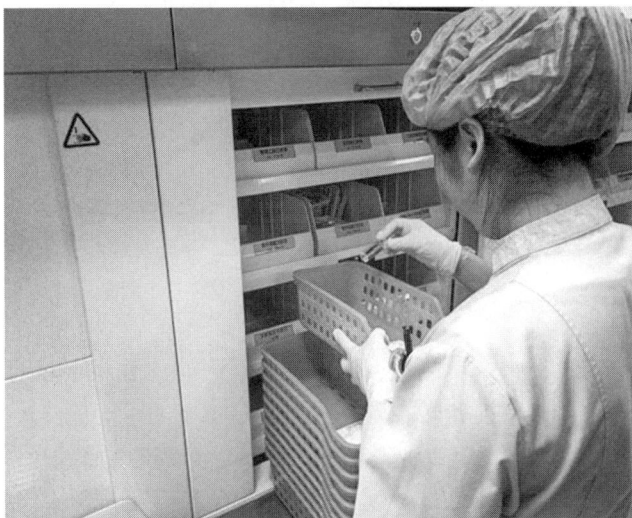

自动化摆药机旁昂燕正在仔细地摆药 ——————————

戴菲燕的小窍门

门诊静配中心的气动物流传输系统容易被异物卡住,从而出现一些惯性小故障。如果按照正常程序报修,通知维修工人上门,整个过程少则十几分钟,多则将近 1 个小时。那患者就要多等好几十分钟。看到患者焦急的等待,戴菲燕心里也是火急火燎,她决定"偷师"。每次维修师傅来,她都细心观察,利用不当班时间研究机器,衣服弄脏了,手也沾上机油,她通通不在意,一门心思"搞维修",终于"自主研发"出一套能又快又好地解决常见问题的小窍门。

"拼命三郎"赵龙

金 惠

赵龙,2014 年来到医院工作的一名年轻党员,目前轮转在院呼吸科。

2016 年 7 月 23 日,下夜班的赵龙感觉全身乏力、酸痛,本以为睡一觉就好了,谁知一量体温达到 39.3℃,于是赶紧服下感冒药。第二天早上起床仍感觉浑身不适,体温居高不下。看着窗外刺眼的阳光,想到 38℃ 的高温天气,真想休息一天啊! 可是,赵龙一想到呼吸科患者多、医生少、工作量大的现状,还是硬撑着从床上爬起来去上班了。

好不容易撑到了下班,一量体温 39.2℃,实在熬不住了,他便到急诊室输液,直到夜里 11 点,体温仍然是 39.5℃。

凭着自己年轻、体质好,25 号,赵龙仍然抱病坚持走向了自己的工作岗位,就在交接班时,他出现双手发麻、头晕、全身冒冷汗的症状,同事给他一量血压——82/49mmHg。大家都劝他回去休息,可赵龙一想到自己休息了,别的同事就要代自己值班,大家都在战高温,坚守岗位,于是他让同事帮自己补点液便继续坚守在岗位上。

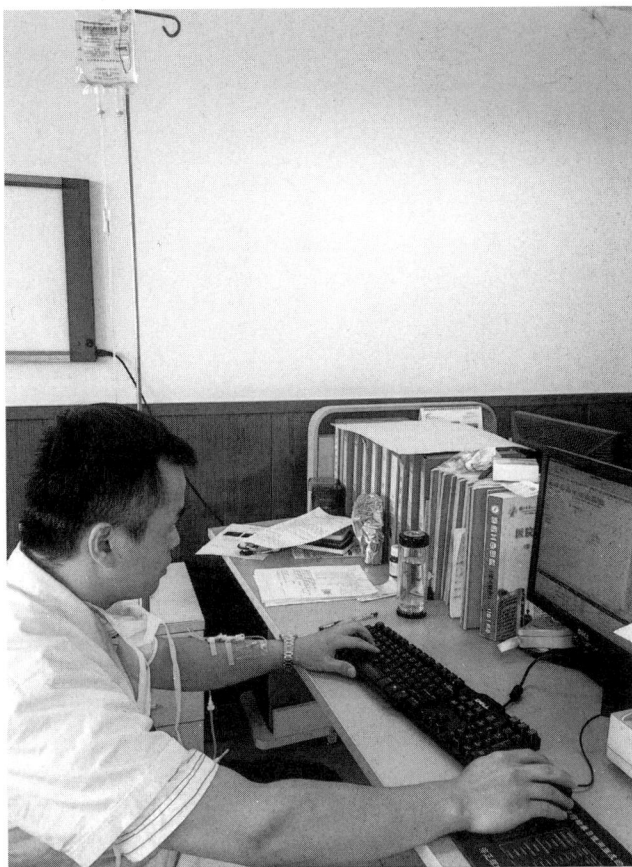

"拼命三郎"赵龙

27 号早上,值班 24 小时下来的赵龙体温高达 40.4℃,他再也支撑不住了。在科主任王剑、副主任严玉兰的关心下,在科室同事们的一再督促下,他去查了肺部 CT,发现肺部有多处大面积的感染。

"拼命三郎"赵龙终于"拼"不动了,住进了医院。严玉兰副主任说:"这个小伙子平时的工作就非常出色,我们为有这样拼命工作的年轻人感到欣慰……"同时,她对这样的部下疼爱有加,亲自拿着赵龙的 CT 片子到三院请上海来的专家进行会诊。院领导也十分重视赵龙的病情,纷纷前去看望。

135 份爱心餐的暖心故事

胡　云

护士长徐美娣,在我们眼中,是"美娣妈妈";在患者眼中,是好口碑护士长。"我们是一家人,有困难就找我。"这是她的口头禅。她那小太阳一样温暖的性格,写就了很多暖心故事。

两年前,徐美娣在一次查房中,发现肿瘤科的一名老年患者情绪很不好,不配合治疗,也不愿意和医生、护士交流,身边也没有家人陪伴,总是孤零零一个人躺在病床上。管床医生告诉她,这是位食管癌患者,自住院起就没见过家人来看他,住院也是一个人来办理的,问他什么都不说,每天都死气沉沉的。徐美娣听了这个情况后,十分担心患者的状况,因为积极向上的心理状态对肿瘤患者来说是十分重要的,她暗暗下决心要好好开解这个患者。

第二天一大早,徐美娣就带着自己熬的粥来到了患者床前,她说:"大爷,我是医院的护士,您叫我小徐就行,我以后经常来看您,您说好不好?这是我早上自己熬的粥,快尝尝合不合口。"起初,大爷没有理会,不论怎么劝,他始终都不肯吃。徐美娣没灰心,心想,这顿不行,还有下顿,今天不行,还有明天!自此,徐美娣一天三顿地给患者送饭，实在忙得不行，就请科室护士代送。慢慢地，大爷有了转变，从不理睬到期盼徐美娣的到来，要是哪天没看到她人，一准和病房护士念叨好几次。同时，在徐美娣的陪伴与开导下，大爷面对疾病的态度也从消极对待变成积极配合。就这样，徐美娣坚持送了135份爱心餐，一个半月后，大爷病情稳定出院了，直到现在还经常来医院看看他的护士"女儿"。

2016年12月5日，国际志愿者日当天，徐美娣再次带着志愿者们来到镇江九久老年公寓做志愿服务。一进养老院的大门，她便注意到一名坐在轮椅上的老奶奶略带急躁地扳着自己蜷曲的左手。徐美娣便蹲下身和老奶奶交谈，得知她前不久突发脑梗，现在左侧肢体偏瘫，原本一直很利落的老奶奶接受不了自己行动不便的事实，情绪总是很低落。徐美娣一边宽慰老奶奶，一边教她复健。许是真的感受到了复健的效果，许是看着这个耐心陪伴的护士想起了自己和她年龄相仿的女儿，老奶奶开心地笑了。在这场志愿服务的最后，徐美娣还召集了养老院的所有护工，给他们上了一堂专业的护理课程。她知道，光靠自己去照顾老人是照顾不完的，只有让和老人朝夕相处的护工掌握专业的护理技能，才能真正照顾好老人。

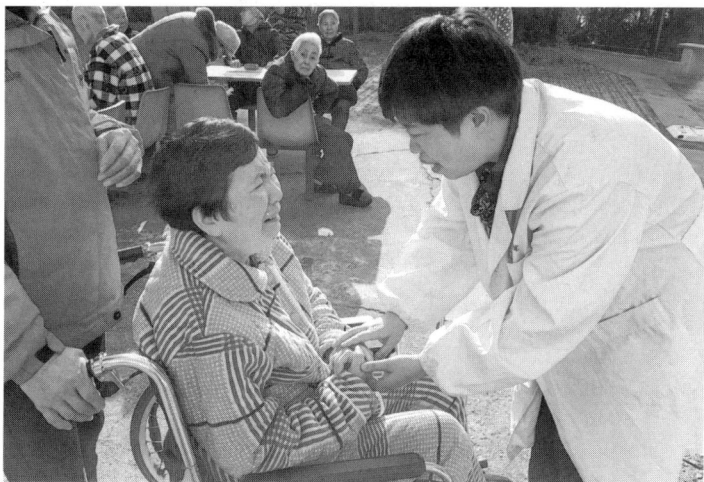

美娣最美丽

之后的一个月里，徐美娣又带着志愿者去了两次金山养老院，居住在那里的老人大多数都瘫痪在床，生活无法自理。志愿者们帮助老人们打扫卫生、翻身、床边护理，原本冷清的养老院充满了欢声笑语。每次徐美娣她们走的时候，老人们都恋恋不舍，一遍又一遍地叮嘱她们一定要再来。

随访故事三则

马莉婷

呼吸科的患者大多数以老年慢性病为主,不仅病程长,还容易反复发作,需要经常往返医院。针对这个普遍现象,2014 年开始,护士长孙玉娇带领整个呼吸科的护士姐妹们利用休息时间走进患者家中随访。就这样,一坚持就是两年,无论酷暑还是严冬。

孙玉娇对我说,家庭随访不是每一次都很顺利,有时候好不容易找到事先约定好的患者家,却发现患者外出了,只能白跑一趟,运气好一点的,也得在门外等个把小时。

有一次,随访团队中的年轻党员马莉婷在到达约定好的患者家门口时,被告知对方临时有事去了单位。为了按时完成家庭随访工作,小马硬是从位于镇江西边的患者家赶到了位于镇江东边焦山附近的患者单位,途中由于路线不熟,走了不少冤枉路,花了大半天才找到地方,小马难得的休息日就这么过去了。

有的时候遇上天公不作美,那可更让人无可奈何。有一次,随访团队正准备前往约定好的患者家中,突然电闪雷鸣,狂风大作,下起了倾盆大雨。要不要等雨停了再去? 大家都在犹豫,但是不能让患者在家空等啊,

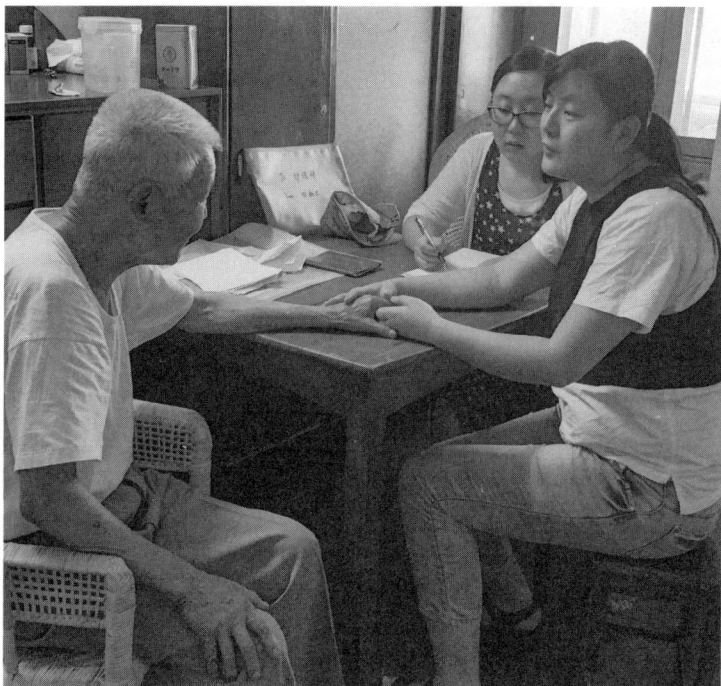

走进患者家中随访 ——————————————————————

最后大家一致决定冒雨出发！等到了患者家，大家的衣服早已被雨水打湿，鞋子里也灌满了水。被随访的患者看到浑身湿透的他们，赶紧拉着他们进屋，心疼地说："我还是第一次遇到如此认真负责的护士，下这么大雨，我以为你们来不了了，没想到还是准时到了。"

家庭随访最常见的就是被不明情况的患者误解。有一次，护士徐吉和团队伙伴去花山湾的一位老年患者家做随访，恰好接电话受约的老人的女儿临时有事不在家，家中只有两位老人。他们误以为徐吉她们是之前上门推销的骗子，任小徐怎么解释，就是不开门……徐吉一时联系不上老人的女儿，又担心老人情绪过激，只好停止随访。

我问护士长："当遇到患者不理解时，你觉得心里委屈吗？"这位有近20年党龄的护士长笑笑说："有时候真的很委屈，但一想到因为我们的付出，患者会逐步恢复健康时，那点儿委屈就不算委屈了，只要有一个患者说我们好，我们就会把这件事坚持下去。"这个回答让我深受感动与鼓舞。未来，我们一定会把随访这件事坚持下去，不仅仅是因为工作的需要，还有对"务谋病者之福利"的护理誓言的履行，更是一名老党员带领着大家书写"为人民服务"的真实写照。

好儿媳陈芳

季春兰

陈芳是个党员,2015 年 6 月从急诊科调到心导管室工作,不管在哪个工作岗位,她一直任劳任怨、勤勤恳恳。

陈芳结婚后一直与公婆生活在一起,在与公婆同住的十多年里,她从没有对公公、婆婆高声说过话,更没有跟他们红过脸,始终把公婆当作自己的亲生父母,关心、爱护着他们。婆婆逢人便夸:"我家陈芳真是不错,知书达理、知冷知热,是个好儿媳!"陈芳觉得:只要爱自己的丈夫,就一定要爱他的家人,如果为一些小事在乎太多,丈夫只能夹在中间左右为难,幸福就会离自己渐行渐远。

2011 年,婆婆被诊断为肝癌晚期,陈芳义无反顾地挑起了照顾婆婆的重任。在陈芳的心里,婆婆早已如同自己的亲生母亲,看着她的身体一天不如一天,心如刀绞。"妈妈,我就是您的亲生女儿,我们一定会尽力为您治病,您想吃什么尽管跟我说啊……"陈芳经常拉着婆婆的手念叨着,生怕因为自己的一丝疏忽让婆婆留下什么遗憾。在近一百个日夜里,陈芳始终陪伴在婆婆左右,陪她聊天,给她做可口的饭菜,为她洗脸刷牙、端屎端尿……在婆婆的告别仪式上,一位阿姨拉着陈芳的手说:"你婆婆经常在我们面前表扬你,感

陈 芳

叹自己的好福气,说自己有一个好儿媳。"

　　婆婆去世后,陈芳看到神情忧郁的公公,心里很难受。为了给老人驱散内心的孤单与不适,她花了更多的时间陪伴老人,还找来邻居伯伯陪他下棋。当公公患上高血压和糖尿病后,陈芳就成了他的专属护士,尽心尽力地护理老人,定时监测血压和血糖、注射胰岛素、根据病情安排食谱……

　　公公的年龄一天比一天大,身体也一天不如一天,2011 年至 2014 年,先后 7 次中风。那段时间里,既要照顾年幼的儿子,又要照护病房里的公公,在家和病房之间来回奔波的陈芳日渐憔悴。同事们劝她请个保姆照顾老人,可陈芳觉得保姆再好,也不可能像家人一样贴心照顾,而且自己是护士,更加专业,所以宁愿自己辛苦点。

多次中风让公公落下了半身不遂的后遗症,出院后医生建议做适量锻炼。陈芳考虑到自己家住 6 楼,不方便公公出行锻炼,就和丈夫商量,把一楼的车库进行改造,添置了空调、热水器、轮椅、电视等生活用品,还买了床头床尾都能摇起的床和吸痰器等医疗用品,租用了氧气瓶……原本简单的车库在陈芳的精心设计下,变成了一间舒适的简易病房。几年里,陈芳每天下班回家第一件事就是去看看公公,给老人洗脸擦身、刮胡子、剪指甲、翻身拍背、吸痰、吸氧、喂药、更换集尿袋……为了能更好地照顾公公,陈芳琢磨出了各种"秘诀"。为了帮助公公锻炼身体,她坚持把老人从床上挪到轮椅上,推老人外出散步、晒太阳,渐渐地陈芳掌握了既让老人舒服,又省力的搬运方法;公公病情恶化不能自主进食后,她每天清晨 5 点多起床,为老人精心准备食物,并打成糊状,晾至适当的温度后,用针管经鼻饲注入;担心老人用导尿管会产生感染,她想出了使用方便袋做集尿袋,既能及时更换,又简便卫生;为了解决老人便秘带来的痛苦,她向有经验的护理人员请教,利用肥皂润滑,用手指轻轻地把大便抠出来。有时候老人家会用手挡住陈芳,陈芳明白他的意思,就劝说道:"爸,没事,我本来就是护士,再说我还是您的亲生女儿呢。"在陈芳无微不至的照料下,直到 2014 年 1 月 17 日去世,老人家身上总是干干净净的,从未生过褥疮。

公公去世后,陈芳感到心里空落落的。这几年,她已经习惯了下夜班就去照顾老人,习惯了"爸爸"在身边。很长一段时间里,下夜班回家的她都久久无法入睡,有时还会梦到老人……

陈芳,1999 年 12 月加入中国共产党,参加过 2008 年 6 月支援汶川地震重建家园活动,被医院记"三等功",获"十佳工作者""优秀共产党员""优秀护士""感动康复,最美好护士"等荣誉称号。2014 年,她被评为镇江市"十佳贤妻",并受邀参加今年镇江市"最美家庭讲好家训"巡讲活动。

连续工作 36 小时的"熊猫"医生

孔小庆

炎炎夏日,为了保证职工的身心健康,医院执行了夏令工作时,减少了职工工作时长。可是有这样一名医生,他连续工作 36 个小时后还在岗位上,双眼熬成了"熊猫"。他就是骨科医生姚翔,外二党支部的党小组长。

8 月 5 日早上 7 点,姚翔就已经到病区了。下午 4 点,他接了一台开放性骨折急诊手术,一直忙到晚上 7 点多。

当天轮到姚翔值夜班。晚上 8 点、凌晨 2 点又分别做了两台开放性骨折急诊手术。后一台手术结束时,已经是凌晨 5 点。夏季的清晨,远处天空已见霞光,姚翔在值班室伴着初升的太阳和衣而睡。只休息了一个半小时,他又开始了新一天的查房。

本想着查完房可以回家休息,可 10 点钟,病房又来了一名髋骨骨折的患者。接诊、问病史、写病历、做检查,这一系列工作忙完,已经到了下午 5:20。至此,姚翔已连续工作近 36 个小时。

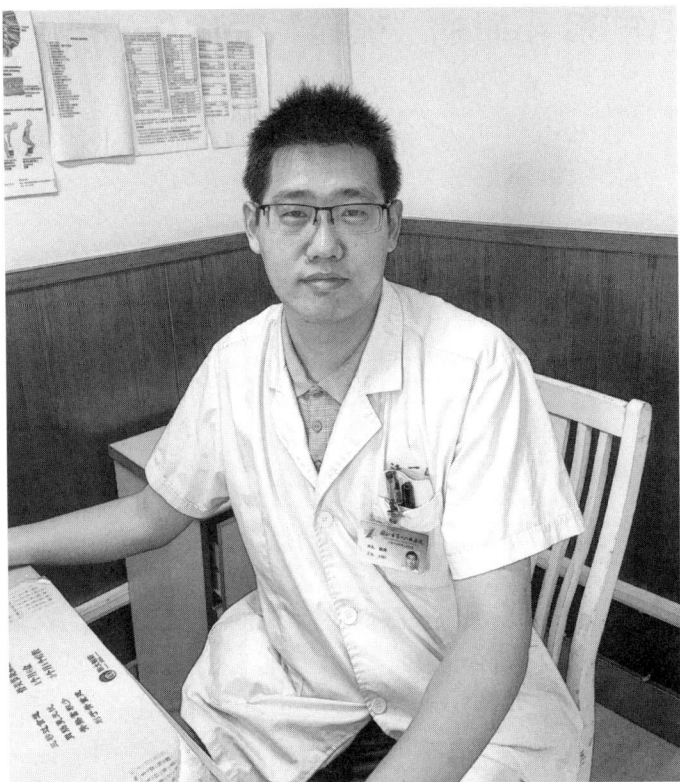

姚　翔 ————————————————————————

　　还没喘口气，作为支部书记的我正好找姚翔布置党建工作。他顶着重重的黑眼圈，毫不犹豫地接下了工作，"调皮"地对我说："今天我一定会把党小组的工作要求布置到每一位党员的。"

　　这就是我们骨科的一名普通医生、普通党员。前段时间，镇江地区最具影响力的社区门户网站"镇江网友之家"上有一个点击量非常高的帖子，说的就是姚翔医生。患者家属发帖表扬了这位年纪不大却为了患者经常加班加点的黑眼圈医生。从此，姚翔多了一个称号——"熊猫"医生。

　　"熊猫"医生，可以说是骨科所有医生的形象写照。高温酷暑天气，各类安全事故频发，骨科患者大幅增加，骨科医生经常是超负荷工作，始终处于高度紧张的战斗状态。

　　我想说，一院的"熊猫"医生不是国家保护动物，但他们是广大人民群众身体健康最忠诚的守护者！

千钧一发取鱼骨

解 敏

2016 年 8 月 4 日晚上 8 点，在医院支气管镜检查室上演了扣人心弦的一幕。

当晚 7 点多钟，一名 60 岁的男患者因胸痛、咯血一月余到医院急诊，急诊科医生在给其做过检查后，发现有异常，请来了已经回到家的呼吸科主任王剑会诊。王剑在看到患者的 CT 片子后惊呆了，患者的右侧主支气管开口到中间支气管里有一根较粗的高密度阴影，结合患者一个月前食用过鱼，考虑鱼骨可能，预估长达 4cm。

"患者有出现大出血死亡的危险！"王剑准确判断，"鱼骨紧邻的就是右侧的肺动脉，鱼骨一旦形成坏死累及肺动脉，极易引起肺动脉破裂造成大出血，患者也会很快由于出血而出现窒息或者失血，从而死亡。一定要想办法尽快把患者气道的异物取出！"王剑一边说，一边快速制定手术治疗方案，和助手做着术前准备。而此时，患者根本没有意识到自己面临的生命危险。

很快，手术开始了。王剑通过支气管镜仔细地观察鱼骨的位置：鱼骨上端高出右主支气管开口，远端

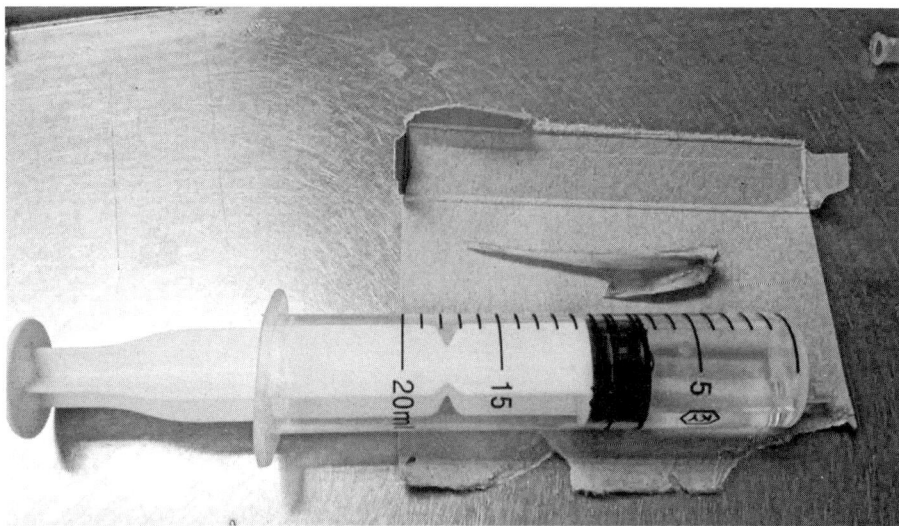

千钧一发取鱼骨

卡在右侧中间支气管,无法移动,接近气道黏膜处可见有大量坏死组织形成。在确认了大血管还没有累及后,他果断地用钳夹夹住鱼骨上端,小心翼翼地往外拉。但是鱼骨非常光滑,而且远端卡得非常紧,拉了半天,始终纹丝不动。时间就是生命! 王剑毫不迟疑地又将冷冻探头送入气管。在冷冻条件下,鱼骨终于有了些许松动,再用钳夹夹住鱼骨的近端试着拔出。然而,鱼骨由于太光滑而滑落了。王剑没有气馁,反复了三次,终于将鱼骨拔出。当大家看到这根鱼骨时,都吓了一跳,竟然有 5cm 长,比预估的还要长,真是非常罕见!

看到患者成功解除了生命危险,王剑和助手李英华松了口气,露出了微笑。王剑是镇江市首家"呼吸综合诊疗中心"带头人,凭着过硬的医疗技术多次将急、危、重患者从死亡的边缘拯救过来。2017 年大年初一,王剑从一位 90 岁的老爷子气道内取出了一个直径 3cm 的大元宵;5 月份,在全麻下为一位 3 周岁的小女孩成功取出了吃进气道的西瓜子。他还经常因为有急诊患者需要检查治疗而加班加点却毫无怨言。经常因为忙 7 点多钟才能回到家,刚端起饭碗,听到患者有需要,就立马放下手中的碗筷即刻赶回医院。他既保持着一位医生的职业操守,又发挥着党员示范岗的先锋作用。

心胸外科的"操心"事

郭丽君

"心"安险中求

2016 年 10 月 10 日下午,因风湿性心脏病住院的76 岁的笪大爷在和病友聊天的过程中,突然发出一声异样的呼叫,然后整个人像是闭目养神一样坐在那儿。病房外的护士薛培青听到老人异样的呼叫后,立刻赶过来,探查发现老人心跳、呼吸骤停。"快来人!抢救! 31 床!快!"薛培青立即大声呼救。在隔壁病房巡查的医生董长青第一个来到笪大爷身边。随后,正在查房的陈锁成主任和孙扬永等几位医生,以及病区护士长的我等多位护士陆续赶至病房。

对于心跳呼吸骤停的患者而言,时间就是希望,最佳抢救时间只有 5 分钟。一旦错过,一条生命很可能就此逝去,即便最终能挽回,也会因中枢神经系统缺氧过久而造成严重的不可逆损害。没有时间给在场医护人员思考患者家属在哪儿,谁来承担如果抢救不成功家属可能产生的不良情绪,同病房的其他患者及家属是否会有顾虑⋯⋯"先救人!"陈锁成主任对在场所有人发出明确指令。从这一刻起,一个 10 多人轮流抢救 1 名患者的场景持续上演了近两个小时。

这两个小时内,参与抢救的所有人员训练有素、配合默契、分工协作。郭丽君护士长协调、联系家属,其他护士准备除颤仪、心电监护仪、抢救车等抢救设备;尹俊和孙扬永两名医生轮流不间断地为笪老进行了长达 44 分钟的每分钟 100 下的持续心脏按压;先后实施了 3 次电除颤,把笪老从 2 次间断性心搏骤停的死亡边缘抢救了回来;董长青医生毫不犹豫地将所有不利后果的责任承担下来,果断实施气管插管,第一时间打通笪老呼吸通道……时间一分一秒地过去了,笪大爷的心脏终于成功复跳,并且经过后续治疗,10 月 11 日清晨恢复了意识,生命体征平稳。

见证了整个抢救过程的病友事后对我说:"今天我看到了你们医院医生护士的反应速度、能力和水平,真是太厉害了! 放心,如果老人家的家属来了说什么,我替你们作证,无论如何,你们为了救人,已经担下了所有风险,做了所有该做的。"

合力救"心"

2016 年 10 月 10 日,心胸外科收治了一名 22 岁的先天性心脏病合并肺动脉高压的患者,患者由于病情危重已经辗转上海几家有名的医院,后来听说镇江市第一人民医院心胸外科心肺移植做得比较好,就慕名前来。入院后,患者的健康状况很不理想,在高剂量的多巴胺维持下血压仍然只能达到 70mmHg 左右,血氧饱和度始终停留在 88% 左右,加上右心衰导致的严重腹水,患者全身发绀,生活质量极差。

10 月 21 日,患者病情恶化,血压始终只有 50mmHg 多,小便也很少,随时有生命危险。面对患者心力交瘁的父母,面对刚刚 22 岁的年轻生命,年近八旬的陈锁成主任坚守着"不放弃每一位患者"的信念,与科室医生反复商讨治疗方案后,决定给患者上 ECMO(Extracorporeal Membrane Oxygenation,体外膜肺氧和)。ECMO 是代表一个医院,甚至一个地区、一个国家危重症急救水平的一门技术,是需要一个高素质的医护团队才可以完成的。

10 月 22 日下午 4 点,由陈锁成、尹俊、孙扬永、董长青、王洪、冯丽萍、李爱霞、陈慧、李进等医护人员组成的 ECMO 操作团队,准备实施治疗,考虑到患者身体条件不适宜搬动,选择在病房直接开展手术。手术过程中,每一位医护人员都尽心尽力,全力救治。

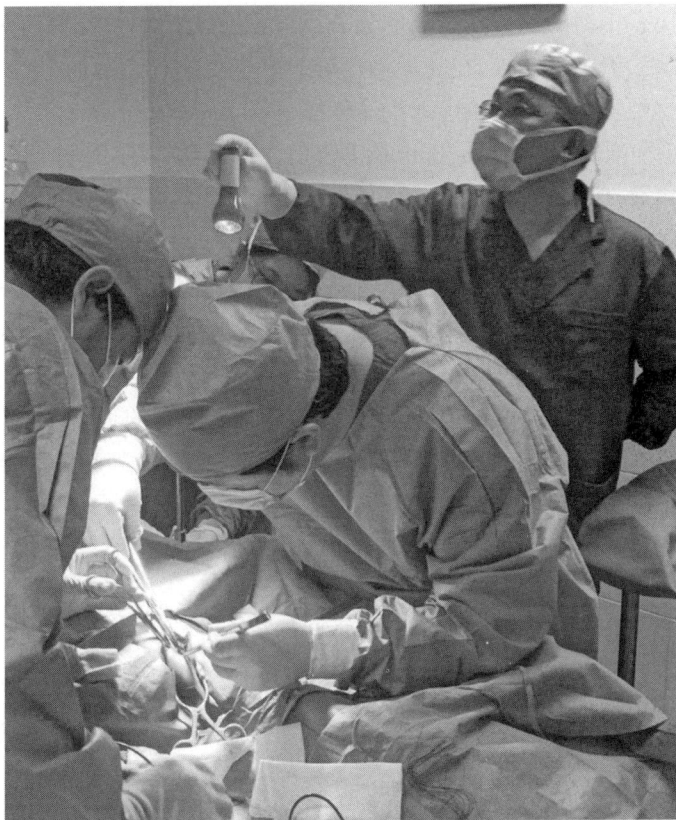

合力救"心"

尹俊医生已经值了 24 个小时班,当天上午 8 点开始连台手术,一下手术台就马不停蹄地加入 ECMO 团队,到操作结束,他已经 36 个小时未合眼了。

孙扬永医生,又是一个手术连轴转的医生,从早上 8 点一直手术到下午 4 点,回到科室又投入 ECMO 操作中。

董长青医生,当天他本应该去陪伴待产的爱人,但是他放心不下患者,一大早把出现临产症状的爱人送到产房后又赶回了患者身边。

王洪医生,在 ECMO 操作过程中,他不仅要干好麻醉师的活儿,还要当好"电灯泡"。由于病房没有无影灯,他就一直高高举着强光手电筒,充当临时无影灯,配合医生进行照明,到手术结束,他戏说"胳膊像有千斤重"。

护士陈慧,当天是上白班,本来 5 点就可以下班,但她主动要求留下来抢救。一直把 ECMO 上好,直到患者说比之前舒服多了,她才匆匆赶回家,家里还有年幼的孩子和生病的公公在等着她。

护士李爱霞，在完成治疗班的本职工作后，主动加入抢救的队伍中去，一直到晚上7点看到患者生命体征平稳了才放心下班。

护士童玉，根据排班是下夜班休息，但患者临时上ECMO，需要特护，护士长通知她今天上晚班，她二话没说就同意了，安顿好家中年幼的女儿就急忙往医院赶。

整个ECMO历时近5个小时，由于病床比较矮，所有的医护人员一直弯着腰站在床前。手术结束时，所有人的腰都直不起来了，脱下手术衣的时候，里面的洗手衣已然湿透。

一次次救援的成功，得益于医护人员丰富的临床经验和敏锐的观察力，保证了第一时间发现患者险情；得益于医护人员高超的医疗技术和"以病人为中心"的责任担当，为患者的获救赢得了时间。

手术室里"铁打的兵"

刘　菲

　　几乎每家医院,都会有这样一个空间,在外人看来既神秘又希望永远不会触碰到;对所有医护工作者来说,它既熟悉,又不得不频繁出入。

　　它,就是手术室。

　　医院外科大楼 6 楼,便是手术室所在地。单层面积不超过 2000 平方米的空间里,每天至少有 50 名医护人员在 15 间大小不等的手术室中来回穿梭。不管选择哪款计步软件,他们任何一个人在不定时长的在岗时间里运动量起步都是 10000＋,有的还会因为 30000＋的卓越表现登顶朋友圈榜首。

　　都说铁打的营盘流水的兵,但在手术室,不仅有铁打的营盘,还有一群由麻醉师和护士组成的"铁打的兵"。他们的责任很重大,因为,躺在手术床上的,都是一个个需要他们和不同科室的医生付出极大努力去呵护的鲜活生命。于是,在与死神的抗衡中,"头脑清、眼睛明、动作准、计量精、脚力好",成为这群"铁打的兵"的必备素质。也正是由于特殊环境、特殊岗位所要承担的特殊使命,在手术室这个大集体里的 15 名共产党员,就更要走得更快些、做得更多些,危急时刻

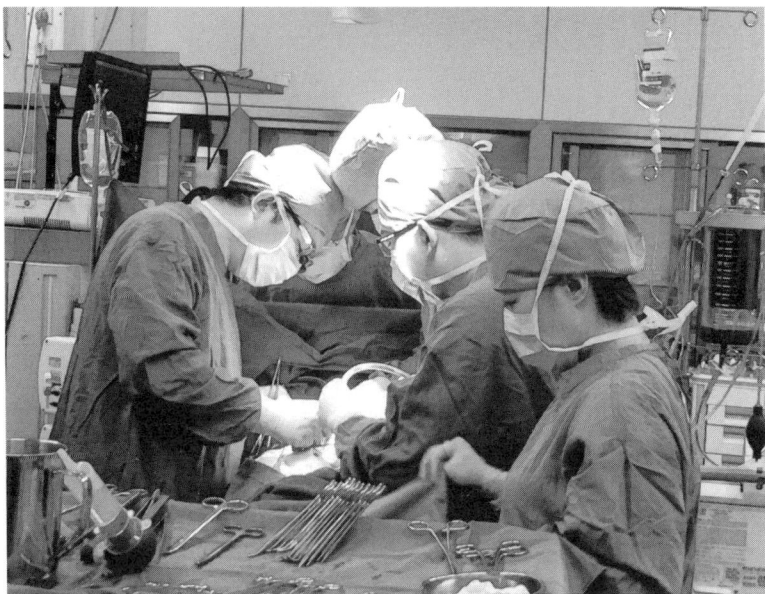

手术室里"铁打的兵"

更要冲在前。

　　一个周六下午，我正利用难得的休息时间整理家务，电话骤然响起，我意识到"有急诊了"。果不其然，我通知紧急回到工作岗位，参加一场心脏移植手术。相比其他手术，心脏移植术的手术风险更高，对医生、麻醉师、护士的个人素质要求和整体配合默契度都要求极高。即便有过多次相关手术经验，我依然不敢掉以轻心。随即，我拨通了手术室心脏组护士伙伴的电话。虽然我也不想打扰大伙儿难得的休息时间，但患者的病情就是命令，一条亟待救援的生命在等着她们。

　　下午3点不到，我的战友们陆续赶到医院。心脏移植手术讲究时间就是生命，供体能否及时稳妥转至医院便是第一个考验。经过紧张的沟通联络，我和同事们乘车前往句容接收供体。同时，手术室里的各项准备工作也在紧锣密鼓地进行：麻醉师邵东华和同事与心胸外科的陈锁成、尹俊等专家商讨手术细节等事宜；其余手术护士各司其职做术前准备，确保整个手术过程安全顺利进行；巡回护士来到病房，与即将接受手术的患者再次进行术前沟通，讲解手术要点，同时尽量缓解患者的心理负担。

　　虽然这是一次术前准备时间不那么充裕的手术，但手术室护士工作流程中规定的"术前无障碍沟通、术中无缝隙陪伴、术后无距离管护"要求,也都必须一丝不苟地完成的。

大约又过了1个多小时,我顺利将供体转至手术室。手术室大门一开一关后,这场生命的救援进入了全新的操作阶段。

4名医生、2名麻醉师、6名护士,就这样从那一刻起,在手术室里、无影灯下,持续工作了整整13个小时,直至周日上午9点多。如果算上手术开始前的那五六个小时,他们已经在本应双休的周末,工作了近20个小时。

虽然事情已经过去了些日子,但我依然清晰记得,当天在手术室的至少12名医护人员中,有9名是党员,其中包括了70多岁的陈锁成教授。

"仔细想想,党员的身份虽然平日里不会挂在嘴上,但在紧要关头,党员自发的责任意识和担当精神,就会促使你比别人多做一点儿、多站一会儿、多走几步。更何况,有陈老爷子这样的老党员和我们在一起,用实际行动告诉我们怎样才能做一名合格的共产党员呢。"那次手术后,参加手术的几位非党员同事中,已经有人递交了入党申请书。

让我更多懂得"共产党员"身份意义的,还有已将党小组组长职责交接给她的老大姐杨映红。大姐60多岁了,但仍在深爱的麻醉师岗位上坚持着。要知道,即便对年轻人来说,在手术室里一坐就是几小时甚至十几个小时,也是一件非常煎熬的事,何况还要紧盯各个医疗设备里反映出的生命指征,随时做好应对突发情况的准备。但大姐就是这样在岗位上继续坚守着,在组织生活时,对我们这些年轻人的优点大声称赞,对暴露出的问题也毫不讳言。在这样一个集体里,忙点累点,心里也是暖和的。

手术室工作的特殊性,要求所有人必须等到手术结束才可以离开,遇到病情危重、情况紧急的大手术,彻夜不眠已经成了家常便饭。而在手术室的护士、麻醉师口中,这些只是简简单单几个字——"习惯了"。

这就是手术室里的那群为了延续他人生命而不断考验自己身心极限的"铁打的兵"。

一面锦旗

季春兰

　　高压氧办公室的一面锦旗让我觉得异常耀眼,在我担任内一党支部工作4年以来,还是第一次在这个科室看到患者送的锦旗,只见上面写着:医德高尚 尽心尽责。我不由地向科主任李青询问锦旗的由来。李主任激动又谦和地跟我说:"自打2001年高压氧成立以来,我已在科里工作了15个年头,还是第一次收到锦旗呢。"

　　原来,送锦旗的是一名车祸患者,当时患者情况非常严重,蛛网膜下腔出血、脑挫伤、多发性肋骨骨折、血气胸、神经性耳聋……在脑外科医护人员的全力救治下,在高压氧的辅助治疗下,患者终于康复了。

　　由于2016年夏天异常炎热,做高压氧治疗的患者也多了起来,而且有很多是重患者。有段时间,每天做气管切开的患者就有14个。最近有一个先心手术的患者,术后一直昏迷不醒,需要做高压氧辅助治疗。在舱位非常紧张的情况下,李主任决定单独为这位车祸患者开舱,"哪怕加班加点,也要确保患者的医疗安全。"这是高压氧4位员工的共同心声。天道酬勤,经过一个疗程不到的治疗,患者清醒了,这是对医护人员最好的褒奖。

—面锦旗

　　高压氧——一个由 4 人组成的服务于临床一线的辅助科室。虽然,没有像急诊室医护人员那样天天上演让人揪心的片段,但有时也会出现为中毒患者实施紧急救治的紧张画面。

　　在一个异常炎热的夜晚,时钟已经指向 11 点,李主任突然接到医院总值班电话:有一个因一氧化碳中毒昏迷的患者急需做高压氧治疗。李主任二话没说,一边穿衣起床,一边给科里的医生沈庆旗打电话。沈庆旗是科里的老党员了,一向都是最苦最累他先扛。沈庆旗接到电话后,火速从家里赶到医院。由于抢救及时、治疗得当,患者清醒了过来,那时已经是凌晨 3 点。第二天,李主任和沈医生又准时出现在自己的工作岗位上。

　　这就是不为大家关注的辅助科室——高压氧,是医院十几个辅助科室的缩影。尽管他们不在医疗一线,但他们同样尽职尽责,默默地承担着为临床安全保驾护航的重任。

伸出你温暖的手

蒋亚芬

医院门诊为着力打造"温度门诊",涌现出一批心中装有患者的"暖医",群众也亲切地称他们为"不戴党徽也能看得出来的党员"。

义薄云天丁克云

孙思邈曾说:"先发大慈恻隐之心,誓愿普救含灵之苦,乃成苍生大医。"皮肤科党员示范岗岗长、皮肤科主任丁克云深谙此道,对患者也有自己独到的理解,那就是尽"义"。当门诊党支部在全市率先推出"晨光门诊"和"夜门诊"时,丁克云主动要求成为第一梯队,带领皮肤科党小组所有医护人员早上提前10分钟上班、晚上轮流推迟3小时下班,方便患者错峰看病。

每年的春夏季都是皮肤病的高发期,门诊量大幅度上涨,丁克云在尽责完成门诊工作的同时,还会带着党员队伍走进社区街道开展义诊,宣传皮肤病正确保健知识。他总说:"不少人都觉得皮肤病只是小毛病,往往置之不理,或者自己买点药,用点偏方,可他们不知道盲目治疗很可能就会加重症状,甚至感染,我们做医生的有义务有责任把正确的保健知识告知大家,有空就去社区跑跑,费点力但不亏心。"2017 年,丁克云已经带着皮肤科党员志愿者顶着大太阳跑了好几个社区了。在丁卯经发花苑小区义诊时,他结识了"贫困户"杨大爷和傅大妈两家。考虑到这两户家庭十分困苦,丁克云所在的党小组自发与他们结成了帮扶对子,隔三岔五就有党员去家里看看,照顾老人。6 月底,丁克云还特地给他们送去高温费。现在,杨大爷和傅大妈在小区里,逢人就夸:"老了老了,没想到多了一群当医生的亲人。"

"有时去治愈,常常去帮助,总是去安慰。"丁克云说,"这应该是每一个医者的座右铭。医者医身更要医心,这才是对患者尽'义'。"

"造口治疗师"贾静

暖医,不一定有超群的医术,但必定有颗柔软的心。台湾作家林清玄说:"柔软心是莲花,因慈悲为水、智慧做泥而开放。"镇江市第一人民医院门诊党支部的门诊预分诊的护士长贾静就是这样一个有着柔软心的人。

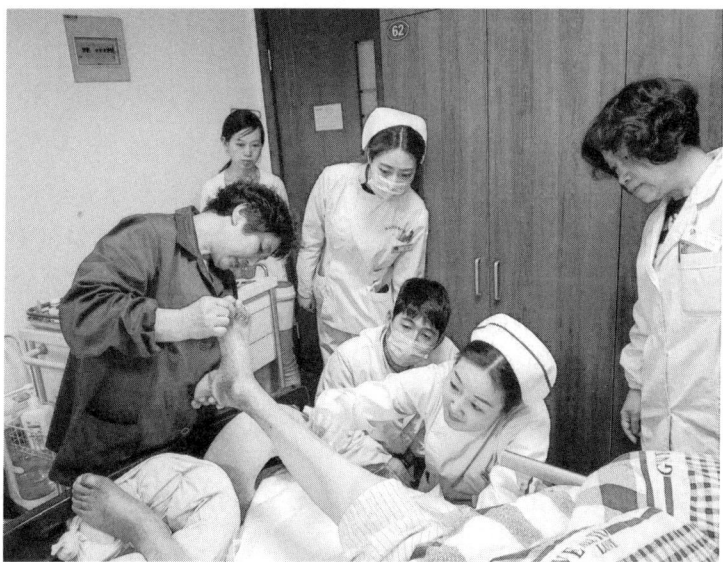

老年护理院床边查房

从 2008 年起,在繁忙的临床工作之余,贾静还会抽时间去社区和养老院义务照护老人。在这期间,她遇到过许多泌尿造口、肠道造口患者和一些饱受失禁、褥疮折磨的老人因为得不到专业的护理而痛苦万分,于是她利用一切业余时间努力学习,成功取得了"国际造口治疗师"资质,这在全国仅有千余人。截至目前,她利用专业知识已经为 100 余名社区和养老院的泌尿造口、肠道造口、褥疮的患者进行了局部的创面处理,为 30 余名失禁老人解困指导。有的时候她不仅要出力,还要出钱,碰到家庭比较贫困的患者,她常常自掏腰包带去各类护理用品。刚开始接触各类伤口,面对血腥的画面和难闻的气味时,她也曾感到不适;遇到脾气急、态度差的患者或家属,她也曾感到委屈,但每每看到通过专业护理,使用各种敷料、各种方法让伤口慢慢愈合,患者的痛苦得以缓解,甚至有些需要截肢的患者,通过自己的护理免除了手术的痛苦时,她觉得一切都值了。

从不放弃的余海洋

年轻帅气的急诊内科医生余海洋常用法国医生雷涅克的话告诫自己:当我决心成为医生那一刻,我的身上就已经挂上了一条看不见的锁链,让我背负一生。所以"健康所系,性命相托"的医学生誓言自宣誓那刻起,就牢牢印刻在他的心中。急诊工作,每天面对的都是急、忙、累、险,但他从未有过一丝懈怠,从未对一名患者轻言放弃。

就在前不久,正轮到他值班,救护车送来的一位患者突发心跳呼吸骤停。余海洋本能地跳上急救床,开始心肺复苏,他快速的急救举动惊呆了在场的患者家属。从急诊中心门口一直到抢救室,余海洋一直保持高质量的 CPR(Cardiopulmonary Resuscitation,心肺复苏)操作。了解医学知识的人都知道,标准心肺复苏操作对急救者的体力消耗是非常大的,通常情况下,即使在大冬天,2 分钟就能让急救人员出汗。很快,余海洋的后背被汗浸湿了,但丝毫不影响他的急救节奏。进了抢救室,余海洋配合抢救团队急救,坚持做着心肺复苏。整个抢救过程持续将近 1 个小时。余海洋就按了近 1 个小时。从抢救室出来,他的胳膊累到丧失知觉,整个人仿佛从水里捞起来似的。稍作休息,余海洋又投入到下一场急救中……

小小柳叶刀

崔 军

　　医学先贤们所用的手术器械,因其弯、小、薄,状如柳叶又锋利无比,称之为"柳叶刀"。在医学界,一提起柳叶刀,立刻会让人联想到外科手术。

　　1823 年,爱思唯尔出版公司出版了著名的医学杂志《柳叶刀》。创刊人汤姆·魏克莱以外科手术刀"柳叶刀"(Lancet)的名称来为这份刊物命名,也取了"lancet"在英语中"尖顶穹窗"的含意,借寓期刊立志成为"照亮医界的明窗"(to let in light)。如今,医学杂志《柳叶刀》在全世界拥有高影响因子,在学界拥有极高地位。

　　在医学诊疗实务中,外科医生往往与"柳叶刀"更为贴近,因为无论是普外科、心胸外科,还是整形外科、泌尿外科,人体提供给医生施展柳叶刀的"腾挪空间"并不大。

　　好在,随着医学的不断演进发展,外科医生已经能在很多极小的空间里,运用现代医学设备和极高的医学修为为患者驱除病痛。这其中,就包括各个医院的神经外科医生。

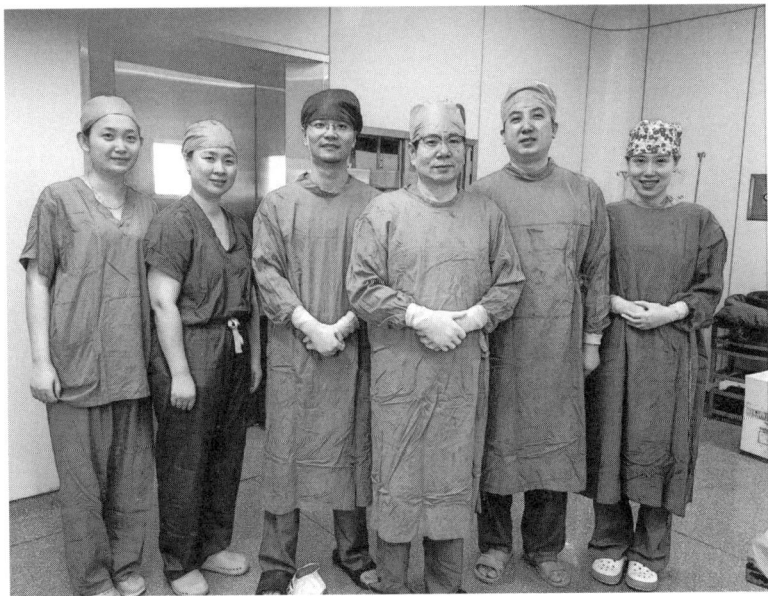

即将上"台"舞动柳叶刀的神经外科团队 —————————————————

　　只不过,对李巧玉率领的神经外科这个医生团队来说,施展柳叶刀的空间环境更小、精度要求更高。

　　68岁的刘大爷的右侧颈动脉因为被严重钙化的斑块占去了90%,大脑供血严重不足。一年来已两次发病入院的他,如果不进行及时有效的手术治疗,将面临颈动脉闭塞或斑块脱落引起的急性脑梗,导致偏瘫、语言功能障碍、昏迷,甚至死亡。

　　目前,治疗颈动脉狭窄主要有药物治疗、介入治疗及颈动脉内膜剥脱术三大类。其中预期效果最好、住院时间较短、费用发生较低的,要数颈动脉内膜剥脱术。但选择这个治疗方案,尤其是对一位动脉空隙仅剩不到1毫米、血管状况并不理想的高龄患者实施手术,大胆施救的勇气固然重要,但更核心的考验,还是技艺。

　　刘大爷是幸运的。经过完善的术前评估和讨论,李巧玉和副主任医师陈波等组成的手术团队,成功地在老人5~6mm直径的颈动脉血管内,完整剥离下来了长约3cm的钙化斑块,让原本几乎"堵死"的动脉重新通畅。术后,经过几天的治疗和护理,症状退去、状态转好的刘大爷笑着出院回家继续享受幸福的晚年生活。

"如果把在5～6mm的血管里做手术比喻成'螺蛳壳里做道场'，那在直径不过1mm的血管上缝12针，都不知道怎么形容更贴切了。"李巧玉的这番话，是指他和陈波前不久做过的一项填补镇江市医疗技术空白的手术。

　　2017年年初，王女士因"突发人事不省3小时伴呕吐"被送往一院救治，当时她已神志昏迷，头颅CT检查提示"脑室系统出血"。经药物治疗并行脑室外引流治疗后，王女士神志逐渐转清。通过更细致的检查才发现，王女士得的是一种被称为"烟雾病"的罕见疾病。

　　由于患者脑血管发育异于常人，增生的脑血管网非常细且密集，形似一缕缕烟雾，遂被称为"烟雾病"。这类患者的动脉管腔会逐渐变窄甚至闭塞，发作时大脑缺血产生头晕、呕吐，甚至脑梗，致残性、致死性很高。要治疗这种疾病，目前唯一有效的方法就是行脑血运重建术，专业手术名称是"左侧颞浅动脉－大脑中动脉分支搭桥术＋硬膜翻转术＋颞肌贴附术"。通俗地说，就是将颅外血管的血流引入颅内动脉分支，由颅外的血管为颅内的大脑供血，从而改善颅内缺血部位的血供，降低脑梗死和脑出血发生的概率。

　　除了从手术名称即可体会到复杂外，这个手术还对医生的缝针手艺提出了"比专业级绣花工艺大师更精准细致的要求"。因为，医生要在12.5倍医用显微镜下，用比发丝更细的专用手术针，在直径约1毫米的血管上缝12针。这个过程中稍有不慎，就可能导致血管破裂，引起脑出血。

　　好在，因为李巧玉和医生团队早就与"毫米级"的血管打交道很长时间了，本就高超的技术加上更为丰富的经验，最终让王女士得以身心健康地出院回家。

　　谈起这两例手术，李巧玉他们会多说两句，但并不以此炫耀。他们清楚，神经外科和细密血管打交道，特别是经常和人类大脑打交道的外科医生，"自己最满意的手术，永远都是下一个顺利完成的手术"。"虽然我们用的手术刀比传统意义上的外科'柳叶刀'小很多，但'柳叶刀'象征的是外科医生的一种形象气质，也是治病救人的职责使命。"

叮咛卡与控温床

崔 军

你的时间你做主

2017 年夏天,镇江新区的李女士有些着急上火,老父亲生病了,需要在心胸外科 ICU(Intensive Care Unit,重症加强护理病房)里治疗观察一段时间,听别人说,ICU 的探视时间固定是下午 16:00~16:30 和 19:00~20:00。李女士不仅要工作,还要照顾孩子,医院规定的下午探视时间正好和她的日常工作时间冲突,她很可能要放弃下午的探视时段。这让她心里很不是滋味。

不过,当李女士的父亲真正做完手术进入 ICU 后,她的心理活动发生了 180 度的大转弯——她竟然掌握了一天两次探视时段的自主安排权。想要行使好这一权利,她只要在心胸外科护理组新印制的"爱心叮咛卡"上填写好个人信息和自己确认的探视时段,便可以实现"既能床前尽孝,又不影响工作"了。

填完"爱心叮咛卡",李女士还为这种此前从未听说过的"创举"再三感谢护士。事实上,像她这样被"创举"温暖内心的患者家属,从2017年5月至今,少说也有百余人次。对于"爱心叮咛卡"服务项目的推出,心胸外科ICU护士长冯丽萍说是"更多地顺应一些有特殊诉求患者家属的心意"。她说:"原先ICU探视时间都是院方确定的,不安排上午是为了保证治疗不受太多干扰。但每天原先固定的探视时间对患者家属来说就有些不便。通过与患者家属的沟通,在确保治疗、查房、护理不受干扰的前提下,把探视时间的选择权交给患者,虽然在每天早晨增加了当班医生、护士的工作强度和压力,但在一定程度上能够减少医患间天然的心理屏障。所以试行了几个月,并没有对医护工作产生太大影响,而且赢得了很多患者家属的称赞。"

有人情味的手术床

进过手术室的人都知道,由于手术安全和院感控制的需要,手术室里是层流通风系统,客观的环境要求让很多患者从躺上手术台的那一刻起就对"冰冷的手术室"有切身体会:空气是冷的,手术台是冷的,器械也是冷的。这种感受直至身体适应了身边的环境,或者在麻醉剂的作用下渐渐睡去才会慢慢消失。

不过从2017年4月起,凡是在一院手术室里接受过治疗的患者,都不会有"体感冰冷"的感受。

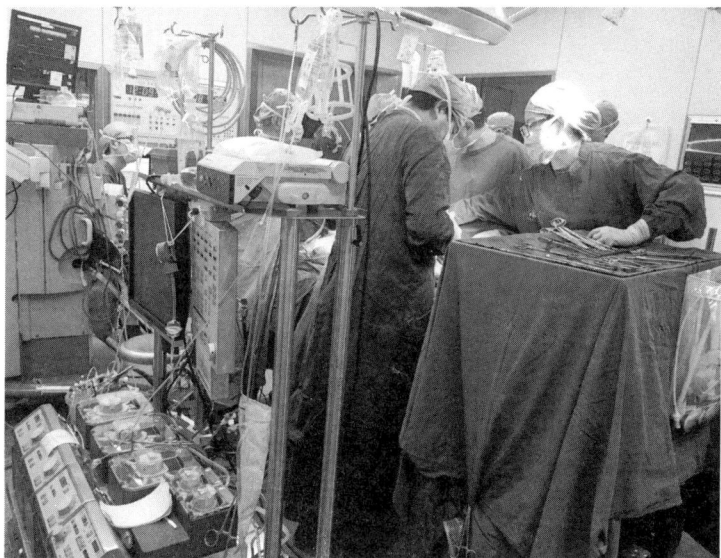

有"温度"的手术室 —————————————————

这是因为,15 个手术室的 15 张手术台上,全部铺好了温度控制在 37℃ ~ 38℃的控温毯。

这还不止,手术室三台恒温箱中的一台衣柜大小的恒温箱里,放满了叠得整整齐齐的被套。当患者完成手术离开"暖和"的手术台后,这些温度维持在 37℃左右的被套将延续控温毯的那份"暖和",直至患者苏醒、离开。这些,都是患者能够直接感受到的。其实,患者不知道,在他们接受手术时,冲洗创面的盐水也不再是冷水,而是和人体体温基本相当的温水。

对于控温毯、温暖被套的使用,手术室护士长刘菲将它们视作手术室"温暖患者行动"的一个重要举措。她说:"换位思考,如果延续此前的做法,或许手术还没开始,患者就会心生畏惧。但如果从一开始就让患者从体感获得温度,或许可以消除一些恐惧感。而且,使用控温毯也能从医学上降低低体温的发生率,有助于手术效果的更好实现和防止意外的发生,这在医学领域是有研究证明的。"

医院开展党建,绝不能是两张"皮",一定要把医生和患者紧紧地结合起来,一院也一定要从人民的需求出发,哪怕一个"小改动、小尝试",也能真正体现为人民服务的精神。

逢检必查、逢查必赞

赵洪涛

"这里简直比我的卧室还干净!"这是 JCI 国际评审委员 Monica 在检查医院时发出的惊叹。是什么让向来以严格著称的国际评审专家称赞不已呢?

答案就是很多人都没去过,甚至不知晓的,位于医院 A 楼负一层的"地下"空调锅炉机房。

普通的本子,不普通的"名字"

一进锅炉机房大门,干净整洁的办公桌上有一个普通的登记本,里面竟然有不少重量级嘉宾的签名,如国家卫计委副主任、中国医院协会副会长、省卫计委主任等。原来,由于机房班组严格执行国家相关标准,因而对进入机房的每一位到访人员都执行登记制度,这才留下这些"不普通"的签名。空调锅炉机房已经是医院的一个"知名品牌",很多领导和专家都到访过,并一致点赞,可以说是逢检必查、逢查必赞。

每个小角落都纤尘不染

穿过值班室来到机房,1000 多平方米的空间,整齐规律地排列着近百台机械设备,每个角落都纤尘不染,干净的地面光可鉴人。这里更像是一场机械的博览会,整洁的环境、崭新整齐的机械设备为人呈现一场视觉盛宴。

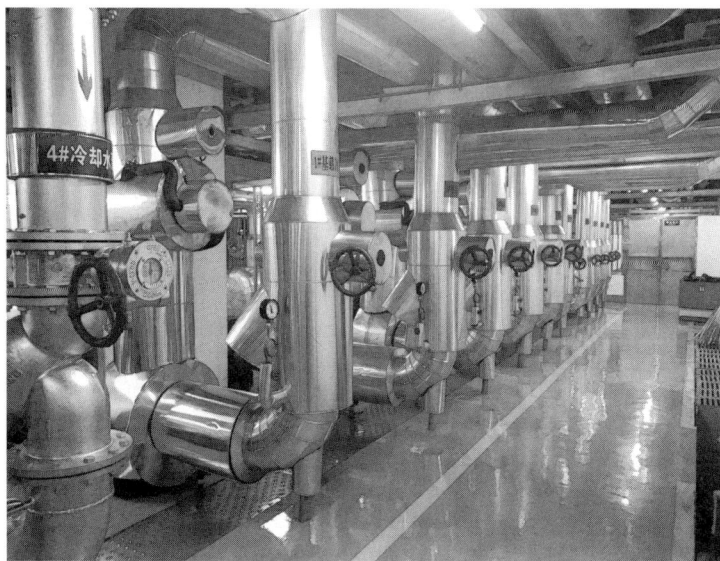

纤尘不染的空调锅炉机房

每一分钟都不放松巡查

隆隆的机器轰鸣声将我们拉回了现实,这里是有着 10 名平均年龄超过50 岁的工作人员的空调锅炉机房。

每天早上 8 点,机房的班长老张都要做一件重要的事——水质检测。因为水质的过酸过碱,排污不及时、不彻底,都有可能导致设备的腐蚀或结垢,所以要及时检测,并根据检测结果做出相应调整。

就这样,在老张数十年如一日的坚持下,设备一直保持正常运转。

如果将整个医院看作一个机体,那么空调是呼吸,供水就是血液,班组就如同心肺系统。这里实行 24 小时值班制度,全年无休。每小时的巡视检查至关重要,值班人员"望闻问切",从设备运行状态到每一颗螺丝钉都要仔细检查。一个班下来就要检查、记录数千条运行参数,而每一个参数都十分重要,不仅影响设备的正常运转，更关乎生命和财产的安全。

比如板式换热器，是空调系统的冷热源交换设备，双侧的压力温度直接关系到整个医院空调系统的运行状态。还有 120 吨的高温生活水箱，别看小阀门不起眼，如果腐蚀，高温开水就会喷涌而出。但这些都逃不过工作人员的"火眼金睛"。严谨细致的检查，不仅保障了一线临床工作正常运行，而且机房设备无一起事故发生。机房的千里之堤，巍然而立。

每年靠"抠门"节约数十万元

最值得称赞的是，班组成员并非仅满足于做好本职工作。他们说："虽然后勤部不能为医院创造直接的经济效益，但是降低费用就是创造效益。"为了降低成本，他们利用凌晨的谷段低价电蓄能，根据季节调整热水温度，分时段供水、供冷、供暖等。

虽然这都是一些看上去没有什么高科技含量的普通的措施，但是机房班组平均每年却可以为医院节约数十万元的成本。

特殊的工作环境，特殊的工作岗位，他们平日里不为人们所提及，不为人们所注意，但他们默默无闻、尽职尽责，既保障了医疗战线的有序进行，还做到了逢检必查、逢查必赞。他们就是这么牛！

不让患者跑

赵洪涛

"不好意思,我不看病……"

"老人家,那我们有什么能帮助您的吗?"

"是我的女儿……"

2016年下半年某一天,一位面色焦急的花甲老人在镇江市第一人民医院(简称"一院")检验科服务台前踱步。服务台的工作人员发现后主动询问其情况。

面对穿着白大褂的医务人员,老人激动地诉说自己的情况:"我的女儿患有自身免疫性疾病,瘫痪在床,又一直用药,医生嘱咐我们要定期检测肝肾功能,但我们夫妻年龄都大了,没办法把女儿带来医院抽血……"

检验科主任陶才华得知后立马赶了过来,老人像抓住救命稻草一般拉住陶主任的手:"我跑了很多家医院,全都说没办法。我听说市一院有上门抽血的服务,主任您一定要帮帮我……"

面对焦急得眼泪都快流出来的老人,陶才华二话没说,立马答应下来。一切为患者服务是医务工作者的服务宗旨,既然患者行动不方便,那我们就应该义不容辞地走到患者面前。在询问了一些详细信息后,陶才华向老人交代了采血前的注意事项,并和老人约定

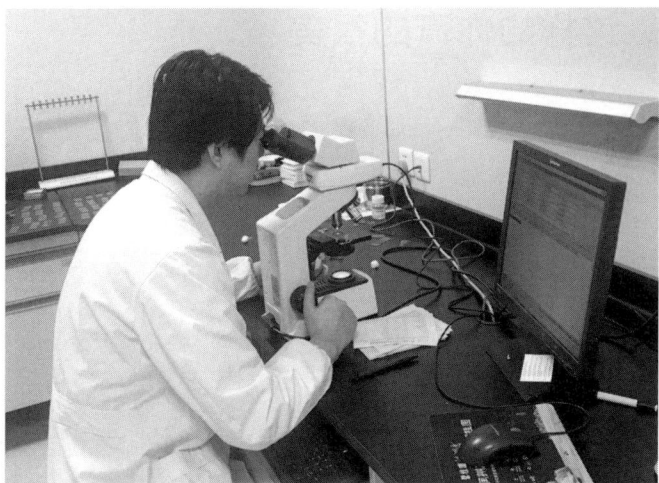

门诊检验科严谨的日常 ————————————————————————

了时间,第二天就上门为老人的女儿采血。

其实这已经不是一院门诊检验科第一次为行动不便的患者提供上门采血服务了。门诊检验科每天的患者非常多,之前的患者也都是提前预约,陶才华才有充足的时间调整科室人员的值班任务,安排人员上门采血。可面对老人的特殊情况,陶才华没有任何犹豫,立刻调整科室人员排班,抽调人员以最快的时间为患者上门采血。

考虑到为长期卧床患者采血可能会有难度,陶才华特意挑选了科内的采血小能手陈晔上门服务。为了不让患者空腹等候过久,第二天,陈晔早早来到了老人家中,第一时间,来到患者床前,边简单地交流沟通,边有序地做着准备工作。在患者的配合下,陈晔顺利完成了采血任务。为了保证检验结果的准确性,陈晔匆匆告别老人一家,迅速将血样带回送检。半日后,陶才华再一次与老人取得联系,约定了第二次的采血时间。半个月后,由门诊检验科的丁志芳再次前往,并顺利完成第二次采血送检。

事后老人激动地流出眼泪来:"女儿的药不能停,可没办法定期检验,我们又不知道还应不应该继续让她吃药,如果没有你们,我们真的不知道该怎么办……"老人表示一定要为科室送一面锦旗表示感谢时,陶才华婉言谢绝了:"您的好意我心领了,而且您女儿的病也需要用钱,更何况为患者服务是我们的本职工作!"

一切以患者为中心,为患者服务是每一位医护人员的职责,门诊检验科为了不让行动不便的患者为难,把这项服务、这份爱心为患者打包上门,速递包邮。

董小姐，这样的你真的很美

文春丽　钱　嘉

　　2017 年 11 月的某个周六中午，耳鼻咽喉头颈外科病区突然冲进了一位神情慌张的妇女，怀里还抱着个哭闹不止的小男孩。妇女拉着值班护士语无伦次地说："医生，我们没有钱，孩子的耳朵能不能治……"

　　值班医生迅速赶到，检查孩子伤口。小男孩左耳郭严重撕裂，必须缝合。医生一说完，孩子妈妈哭得更厉害了。护士董红花听到动静立刻跑了过来，协助值班医生安抚母子俩。原来，这是一个单身妈妈，独自抚养孩子，目前在镇江新区租房生活。孩子小，身边离不了人，孩子妈妈没办法出去工作，每月仅靠政府补贴的几百元维持生活。今天早上，孩子调皮，从凳子上摔下来，大半个耳朵都"撕"了下来。孩子妈妈和房东借了 1000 元打了车直接冲到医院，听医生说孩子比较严重，孩子妈妈心里既担心孩子，又担心治疗的费用。

　　现场的医生、护士清楚缘由后，默契地谁都没提费用的事，快速安排孩子缝合。病人的病情不能拖！进了治疗室，孩子妈妈还在为治疗费的事惴惴不安。董红花宽慰道："没多少钱，我已经给你付了，不要想了，孩子最要紧。"

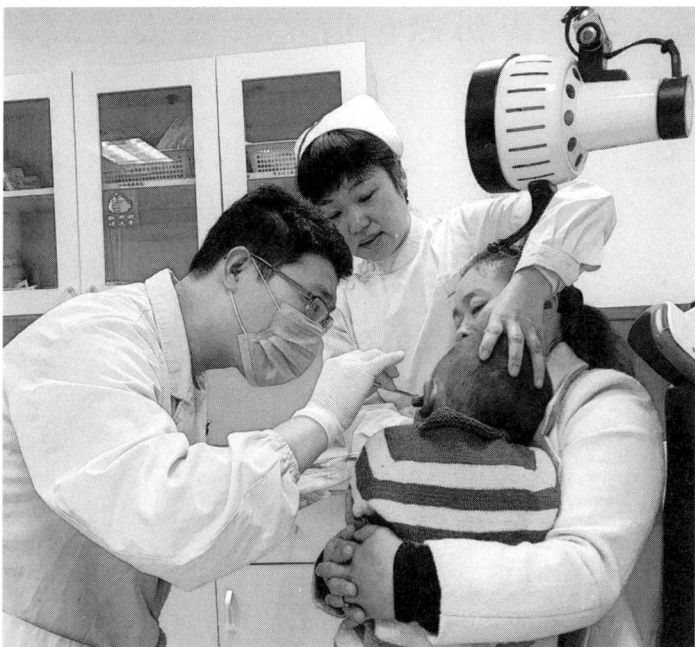
董小姐

　　缝合的过程很顺利,孩子十分乖巧、配合,整个过程都没有哭一声,反倒是孩子妈妈一直忍着泪。

　　送走了母子俩,下班回到家的董红花心里总放心不下那个黑黑瘦瘦的小男孩,她起身整理了两大包孩子的衣服,准备下次母子俩来换药时带给孩子。护士长钱嘉回家和女儿讲了这个小弟弟的事,小姑娘二话没说,把自己的故事书、零食、玩具都捧给了妈妈,让她一定要交给小弟弟。护士文春丽也整理了一大包孩子过冬的衣服带到病区……

　　就这样,每次换药时,母子俩都能收到"惊喜"。终于到了最后一次换药的时候,这次,母子俩给科室的医生护士带来了一个惊喜——一面锦旗。董红花心疼地说:"花这个钱干什么,省下来给孩子补身体多好。锦旗也不好退,多少钱,我给你。"她一边说着,一边要掏钱给孩子妈妈。"不要钱,不要钱,我也不知道怎么感谢你们,我钱不多,但也想尽点心。做锦旗的老板知道我的事,也很感动,就给我免费做的,他还让我一定要把锦旗送给你们。"孩子妈妈哽咽着说。小男孩也亲了亲护士长阿姨,他喜欢这里的叔叔阿姨,因为他们笑起来真好看!

　　到这儿,母子俩的故事还没结束。董红花四处跑动,帮助孩子妈妈联系到了一份既能兼顾孩子,又能有一定收入的工作,现在孩子妈妈已经正式上岗啦!

就是这么牛！骨科微创髋关节置换术刷新多项国内纪录

方文雅

2017年3月7日下午2：35，医院又一例手术破国内记录！骨科医生谢军、蒋勤益、孟升，麻醉科医生郑永锋，手术室护士宋娜、孙玲等通力协作，成功完成了一例国内手术切口最小、手术时间最短、失血量最少、术后下地最快的髋关节置换手术。

患者是一名快90岁的老人，股骨颈骨折，无法行走，只能长期卧床，生活质量急剧下降。髋部的股骨颈骨折是老年人摔伤中常见的损伤，也是非常严重的一种损伤，甚至会危及生命。由于老年人情况特殊，子女往往担心老人承受不了手术的痛苦，因而常选择保守治疗，由此引发的并发症常令老人痛苦不堪。也因此，临床上把股骨颈骨折称为"人生中最后一次骨折"。事实上，人工髋关节置换是治疗老年股骨颈骨折的有效方法。经过慎重考虑和缜密评估，谢军决定为患者实行 SuperPath 微创髋关节置换术。通过使用 Super-Path 技术实施微创手术，为患者放入了一块长 10cm、宽 5cm 左右的关节。此项技术既能减少手术创伤，又能将术后脱位等并发症的风险降到最低。

在充分完善了术前检查,仔细研究了手术方案之后,谢军和手术团队在患者全麻状态下完成了手术。谢军介绍,手术过程相当顺利,连他自己也感到意外的是,手术切口只有5.6cm。根据目前能查阅的相关记录,切口6cm已经是极限,"5.6cm"刷新了历史,"查阅文献和相关报道,手术时间35分钟、手术中失血量少于100ml、术后4小时患者下地走路,也都是国内新纪录"。患者术后恢复堪称神速,也打破了患者及家属的认知。术后第二天患者就能不借助工具自行行走,第三天可以深蹲和自主上下楼,并且康复出院。

一院骨科自2015年开展了全市首例SuperPath髋关节置换术后,不断创新,使用术前规划软件模拟手术过程、改善照明,技术越来越成熟,目前已有60名患者成功实施了这项手术。而"一不留神"创下的多项国内新纪录,正是建立在这样的基础之上。谢军表示,随着SuperPath技术的发展,髋关节置换术意义不仅在于打破了"人生最后一次骨折"的魔咒,而且相较于传统髋关节置换方式,它可以让患者和家属更放心地接受手术,"手术切口小、术中出血少,术后恢复就快,而且不易脱位,可以极大地提高患者的生活质量"。据了解,股骨颈骨折、骨性关节炎、类风湿关节炎、股骨头坏死等病症,均可以采用这一手术方式治疗。

截至2017年5月16日,据行业最新数据显示,一院骨科Superpath微创髋关节置换手术量达到了100台,已经远超江苏省和上海市各大医院,闯入全国三甲行列。

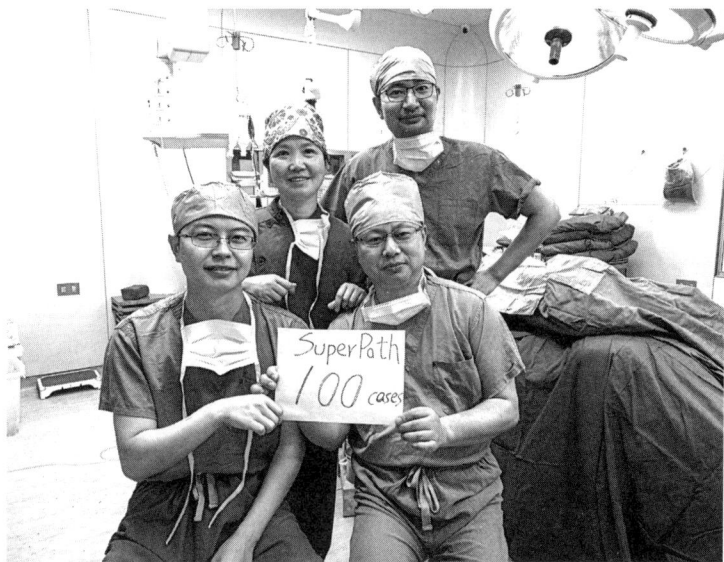

骨科微创髋关节置换术团队 —————————————

后　记

　　看多了一线城市、省会城市的大医院,开始大家真没有觉得镇江市第一人民医院有什么了不起,可当走近这些医生后,才感觉我们是多么身在福中不知福。近百年历史的镇江市第一人民医院,已不是简单的"康复"这么简单,而是一家拥有一流设备、一流医生、一流水平、一流服务的三级甲等综合性医院。

　　钱炜,改革开放后出国留学的佼佼者,在国外打拼得功成名就的专家,毅然回归报效祖国。他是一个浑身充满故事的加拿大籍的中国人!

　　尹俊,他学习期间所在的手术团队完成世界首例心脏移植合并主动脉全弓置换手术,多例心肺联合移植、心脏移植等高难度手术,在江苏省内手术类型及技术难度上均位于前列。

　　李巧玉,2016年腊月二十七日的那台手术从早上8点一直做到深夜12点,创下了他本人一台手术的时长之最,患者脑肿瘤已达8厘米,多家大医院不肯冒风险,纷纷拒绝这台手术……他是一个创造了一个又一个奇迹的人。还有石春和、单秀红、马珏等,一批德技双馨的一院大医生,成为古城镇江人民生命健康的守护神。

　　"山不在高,有仙则灵,水不在深,有龙则名。"镇江市第一人民医院有一群这样的医生,镇江百姓可以生死相托。我们在采访中看到,镇江一院的医务人员,他们的心最柔软也最坚强,他们的情怀最宽广也最细腻,他们的爱最博大也最高尚。

　　感谢每一位给这本书奉献文字的作者及"精彩康复"医院文化系列丛书的编委和通讯员,是你们用感动和真情成就了这本20多万字的《生命之渡》。

　　如今,镇江市第一人民医院已是百姓心中默认的品牌。这个品牌,不是打造的,不是树立的,更不是广告推送的,而是老百姓口口相传的。一个心脏移植5年后还健康活着的人,就是一则无价的广告;一位把病人从死神手中抢回的医生,就是长着脚的口碑。

本书所采录的主人公,是一群有情怀、有大爱的理想主义者,从投身这个行业的第一天始,他们就在以务实、低调、精业的工作作风,践行救死扶伤的人间大爱精神。同时,高尚的职业使他们的人生充满激情,饱含温度,保持风骨。这是一股正能量、高能量。

在本次采访过程中,虽然作者们尽了最大的努力,但由于医生和医疗行业的专业性,文章有些地方的表达不一定尽善尽美,望大家给予谅解。

最后,向所有为人民生命健康做出贡献的白衣天使们致以崇高的敬意!